读客文化

The Lost Continent   BILL BRYSON

全民寂寞的美国

其实是一本美国平凡小镇生活观察笔记

[美] 比尔·布莱森 著   温华 张艳蕊 译

江苏凤凰文艺出版社
JIANGSU PHOENIX LITERATURE AND
ART PUBLISHING,LTD

献给我的父亲

目 录

第一章

我来自得梅因，总得有人从那儿来嘛。

如果你来自得梅因，你要么乖乖接受这个事实，和一个名叫波比的本地姑娘安顿下来，然后在燧石厂找份工作，最后永远永远待在那里；要么就没完没了地抱怨它是个垃圾堆，你是多么等不及要逃出去，如此消磨时间度过青春期，然后和名叫波比的本地姑娘安顿下来，最后永远永远待在那里。

几乎还不曾有谁离开过这里，这是因为得梅因拥有为人熟知的最强大的催眠力量。城外有个大牌子，上书："欢迎来到得梅因，这儿跟死差不多。"这不是真的，只是我编的罢了，可这地方的确能把你攥在手里。从州际公路上驱车进入得梅因的人们，根本不为别的，只想加油或者吃个汉堡，然后就永远地待了下来。我父母住的街道那边就有那么一对新泽西夫妇，你时不时能看见他们四处闲逛，看上去有点儿困惑，却流露出一种怪怪的安详——得梅因的每一个人都表现出这种怪怪的安详。

在得梅因，我认识的唯一不安详的人就是派泼先生。派泼先生是我父母的邻居，是个脸蛋鲜红、斜眼看人的傻瓜。此人永远都醉醺醺的，车开着开着就撞上了电线杆。不论你走到哪里，都能撞见摇摇欲坠的电线杆和路牌，向你讲述着派泼先生的驾车习惯。他让这些证据遍布整个城市的西部，颇有几分小狗在树干上撒尿做记号的意思。派泼先生恐怕是最像《摩登原始人》里那个名叫弗雷德·弗林斯通的人啦，不过魅力差了点儿。他是圣兄弟会会员，还是共和党人——是尼克松的共和党——他似乎觉得惹人讨厌就是自己生活中的使命。除了醉酒和撞车，他最爱的消遣，就是醉酒和侮辱左邻右舍，尤其是我们家，因为我们是民主党人。尽管我们不在他身边时，他也准备着大骂共和党人。

好不容易，我长大了，搬到了英国。这下把派泼先生刺激得几乎崩溃。这比做民主党还要坏呢！每次回到家乡，派泼先生都要过来骂我。"不知道你在那边跟那帮英国佬干些什么！"他气势汹汹地说，"他们不干净。"

"派泼先生，我不明白你在说什么。"我装模作样用英国口音回答道，"你是个蠢货。"你可以这样跟派泼先生说话，因为他的确是个蠢货，而且他根本不听任何人对他说的话。

"波比和我两年前去了趟伦敦，我们的旅馆房间居然没有卫生间！"派泼先生会接着讲下去，"要是半夜想方便一下，你得走过一里多长的走廊。那种生活方式可真不干净！"

"派泼先生，英国人可是干净整洁的典范哪。大家都知道，他们的人均肥皂使用量超过了其他欧洲国家。"

派泼先生对此嗤之以鼻："那算什么呀？小子，那不过是因为他们比那帮德国佬和意大利人干净点儿罢了！上帝呀，一只狗都比那帮德国佬和意大利人干净！我还要告诉你点儿别的，要不是他爹给他买下了伊利诺伊，约翰·肯尼迪根本选不上总统！"

我跟派泼先生做邻居的时间足够长久，因此不会被这突如其来的转向难倒。1960年总统选举的猫腻是他心中永远的痛，每隔10到12分钟，不管交谈的主导风向如何，都要被他再次提起。1963年，肯尼迪的葬礼期间，派泼先生正在波地酒馆里如此评头论足的当儿，鼻子突然被人"扑哧"狠揍了一拳。派泼先生气急败坏，径直跑出去，然后把车开到了电线杆上。现在派泼先生已经死了，这自然是得梅因让你心里有准备的一件事啦。

小时候，我曾以为来自得梅因的最大优点，是意味着你并非来自艾奥瓦的其他地方。按照艾奥瓦的标准，得梅因就是一个世界主义的麦加，一个生机勃勃的财富和教育中心。那里的人们常常不约而同地穿着三件套和黑短裤。在每年的全州高中篮球联赛期间，整整一星期，来自各地的乡巴佬潮水般涌进此地，我们则常常在闹市区和他们搭讪，用心险恶地说，要教他们乘电梯或者过旋转门。这可不全是编的啊。我的朋友斯坦大概在16岁的时候，不得不去乡下和他的表兄住一阵子，那是一个偏僻的、灰扑扑的，叫作"狗水"，或者"傻瓜"，或者类似的某个荒唐名字的小村子。在那种地方，要是有一只狗被卡车轧死了，每个人都会跑出来看上一看。到了第二个星期，斯坦无聊得发疯，硬是要和表兄一起开车到50英里外的"猫头鹰"镇上去，找点事儿干干。他们在一家球道变形、球球破烂的场子里打了阵保龄球，然后喝了杯巧克力苏打水，又在杂货店里看完了本《花花公子》。在回家的路上，表兄心满意足地长叹一声道："太感谢了，斯坦，这是我一生中最美好的时光。"这可是真的哦。

记得有一次我得开车去明尼阿波利斯[1]，我选了条小路，特为观赏乡间景色。可惜那儿无一景可看，平坦而炎热，堆满了玉米、大豆和肥猪。偶尔会碰上一个农场或者死气沉沉的小镇，那里最活泼的东西就是苍蝇。我还记得，在无边的田野上，可以看到几里之外的路边有一个棕色的圆点。开到近处我看清了，那是一个男人坐在自家院子的箱子上，那是个有六户人家的小镇，名字好像是"水龙头"或者"尿壶"吧。他以毫无保留的兴趣注视着我前进，注视着我呼啸而过。在后视镜里，我看到他还在注视着我往前开去，直到最后我消失在一阵热浪之中。整个过程持续了五分钟之久。如果现在他还不时地想起我，我可一点儿也不觉得惊讶。

他戴着一顶棒球帽。你总能一眼认出艾奥瓦男人，因为他总是戴着顶为约翰·迪尔[2]或饲料公司做广告的棒球帽，因为他后脖颈因长年累月在炎炎烈日下驾驶约翰·迪尔拖拉机烤出了道道深沟（这对他的大脑也全无好处）。他的另一个鲜明特征，便是脱衣后的滑稽样子：他的脖子和胳膊是巧克力般的深棕色，躯干却白得像大母猪的肚子。在艾奥瓦，这被叫作农夫黄，我相信它是最具个性的标志。

1　美国明尼苏达州的最大城市，位于该州东南部，跨密西西比河两岸。（本书注释若无特别说明，均为译者注。）
2　John Deere是世界领先的农业和林业领域的先进产品和服务的供应商，是主要的建筑、草坪、场地养护、景观工程和灌溉领域的先进产品和服务供应商。约翰·迪尔也在全球提供金融服务，并制造、销售重型设备发动机。

艾奥瓦女人几乎总是异乎寻常地超重——她们的身躯肉鼓鼓又黏糊糊地塞在短裤和三角背心里，看上去有点儿像穿着童装的大象——你会在星期六得梅因的默尔海商场里看到她们，正对她们的孩子大喊大叫，吼着德韦恩或肖娜这样的名字。杰克·凯鲁亚克与众不同，他偏偏认为艾奥瓦女人是全国最漂亮的。我看他肯定不曾在星期六去过默尔海商场。不过，我还要说——这真是很奇怪、很奇怪的事——这些胖女人十几岁的女儿却总是清一色地赏心悦目，像一篮水果般鲜嫩圆润，散发着天然的清香。我不知道她们身上发生了什么，但我觉得，娶一个性感美人儿的时候，明知她体内有个定时炸弹在嘀嗒作响，不知何时就会将她鼓胀成巨无霸，而且很可能是在不知觉间突然爆发，仿佛拉开栓的自动充气筏一般，那一定是糟透了。

即使没有上述诱因，我认为我也不会待在艾奥瓦。我在那儿从来没有真正的归属感，就算小时候也是如此。大概是1957年，我的祖父母送我一个"看图大师"和一盒图片做生日礼物，盒上题名为《艾奥瓦——咱们辉煌灿烂的州》。即便在那时，我也认为那辉煌灿烂的美景实在是微不足道。没有重要的自然景观，没有国家公园，没有古战场或是著名的出生地，那些"看图大师"不得不倾尽天才，使尽全部的3D立体创意。我记得，把看图器放在眼前，按动那白色手柄，便是赫伯特·胡佛出生地的风景照，三维立体，令人难忘。接着是艾奥瓦另外一些伟大珍宝：韦尔的小布朗教堂（它给那首没人知道调子的歌以灵感），达文波特那座横跨密西西比河的公路桥（上面所有的汽车似乎都急于奔向伊利诺伊），一片波浪起伏的玉米地，康西尔布拉夫市那座跨越密苏里河的大桥，然后又是韦尔的小布朗教堂，只不过换了个拍摄角度。我记得，即便是那个时候，我也觉得我的生命肯定远胜于此。

后来，大约在我十岁时，一个灰蒙蒙的星期天下午，我正在看电视上一个有关欧洲电影制作的纪录片。有个镜头表现的是安东尼·伯金斯在黄昏时分的某个城市沿一条有坡的街道行走。我现在不记得那是罗马还是巴黎了，但那条路上铺满了鹅卵石，因雨水而闪闪发亮。伯金斯深深地弓着背，身穿军用雨衣，我立刻想到："嘿，那就是我！"我开始读——不，是开始狼吞虎咽《国家地理》，吞吃里面的图片：容光焕发的拉普兰人，云雾缭绕的城堡，魅力无穷的古代城市。从那一刻起，我就想做个欧洲男孩。我想住在某城街心花园对面的公寓里，从我卧室的窗子里看出去，是一片连绵的山丘与屋顶。我想乘电车，能听得懂陌生的语言。我想要名叫沃纳或者马可的朋友，他穿着短裤，在街上踢足球，有木制的玩具。究竟是为什么，我却一辈子也想不出来。我想要妈妈派我出去买长条面包，去一家门廊上挂着块木制椒盐饼干的商店，我想要走出前门，置身于那样一个地方。

等到年龄足够大，我就离开了。我离开了得梅因和艾奥瓦，离开了美国、越战和水门事件，在世界的另一头安顿下来。现在每当我回到家乡，就像到了异国，这里充斥着连环杀手和起错了名字的运动队（印第安纳波利斯小马队？多伦多蓝鸟队？），还有一位风度翩翩的傻佬做总统。我妈早就认识那傻佬，当时他是得梅因WHO电台的体育解说员，人称"荷兰崽里根"。"他不过是个亲切可爱、有点儿迟钝的家伙罢了。"我妈说。

说起来，这可是一个对大多数艾奥瓦人相当公正的描述。可别误会我，我压根儿没有说艾奥瓦人智力欠缺的意思。他们毫无疑问是聪明而敏感的，尽管他们天生保守，却总能选举出一位负责而清醒的自由党人，而不是哪个白痴保守党（这常令派泼先生濒临崩溃）。此外，我要骄傲地告诉大家，艾奥瓦人的识字率居全国之首：这里99.5%的成年人能读会写。我说他们有点儿迟钝，指的是他们爱信任人、亲切、真诚坦率。他们的反应确实有一点点儿慢——你给一个艾奥瓦人讲笑话时，会看到他的大脑和表情在赛跑——但那并非因为他们缺乏脑筋急转弯的能力，只是不大需要罢了。他们的机敏因对上帝的虔信、对这片土地的热爱还有乡亲们的陪伴而被磨钝了。

最为重要的一点，就是艾奥瓦人的友善。你若走进南方一家陌生的餐馆，那里马上会万籁俱寂，你会发现所有的客人都在盯着你看，似乎都在掂量抢你钱包、杀人灭口，再把尸体扔进外面沼泽浅坑的风险有多大。在艾奥瓦，你却是万众瞩目的中心，自从上周五老弗兰克·斯普林克尔和他的拖拉机被龙卷风卷走之后，你的到来就是全镇最有趣的事了。你遇上的每个人，好像都会向你献上他的最后一杯啤酒并且把你介绍给他的妹妹。每个人又开心，又友善，又带着那种怪怪的安详。

上一次在家时，我去城里的克雷斯吉买了一捆明信片，准备寄回英国。我买了我能找到的最搞笑的那些——饲养场上的夕阳啦，农夫们勇敢地抓着移动中的扶梯啦，旁边有标题："我们在默尔海商场坐电梯啦！"诸如此类。这些明信片是如此整齐划一地荒诞，以至于我拿去结账时，都觉得尴尬，好像我在买下流杂志，还企图装出不是给自己看的表情。可是结账的那位女士却从容不迫又饶有兴致地翻阅了每一张——说起来，正像她们对待下流杂志一贯的态度那样。

她戴着蝴蝶眼镜，梳着蜂窝头，抬起头，泪眼蒙蒙地看着我。"这些真是太好了，"她说，"你知道，甜心，我去过那么些州，见过那么些地方，可我要告诉你，这恐怕是我见过的最'瞟亮'的了。"她确实说的是"瞟亮"。她确实是那个意思。这个可怜的女人已经处于终极催眠状态了。我瞟了瞟那些卡片，很意外地，一下顿悟了她的意思。我不得不同意她的话，它们就是"瞟亮"。于是，我们一起默默地欣赏着。有那么晕眩而无心的一瞬间，我差一点儿也要安详起来了。那是阵奇怪的感动，不过很快就过去了。

我爸喜欢艾奥瓦。他在这个州度过了自己的一生，就是现在也还在那里，在得梅因的格伦戴尔公墓里，努力迈向来生。但是，每年都有一次，他会被一种无声而疯狂的欲望俘虏，想要离开这个州出去度假。每年夏天，大家还没怎么察觉，他就把汽车塞得吱嘎作响，匆匆把我们赶到车上，驶向某个遥远的地方，然后在快要开到另一个州的时候再回来拿他的钱包，之后又驶向某个遥远的地方。每年都是如此，每年都是这么可怕。

最大的杀手就是冗长乏味。艾奥瓦处于这个半球上最大平原的中央，在这个州任何一处爬上屋顶，穷目力所及，你面对的都是大片平淡无奇的玉米地。这儿不管哪个方向距大海都有1000英里，距最近的山脉400英里，距摩天大楼、劫匪和趣事300英里，距在陌生人提问时，不会像小学生那样习惯性地把手指插进耳朵眼并转来转去的人们，有200英里。从得梅因开车到任何不怎么样的地方需要的路程，在其他国家都会是英勇壮丽的。这意味着待在一个铁烤箱里，在绵延不绝的高速公路上日复一日、毫无松懈地沉闷着。

在我的记忆中，我们度假总是坐一辆蓝色的大"漫游者"旅行车。那是辆烂车——我爸总是买烂车，直到更年期时，他才开始买时髦的红色敞篷车——但有个巨大的优点是空间很大。我们兄弟姐妹坐在后排，仿佛离前排的父母有几里远，效果如同在另一个房间。很快，我们在非法袭击野餐篮时发现，要是将一把"俄亥俄蓝头火柴"插进一个苹果或是一个熟过了的蛋里，把它弄得很像是豪猪，然后随随便便地丢出后车窗，它就像个炸弹一样爆炸了。"砰"的一声轻响，伴随着惊人的巨大蓝色火焰，吓得后面的汽车慌忙躲闪，样子非常滑稽。

我爸在前面开出好几里了，还不知道发生了什么，也不明白为何一整天都有汽车突然贴上来，而在奔向远处之前，开车人总是怒气冲天地打着手势。"这是怎么回事啊？"他以受伤的语气对我妈说。

"我不知道啊，亲爱的。"我妈温和地回答。我妈只说两句话，一句话是："我不知道，亲爱的。"另一句话是："我给你拿个三明治吧，甜心？"在旅途中，她偶尔也会主动说出其他的聪明话，比如："仪表盘上的灯应该那么热吗，亲爱的？"或者："我想你是撞上后面的那狗/男人/盲人了，亲爱的。"不过她绝大多数时候选择明智地保持沉默。这是因为度假期间我爸如同着了魔一般。他最痴迷的就是想尽办法省钱。他总是带我们去最便宜最破烂的旅馆和车马店，去那种一星期才洗一次盘子的路边饭铺。你总是怀着宿命感，明知在吃完自己这份之前，必定会在某一刻，发现潜伏在盘子某处或者塞在叉子缝里的别人的蛋黄凝迹。这个，当然会让人联想起虱子和它那漫长而痛苦的死亡。

可是，就连这都算是乐事了呢。通常，我们都被迫在路边野餐。我爸有挑选糟糕野餐地的天分——繁忙的卡车休息站旁，或者一个后来发现它位于某个特穷的黑人区中心的小公园，一群群小孩过来静静地站在我们的饭桌旁边，注视着我们大吃"女主人"牌纸托蛋糕和卷边薯片——我们停车的那一刻，总是难以置信地刮起风来，于是我妈整个午餐时间都在大约一英亩的区域里追逐纸盘。

1957年，我爸投资19.98美元，买了一台便携煤气炉。每次用之前，都得花一小时把它组装起来，而且它还那么喜怒无常，性情狂野，点火时我们这些小孩总是奉命靠后。不过，事实也总是证明没这个必要，因为这炉子只会冒出几秒钟的火苗，然后就"噗噗"地熄灭了。于是我爸会花上好几个小时把它搬来搬去以避开风头，同时以低沉气恼的语调和它说个不停，那腔调和长期精神病患者的类似。我们兄弟姐妹几个，则一直哀求他把我们带到那种有空调、有亚麻桌布、冰块在澄净的水杯中叮当作响的地方。"爸，"我们乞求，"你是个成功人士，日子过得很好，就带我们去霍华德·约翰逊饭店吧。"可他是不会理睬的。他是大萧条时期的孩子，任何涉及资金支出的事情，都会让他露出逃犯刚听到远处警犬声时的痛苦表情。

最后，当太阳西下，他会递给我们又冷又生还带着煤气味儿的汉堡。我们只咬了一口，就拒绝再吃。这下老爸火了，他把所有东西扔进车里，载着我们飞速驶向某个路边餐馆。里面总有个汗津津的男人，戴顶软塌塌的帽子，把一盆杂烩甩到我们面前，而此时油脂火星在他的炉子上跳着舞。然后，车子静悄悄地，满载着辛酸和不曾熄灭的基本需求，错误地转下主干道，迷了路，最终来到某个叫作"德雷诺，印第安纳州"或"自来水，密苏里州"的荒凉小村，我们只好在村里唯一的旅店找个房间过夜。要想在那破地方看电视，你不得不坐在大厅里，和腋下有两个大汗圈的老头儿分享龟裂的假皮沙发。那老头儿几乎肯定只有一条腿，也可能是其他真实而惹人注目的缺陷，比如没有鼻子或者前额上有个洞什么的。这意味着，虽然你从心眼里想看"拉勒米"或"我们的布鲁克斯小姐"，却发现自己的眼神在控制不住地偷偷凝视旁边那个被吃掉一部分的身体。你根本管不住自己。有时候，你会发现那人还没有舌头，这样的话，他肯定会跃跃欲试地和你神侃，结果却完全地、极度地令人不满意。

经过这么一星期左右的痛苦煎熬，我们会到达某个湛蓝闪亮的湖泊，或是躺在松林覆盖的山脉谷底的大海，一个自由自在、到处是消遣的地方。孩子们在水中泼溅起阵阵欢叫，几乎要证明这段旅途是值得的。老爸变得有趣又温和，甚至会带我们去一两次那种你不必目睹食物烹调，水杯上也没有口红签名的餐馆。这才是生活啊！这才叫逍遥自在、生活富裕！

渐渐地，一种奇异的冲动压倒这恼人而古怪的记忆，牢牢地攫住了我。我想回到那片青春时的土地，来一次广告词作者们所谓的"发现之旅"。在4000英里外的另一块大陆上，我被乡愁悄无声息地俘虏了。当你已到达生命的中点，父亲又刚刚去世，你因此而顿悟到，他走的时候也带走了你的一部分，那股乡愁就彻底压倒了我。我想回到年少时那个美妙的地方——去麦基诺岛、落基山脉、葛底斯堡——看看它们是否像我记忆中一样美好。我想倾听罗克艾兰火车头低沉的长鸣划过寂静的夜晚，"咔嗒咔嗒"的声音慢慢消逝在远处。我想去看萤火虫，听蝉声聒噪，想无处躲藏地浸泡在炎热、让人疯狂的八月天里。那种天气能把你内衣的每一条缝隙都黏合起来，贴在你身上像胶皮一样，还逼得那些好脾气的人也拔出禁用的手枪，用枪火点亮夜空。我想去寻觅"嗯嗨"汽水和"伯马"刮胡膏的广告牌，想去看球赛，想坐在旁边有苏打水喷泉的大理石桌边，想开车经过迪娜·德宾和米基·鲁尼¹曾在电影里住过的那种小镇。我想四处旅行，我想看看美国，我想回家。

于是我飞到了得梅因，弄来一捆地图，在起居室地板上仔细研究，苦苦思索，最后画出一条巨大的环形路线，足以带我走遍这块奇异而又广大的半是异乡的土地。与此同时，我母亲则为我做着三明治，并且当我问起儿时度假的事情时，说："噢，我不知道啊，亲爱的。"一个九月的清晨，36岁的我蹑手蹑脚走出儿时故居，溜进一辆上了年纪的、从我那圣洁而轻信人言的母亲那借来的雪佛兰轿车的驾驶座，指挥它穿过城里平坦沉睡的街道。我巡游在一条空

1　米基·鲁尼（1920—2014），美国电影演员，代表作《家庭事务》《小镇的天空》。

旷的高速公路上，在一个有20万沉睡灵魂的城市里，我是唯一肩负使命的人。太阳已高挂空中，承诺着酷热的一天。我的面前躺着大概100万平方英里沙沙轻响的玉米。我在城边开上了艾奥瓦163号公路，带着一颗无忧无虑的心奔向了密苏里。你不常听人这么说吧。

第二章

　　在英国，一年到头没有夏天，潮湿的春天在不知不觉间就变成了阴冷的秋天。几个月来，天空一直保持着一种没有深度的灰色。有时候那儿会下雨，但通常只是一片阴霾，一个没有影子的地方。在那儿生活就像住在塑料盒里一样。而在艾奥瓦，太阳却极力地散发出耀眼的光芒。艾奥瓦在色彩和光线上的表现简直是歇斯底里，路旁的谷仓是亮闪闪的红，天空是深沉得能够催眠的蓝，芥末黄与鲜绿的田野铺展在我眼前。云母的光芒闪烁在绵延起伏的公路上。远方，庞大的谷物仓库和中西部的大教堂，东一个、西一个的，仿佛草原之海上的一艘艘船只，吸收着阳光，又反射出一片纯白。我在不习惯的光芒中眯起了眼睛，循着公路奔向奥特利。

　　我的计划是重游父亲去温菲尔德的祖父母家一直走的那条路线——经过普雷里市、佩拉、奥斯卡卢萨、赫德里克、布赖顿、科波克、韦兰和奥尔兹。这个次序已经像文身一样刺进我的记忆。从前我只不过是个乘客，压根儿就没注意过路途，因此当我发现自己没完没了地碰上奇怪的转弯和意外的三岔路时，真是颇感惊讶。那些岔路逼得我在这儿左转走几里，右转走几里，然后再左转，如此这般重复下去。其实走92号公路去安斯沃思，然后朝南奔向惬意山就直接得多了，我真想不通爸爸用了什么推理方法定下这么一条路线，现在当然也不会知道其中的原委了。这似乎令人遗憾，尤其是他好像最喜欢把一张张地图铺满餐桌，仔细地推敲可能的路线。在这方面，他正像大部分中西部人那样，"方向"对他们来说非常非常重要。他们有种与生俱来的定向的需要，甚至在讲故事时也是如此。中西部人不管讲什么故事，都会在某个地方迷失在内心独白的灌木丛里，沿着这样的路线继续："我们正待在旅馆里，那儿在州政府大楼东北方八个街区的地方。嗯，再想想，是西北方，而且我觉得更像是九个街区呢。这个女人没穿衣服，除了一顶浣熊皮帽，光溜溜的跟刚出娘胎一样，打西南边朝我们跑过来了……嗯，是东南方向吧？"如果在场有两个中西部人都目睹了那一事件，你就只能把这个故事抛诸脑后了，因为他们会把整个下午都泡在争论方向上，而且绝不会再回到原来那个故事。在欧洲，你总是能认出来自中西部的夫妇，因为他们会站在繁忙十字路口中央的安全岛上，查看迎风招展的地图，争论哪边才是西方。欧洲的城市，其街道弯弯曲曲，小巷毫无章法，简直要把中西部人逼疯。

这种地理上的痴迷可能与整个美国中部都缺少路标有些关系。我已经忘记那儿是多么平坦空旷了。几乎在艾奥瓦任何地方，只要站在两本电话簿上，你就可以将这里一览无余。从我现在所处的这个地方放眼望去，可以看到比利时那么大的一片土地，可是上面却一无所有，除了几个零零散散的农场，几棵大树和两座水塔，灿烂的银色反光，意味着远方看不见的城市的存在。远处的大地中央，一片尘烟追逐着碎石路上的一辆汽车。高高耸立在地上的唯一东西，就是那些大谷仓，可是就连它们也都一模一样，每一个之间都没有多少区别。

而且这里是那么安静。除了玉米无休止地骚动，便没有一丝声音了。三里外的房子里有人打个喷嚏，你也能听得到（"保佑你！""谢谢！"）。过着如此缺乏刺激的生活肯定快把你逼疯了，这儿没有过路的飞机吸引你的视线，没有汽车喇叭的鸣叫，时间曳步缓慢前进，让你快要以为人们还在看《奥齐和哈丽特》这种电视节目，还要给艾森豪威尔投票呢。（"我不知道你们得梅因人走到哪一年了，反正我们法德乡这儿才刚来到1958年呢。"）

在展现个性特征这方面，那些小镇同样没有帮助。大概唯一能把它们区别开的就是名字了。它们千篇一律，都有一座加油站，一家杂货店，一座谷仓，一个卖农具和肥料的地方，还有个令人难以置信的微波炉店或者干洗店，让你掠过小镇时能够自言自语："他们芬格斯市要干洗店干吗呢？"每隔四五个社区就有一个郡府，建在一个广场的四周。广场的一边，是一栋漂亮的砖砌郡府楼，一座内战时的加农炮和纪念两次战争死难者的纪念碑；另一边则是店铺：一家小杂货店，一个快餐馆，两家银行，一家五金店，一家福音书店，一间理发馆，几家美容院，一个男装店，里面的衣服只有小村子的人才会穿。至少有两家店铺都会叫"韦恩"。广场的中心区是公园，有肥壮的树，露天音乐台，飘着美国国旗的旗杆和散落各处的长椅，长椅上坐满了头戴约翰·迪尔帽的老头儿，他们围坐在一起聊着从前那些日子，那时他们还有别的事可做，而不是围坐着聊着那些有别的事可做的日子。在这些地方，时间像老牛拉车般嘎吱嘎吱地流逝。

艾奥瓦最好的小镇是佩拉，位于得梅因东南方向40英里。佩拉是荷兰移民创建的，每年5月，这里仍然举行盛大的郁金香节，他们还会请来某些大人物，比如海牙市长，飞来赞美他们的球茎。我很小的时候就喜欢佩拉，因为很多居民会在前院摆个小小的风车，看起来挺有趣。我倒不是说这格外有趣，而是你小小年纪就已学会，在穿越艾奥瓦的任何旅途中，不要放过你能找到的任何一点儿乐趣。此外，佩拉城边上还有一家"牛奶皇后"冷饮店，我爸有时会停在那儿，给我们买浸了巧克力的蛋筒冰激凌。光是为了这个，我一直对这个地方怀着特别的喜爱。当我在这个美好的9月清晨驶进佩拉，心情格外愉快，因为许多人家的前院里依旧有风车在旋转。我在广场上停下车，出来舒展腿脚。因为是星期天，广场上的老人们在休息——今天他们的任务是在电视机前睡一整天——不过在其他各个方面佩拉都和我记忆中的一样完美。树木、耀眼的鼠尾草和灿烂的金盏菊花床把广场装点得郁郁葱葱。广场上也有它自己的风车，这个漂亮的绿风车有白色的叶片，几乎和实物一般大，站在一个角落里。广场四周的店铺，都是整个中西部小镇店家钟情的谷片盒式建筑，不过加上了姜饼檐口和其他喜兴的装饰。每家店铺都有个严肃、可信赖的荷兰名字：帕德库珀药房啦，贾斯玛面包坊啦，范科保险啦，戈斯林克福音书店啦，范德布鲁面包店啦。当然了，它们全都不开门。在佩拉这样的地方，星期天仍然严格地遵守着戒律。的确如此，整个镇子是一片诡异的寂静。沉浸在那种死一般的静默之中，令你开始怀疑（如果你恰好有歇斯底里的天性）：莫非每个人都被晚上泄漏的无色无味气体毒杀了——甚至可能正在悄无声息地控制你自己的中枢神经系统——这毒气正在把佩拉变成平原上的庞培。我简要地想象了一下，人们从四面八方赶来查看这些遇难者，特别让他们着迷的，是郡府广场上那个焦急的戴眼镜的年轻人，永远在紧握着自己的喉咙，正企图打开车门。不过很快我就看见广场那头有个人在遛狗，于是明白一切危险都已平安度过。

　　我本来无意逗留的，可是碰上如此美妙的早晨，我便沿着旁边的街道溜达，经过了整洁的有圆顶和山墙的镶木房子，房子前面的门廊上有双人座的秋千，在微风中嘎嘎作响。除了我的脚步蹭过枯叶的声音，这里没有其他声息。在街道的尽头，我碰到了中心学院的校园，一个荷兰改革教会管理的小学校。校园里的红砖房俯瞰着一个曲曲弯弯的水池，水上有架木制的人行拱桥。整个校园安静得像注射了双倍剂量的"安定"。看起来像是克拉克·肯特[1]念过的那种大学：整洁、亲切、思想正经。我走过那座桥，在校园的另一边发现了证明我不是佩拉唯一活人的新证据。从宿舍楼高处一扇开着的窗里，传来了开得极大的音响声，叫嚣了好一阵子——我想是什么《弗兰基去好莱坞》吧——随后，从看不见的地方传来一个炸雷似的声音："马上给我把那鸟东西关掉，否则我过去把你的脑袋砸烂！"那是来自彪形大汉的声音——我猜他的外号叫"驼鹿"。音

1　克拉克·肯特，俗称超人（Superman），是DC漫画公司旗下的超级英雄。

乐戛然而止，佩拉又睡着了。

我继续往东行驶，经过了奥斯卡卢萨、弗里蒙特、赫得里克和马丁斯堡。我对这些名字都很熟悉，但小镇本身却唤不醒我多少记忆。在从前大多数旅行的这个阶段，我便率先进入了无聊引发的恍惚状态，每隔15分钟就要大喊大叫："还要多久啊？咱们到底什么时候才到啊？我闷死了，我好恶心，还得多久啊？咱们啥时候才到啊？"我依稀认出了科波克附近路上的一个转弯，当年因为碰上暴风雪，我们为了等铲雪车经过，在那儿待了四个钟头。还有几个地方，我们停下来让姐姐下去呕吐。其中包括马丁斯堡的一个加油站，她跌跌撞撞下了车，冲着油泵服务员的脚踝大吐特吐。（好家伙！那人真是手舞足蹈！）在韦兰的另一处，爸爸差点儿把我扔在路边，因为他发现我打发时间的办法，是把后车门嵌板上的所有铆钉都搞松，暴露出内部机械的有趣景象，却不幸导致车窗和车门永远失灵。然而，直到我经过奥尔兹，到达通往温菲尔德的路口的那一刻，才有了怦然心动的感觉。当年一到此处，爸爸便欣喜若狂地宣布我们其实已经到了。我最少也有12年没走过这条路了，可是对我来说，它平缓的小山坡和孤零零的农场就像我的左脚般熟悉。我的心在飞扬，这真像时光倒流啊，我似乎又成了一个小男孩。

抵达温菲尔德的路上总是惊心动魄。爸爸开下78号公路后，就以超高速度行驶在一条粗糙的石子路上，把大家颠得七扭八歪，还卷起团团白色尘云，然后顶着妈妈持续不断的警告，以明显精神失常的状态盲目地拐向了一条铁路线，而且一本正经地说："我希望没有火车开过来。"直到几年以后，妈妈才发现那条铁路一天只有两趟火车经过，还都是在深夜。铁道远处，孑然独立在一片荒野中的，是座维多利亚式的宅子，很像《纽约客》里查尔斯·亚当斯漫画中的那种房子。几十年来没有一个人在那儿住过，可它依然摆满了罩着潮湿床单的家具。我姐、我哥和我经常从一扇破窗子爬进去，浏览一箱箱发霉的衣服、老旧的《科里尔》杂志和一些照片，上面的人都是一脸古怪的愁苦表情。楼上有间卧室里，据我哥说，躺着最后一位房客干瘪的尸体，一个死于心碎的女人，她在婚礼的圣坛前被抛弃了。我们从来没进去过，不过有一次，我大概四岁，我哥从钥匙孔往里窥探了一下，突然狂叫一声："她来了！"然后头也不回地飞奔下楼。我呜呜咽咽地跟着他，每一步都喷着尿。这栋房子过去，是一片广阔的田野，上面满是黑白相间的奶牛。再过去，就是我爷爷奶奶的房子了。在树丛形成的天棚下面，它漂亮而又洁白，还有一个红色的大谷仓和好几亩草坪。我们每次到时，爷爷奶奶都无一例外地在大门口等着。我不知道他们是看见我们过来才奔到那个位置，还是就在那儿一小时又一小时地等着。极有可能是后者。因为说老实话，他们也没什么别的事情可做。这以后，将是四五天开心的日子。爷爷有一辆T型福特车，他允许我们这些小鬼在院子里开着玩儿，害得他的小鸡和两位年长的女性痛苦不堪。冬天里，他会在车后面挂个雪橇，带着我们在白雪皑皑的路上跑很长很远。到了晚上，大家会围着餐桌打扑克，玩得很晚才睡觉。去爷爷奶奶家总是在圣诞节，或者感恩节，要不就是国庆节，或者某个人的生日。在那里，永远有幸福快乐。

我们一到，奶奶就急急忙忙地从烤炉里端出某种刚烤好的东西。这种东西总是那么不同寻常。奶奶是我知道的唯一——可能也是世界上唯一——真的照着食品袋后面的食谱做东西的人。那些菜总是叫作"脆米片加香蕉船翻身蛋糕"或者"戴尔·蒙特利马豆加椒盐卷饼的宴会式点心"。材料通常都可疑地由大量该公司自己的产品构成，而且一般是你在极度饥饿时才会想到的组合。这些菜最值得一提的就是它们的别具一格。当我奶奶给我一块热气腾腾的蛋糕或三角饼时，里面几乎可能包含任何东西——尼布里茨甜玉米、巧克力屑、午餐肉、胡萝卜丁、花生酱。一般来说里面某处总会有些脆米片，我奶奶对脆米片情有独钟，不管做什么都要铲两勺进去，即使食谱上没这么要求。她的烹调水平之差，基本上和你我一样，并不会造成什么实质的危害。

这一切似乎都很遥远了，确实如此。那确实是很久以前了。实际上，我奶奶用的是手摇电话，就是那种挂在墙上，有个手柄的，你把它转上几圈然后说："梅布尔，给我接格蕾迪斯·斯克里比吉。我想问问她怎么做霜糖奶酪宴会小点儿。"结果呢，格蕾迪斯·斯克里比吉已经在听电话了，或者别的什么正在听电话的人知道怎么做这种点心。每个人都偷听电话。奶奶经常在百无聊赖的时候偷听，她一只手捂着话筒，向屋里其他人活灵活现地转述什么结肠灌注啦，子宫脱垂啦，跟韦恩那家"城区客栈及晚餐俱乐部"的女招待私奔到伯灵顿的丈夫们啦，还有小镇生活中的其他危机。在这期间，我们大家都得保持绝对的安静。我永远也不能完全理解这是怎么回事，因为故事若进入了最刺激的部分，奶奶常常会忍不住插嘴。"噢，我觉得梅勒可真卑鄙，"她会说，"是的，没错，我是莫德·布赖森，我只想说，他这样对待可怜的珍珠，真是太恶心、太卑鄙了！还有，梅布尔，我要告诉你点儿别的，在哥伦布路口，你能买到便宜一块钱的有托胸罩呢。"大概在1962年，电话公司来人了，在奶奶家里安了一部没有共用线的正常电话，可能是应了镇上所有其他居民的请求吧。这简直就是将她的生活打穿了一个大洞，从那以后，她再也没有完全恢复过来。

我并不真的指望我的祖父母在大门口等我，因为他们已去世多年。但我想，我是隐隐地希望另一对善良的老夫妇现在正住在那里，并且会邀请我进去看看，分享我的往事。没准儿还会让我做他们的孙子呢。最最起码，我以为祖父母的房子就像我上次见到时那样。

但事实上，已经不是那样了。通往房子的那条路依然是亮闪闪的白色鹅卵石，也依然卷起令人满意的尘云，但那条铁道却不见了，而且没有任何曾经存在过的痕迹。那栋维多利亚式的宅子也不见了，取而代之的是个农场员工宿舍式的住家，汽车和煤气筒散落在院子里，仿佛一个学步小儿的玩具。更糟糕的是，牛儿遍布的田野现在成了满是纸盒般房子的地产。我祖父母的家从前安然屹立在镇子之外，好像田野海洋中一个清凉的绿树小岛。可现在呢，廉价的小房子从四面八方向它拥挤过来。我震惊地发现，谷仓竟然也不见了，哪个傻瓜拆掉了我的谷仓！而那房子本身呢——唉，已经成了个破棚子。油漆大片大片地剥落，灌木被随意地连根拔起，树林被砍倒，高高的荒草丛中散落着房子里溢出来的垃圾。我在房前的公路上停下车，面对此情此景，只有目瞪口呆。我无法描述这种失落的心情。我的一半回忆都在那栋房子里啊。过了一会儿，一个巨大的胖女人出现了。她穿着粉红短裤，正在打电话，那电话线显然是无限长的，因为她走过来站在敞开的门口，死死盯住我，纳闷我究竟在死盯着她看什么。

我开车进了城。在我小时候，温菲尔德的主街有两家杂货店、一个廉价品小铺、一间酒馆、一家台球厅、一个报社、一间银行、一爿理发店、一座邮局、两个加油站——繁荣小镇该有的东西它都有。每个人都在当地购物，每个人都认识彼此。可现在剩下的只有酒馆和卖农具的地方。有六块空地上像补丁一样缀满杂草，上面的建筑物已经被拆掉，再也没有重盖。剩下的那些建筑，大多都黑乎乎的，用木板钉死了。这里活像一个废弃的电影布景，很久以前就已被扔在这里等待腐烂了。

我不明白这里发生了什么事。人们现在恐怕得开上30英里路才能买到一条面包吧。酒馆外面，一群杀气腾腾的年轻摩托车手正在闲荡。我本打算停下来问问他们这个镇子到底发生了什么，可是其中一个见我放慢了速度，向我竖起了手指。无缘无故啊！他大概只有14岁。猛然间，我驱车向前，回头奔向78号公路，经过熟悉得像我左脚一样的散落农舍与平缓的斜坡。平生第一次，我在转身离开一个地方时，知道自己永远也不会再来看它了。这实在太令人难过了，可我本来就该明了于心的。正如我过去常对托马斯·伍尔夫所说的那样，生命中有三件事是你无法做到的：你打不赢电话公司；你绝对无法引起服务生的注意，除非他准备理你；还有，你不可能再回家乡。

第三章

　　我驾车前行，不听收音机，也没有多少思绪。在惬意山，我停下来喝咖啡。我带着周日版的《纽约时报》——自从我离开之后，生活中最伟大的进步之一，便是如今你能在艾奥瓦这样的地方从售报机里买到当天出版的《纽约时报》。真是非凡的销售技艺啊！于是我在亭子里把它展开。哇！我爱死《纽约时报》周日版了！且不说它作为报纸的诸多优点，单是它那巨大的分量就够让人感到安慰的了。我面前的这一份肯定重达10或12磅，能挡住20码外飞来的子弹。我曾经读到过，出版一期《纽约时报》周日版，要用掉7.5万棵树——它是很对得起每一片颤抖的叶子了。就算我们的孙子因此没有氧气呼吸又怎么样呢？去他们的！

　　时报上我最喜欢的部分，就是周边那些小栏目。这部分是如此乏味沉闷，散发出一种催眠的魅力。像"家务改进栏"（"你需要知道的全部修理零件"），还有集邮栏（"邮局纪念航空邮票发行25年"）。我尤其喜爱那广告附页，要是一个保加利亚人问我美国的生活情况，我会毫不犹豫地告诉他，去抓一堆《纽约时报》广告附页吧，它们展示出的那种丰富多彩的生活，超乎绝大多数外国人最狂野的梦想。似乎是为了说明我的观点，面前的这份报纸就包含了纽约齐威格公司的礼品目录，提供大量你根本想不到有何需要的产品——音乐鞋架啦，手柄里装晶体收音机的伞啦，电动指甲防护器啦。多么伟大的国家啊！我最爱的是其中一个小小的电热盘子，你可以把它放在桌子上，以免你的咖啡变凉。这对那些脑子受损的人来说，绝对是个天大的恩惠。脑部损伤导致他们四处闲逛，忘记了自己的饮料。全美国的癫痫病患者必定也是同样感激涕零。（"亲爱的齐威格公司：说不清有多少次，我从大发作中苏醒过来，发现自己正躺在地上思考，'噢，上帝呀，我敢打赌我的咖啡又凉了。'"）说真的，谁会买这些东西呢？——银牙签，绣着姓名首字母的内裤，印着"年度人物"的镜子。我常常想，要是我开这么一家公司，我就生产一种剖光的桃花心木板，上面的铜牌写上："嘿，看我干得怎么样？我花了二十二块九毛五，买了这个完全没用的废物。"我敢肯定它会像烤饼一样好卖。

有一次我在精神错乱的一瞬间，给自己买了目录上的东西，其实内心深知会以心碎而告终。那是一个小小的读书灯，可以夹在书上，这样就不会打扰在你旁边睡觉的那个她了。在这一点上，它的表现堪称杰出，因为它几乎不能用。它发出的光线微弱得一塌糊涂（在目录上，它似乎能在你海上迷航时向其他船只发信号呢！），除了头一两行，剩下整页都陷入一团漆黑。我可见过很多小虫子比它亮多了。大约四分钟以后，它那小小的光线开始颤动，然后彻底消失，后来我再也没有用过它。可问题是我明明知道会如此收场，知道它只会带来令人感到苦涩的失望。再一想，如果我真开这么一家公司，我就干脆寄给订货人一个空盒子，内附纸条，上面写着："我们决定不寄上您订的物品了，因为正如您明了的那样，它是绝不会正常工作的，只会令您失望。所以，就让这一次作为您日后生活的教训吧。"

我从齐威格目录转向食品和日用品广告。这部分通常会有一大堆明亮耀眼的诱惑，勾你去品尝令人兴奋的新产品——名字叫作"大块炖牛肉加肉汤"（"牛肉纤维，肉块多多"）和"闻香快餐"（"让你想用鼻子吃的刺激新快餐！"），还有"乡村阳光蜜烤麦仁加糖霜早餐麦片"（"新推出富含维生素的巧克力葡萄干！"）。我被这些新产品迷得神魂颠倒。很明显，美国垃圾食品的制造者和消费者已经共同越过了某种合理的界限，正在无尽地追求新口味的感官刺激。现在他们有点儿像那些绝望的瘾君子，已经尝过了所有已知的毒品，为了得到更刺激的效果，终于沦落到静脉注射马桶清洁剂的地步了。在全美各地，你都能看到无数屁股松垮的夫妇静静地在超市货架上搜寻，寻觅新的口味组合，企望找到没尝过的产品来刺醒他们的嘴巴，让他们迟钝的味蕾兴奋一下，根本不管那种兴奋是多么短暂。

这个市场的竞争是白热化的。食品插页不仅提供50美分左右的折扣，你如果寄两三个商标过去，制造商还会快递给你"大肉块海滩毛巾"，或者"乡村阳光围裙与隔热手套组合"，或者一个"闻香快餐"电热盘子，当你正因血糖过高徘徊在昏迷边缘时，为你的咖啡保温。有趣的是，狗食的广告也与此十分类似，只不过它们不常是巧克力口味。实际上，每一种产品——从柠檬清香的马桶清洁剂到松香的垃圾袋——都承诺给你带来一次短暂的沉醉。难怪有那么多美国人一脸呆相，原来他们已经完全被毒倒啦！

我上了218号公路，向南驶向基奥卡克。这段路在我的地图上被标明为观光线，可是，这种事情绝对是相对的。谈起艾奥瓦东南部的观光路线，就像谈起巴里·曼尼奴的好唱片一样，你非得做点儿让步才行。比起整个下午待在一间黑屋子里，它是不坏；可是比起索伦廷半岛的海滨大道之类的地方，恐怕就有点儿乏味了。毫无疑问，路边的风景和今天其他路上的差不多，并没打动我更多。基奥卡克是密西西比河边的一个小镇，在那里，艾奥瓦州、伊利诺伊州和密苏里州隔着一个大弯道面面相对。我本想奔向密苏里的汉尼拔，还指望在去南大桥的路上把这个镇看上一眼。可是不知不觉间，我发现自己已经上了向东往伊利诺伊去的桥。此举令我惊慌失措，结果只瞥到一眼密西西比河，那向着两个方向延伸开去的闪亮褐色，然后，追悔莫及的我就已经进入伊利诺伊了。我真的盼望着能看一看密西西比河呢，小时候，觉得穿越它简直就是一次探险。爸爸总是大叫："这儿就是密西西比啦，孩子们！"我们闻声爬到窗边，发现自己正置身于一座真正的云中大桥上，它是那么高，惊得我们屏住了呼吸，而那银光闪闪的河流，在很远很远的下面，广阔、雄浑、安详，正孜孜于它永恒的使命——奔腾向前。这样的景象你可以看上好几里——在艾奥瓦，这可是极其稀有的体验啊！你会看到驳船、小岛还有河边小镇，景色非常棒！然后呢，突然之间，你已经在伊利诺伊了，这里平坦单调，全是玉米，你的心不断下沉，明白就这样了，这就是今天的全部视觉刺激了。从现在起，你得再经过好几百英里无趣的玉米地，才能体验到最琐屑的快乐。

此时此地，我在伊利诺伊，这里又平坦又满是玉米，还很无聊。一个孩子般的声音在我脑子里大叫："咱们到底什么时候才到啊？我觉得好无聊啊。咱们回家吧。咱们到底啥时候到啊？"我本来自信地认为这会儿是在密苏里，已经把地图册翻到了密苏里那一页，因此我在路边停下来，有点儿跟自己怄气的味道，做一点儿制图上的调整。正前方有个牌子上说："系上安全带，伊利诺伊法律规定。"可是，很显然，读不通禁令句不算是违法。我紧锁眉头，研究着我的地图。如果我在汉密尔顿下公路，就可以沿着河的东岸开，在昆西进入密苏里。这条路甚至也被注明是观光线，说不定最后会发现我的错误并非坏事哩。

我循着这条路经过了沃索（即华沙），一个破败的河边小镇。道路从一道陡坡向着河流纵身一跳，但之后又转回内陆，我还是只能对河流惊鸿一瞥。几乎是在一瞬间，风景又展现为广阔的冲积平原。太阳正在西斜，左边有隆起的座座丘陵，点缀着刚刚露出秋色的树木；右边是平坦似桌面的大地，一队队联合收割机在田野间劳作，扬起了阵阵尘灰，在收获的季节里加班加点。更远处，起谷机捕捉到夕阳余晖，泛出片片乳白，仿佛被从内部点燃一般。在更远一些看不见的某个地方，就是那大河。

我继续向前。这条路上完全没有任何路标。在美国他们经常这么干，特别是在那种从无名之地到无名之地的乡村公路上。没办法，你只能凭自己的方向感来找路了——在我身上，咱们别忘了，这方向感刚刚把我送错了地方。我计算着，如果朝南走，太阳应该在我的右边（我想象自己在一个微型车里穿越一张巨大的美国地图，才得出这一结论），可这条路九曲十八弯，弄得太阳在我前方调皮地游来荡去，先是在路这边，然后又跑到了那边。一整天来，我第一次产生了一种感觉：我正在一片辽阔大陆的心脏里，在无名之地的中央。

突然间，大路变成了碎石路，箭头般锋利的白石块飞起来，敲打着汽车的底盘，制造出可怕的喧嚣。我的眼前浮现出这样的情景：油管破裂，热油四处飞溅，我冒着热气，哧哧作响，连滚带爬地抛锚在这条荒凉的路上。漫步的夕阳此刻正停在地平线上，向天空泼洒着淡淡的粉红，我一边心神不宁地往前开着，一边鼓励自己坚强面对那暗淡前景：在群星下面过夜，还有狗一样的动物呼哧哧来闻我的脚，再加上到我腿上来取暖的蛇。前方路上有一团步步逼进的尘暴，不一会儿变成一辆敞篷卡车，它以不顾一切的架势飞驰而过，向我的车喷射出石头炮弹，发发炮弹砰砰地砸在车身上，从窗玻璃上弹开，留下了碎裂的声音，然后把我扔在一团尘云中飘荡。我摇摇摆摆地向前开，无助地透过这一团漆黑窥探着。它及时地散开，刚好让我发现自己距离有停车标志的三岔路只有20英尺。当时我的速度是每小时50英里，在碎石路上的刹车距离得3英里。我使出浑身之力猛踩刹车，弄出人猿泰山没抓住藤条的噪音，才停了下来。车子滑出小道，超过停车牌，冲上铺砌的高速公路才停下来，还轻轻地左右晃动着。就在这一刻，一辆巨无霸般的双桥卡车席卷而过——所有的银喇叭都在傲慢地向我怒吼，所有的闪光灯不可一世地向我闪耀——让我的小车又颤动起来。要是我早三秒钟冲上高速公路，定会被它撞成齑粉。我把车开到路肩上，下来检查受损情况。车子看上去就像遭到了面粉袋的俯冲轰炸，油漆被打掉的地方露出了片片粗糙的金属。感谢上帝，幸亏妈妈个子比我小那么多。我感叹一声，突然觉得很失落，觉得自己离家很远。然后我注意到，前面的路牌上指着去昆西的路，原来我正好停在了正确的方向上，这样看来，险情至少还有点儿帮助嘛。

到了停车休息的时候了。一个小镇就伫立在路边，我斗胆把它叫作得拉德（笨蛋），唯恐这儿的人们发现我指的是他们自己，而把我送上法庭，或者打上门来用棒球棍狠狠揍我一顿。小镇边上有家老汽车旅馆，看上去相当破败，不过从院子里没有焦黑家具这一点判断，这里显然比我爹会选的那种地方高一个层次。我把车停在碎石路上，走了进去。一个75岁的女人正坐在桌后，戴蝴蝶眼镜，梳蜂窝头。她正在做一本要你在一大堆字母里圈出单词的书，我觉得应该把它叫作"低能儿的智力测验"。

"要点儿啥？"她头也不抬，懒洋洋地问。

"我想要个房间过夜。"

"三十八块五。"她答道，手中的笔贪婪地落在"没错"这个词上。

我很狼狈。我们那会儿汽车旅馆的一个房间只要十二块啊。

"我不想买下那房间，"我解释道，"我只想在里面睡一个晚上而已。"

她从眼镜上方严厉地盯着我："房间是三十八块五，一个晚上，税另加，你要还是不要？"她说话的腔调让人讨厌，每个词都加了一个音节。"税"变成了"失味"。

我们俩都清楚，我离其他任何地方都有好几里远呢。"那好吧。"我悔恨地说。我签过字，嘎吱嘎吱地走过碎石路，直奔我的豪华套房而去。这里好像并无其他主顾。我背着包走进房间，四处打量一番，就像你刚到一个新地方所做的那样。屋里有一台黑白电视，看来只有一个频道，另外还有三个弯弯曲曲的衣架。浴室镜子裂了，两扇浴帘还不配套。马桶座上贴了一个纸带，写着"为保护您已消毒"，可是下面却有根烟蒂漂浮在一小汪尼古丁里。爸爸肯定会喜欢这儿的，我想。

我冲了个澡——那就是说，水从墙上的喷头滴滴答答流到我头上——然后就出去考察这个小镇。我在一个贴切地叫作"咯咯"的地方吃了一顿软骨加烤"棒球"，我本以为在中西部的任何地方都不可能吃到真正糟糕的饭菜，可是"咯咯"却硬是做出了这样的东西。那是我吃过的最难吃的食物——而且别忘了，我还是住过英国的呢。它具备口香糖的全部品质，只有口味除外。一直到现在，我打嗝的时候都还能尝到那味儿。

后来我到镇上四处看了看，也没多少可看的，主要就是一条街道，一头是谷仓和铁道，另一头就是我的旅馆，两边是几个加油站和杂货店。这儿的每个人都饶有兴趣地打量着我。多年前，当我还在活泼而敏感的青春期时，读过理查德·马加森写的一个惊险故事，说的是一个偏僻小村的居民，每年都等待一个独自来到镇上的外地人，好在一年一度的烧烤野餐会上把他烤了吃。这儿的人们就正以看烤肉的眼神注视着我呢。

我自觉尴尬，便走进一个阴暗之所，在这个叫作"韦恩酒栓"的酒吧里找了个位子。除了角落里一个一条腿的老人，我是唯一的客人。那吧女很亲切，戴着蝴蝶眼镜，梳着蜂窝头。你一眼就能看出来，她从1931年起就是本地的"豪放女孩"。她整个脸上都写满了"随时做爱"，但全身都写着"最好带个纸袋"。不知道她用了什么方法，把她那宽广的屁股灌进了一条红色紧身裤里，还用一件紧身上衣把胸部绷得密不透风，看着真像是错穿了她孙女的衣服。她足有六十上下，样子相当恐怖。我明白那一条腿的家伙为何要选最远的角落了。

我问她，得拉德的人们如何消遣。"你心里到底在想些什么呀，甜心？"她说道，并且意味深长地抛来媚眼。我不安地发现，那个"随时做爱"的标志闪烁起来了。我还不曾被女人强迫过呢，不过当这一刻到来时，我无论如何也想不到竟然是在伊利诺伊的南部某地，和一个60岁的老奶奶。"噢，也许有那种合法的戏院或者象棋比赛什么的吧？"我轻轻地嘟哝着。然而，一旦我们达成共识，接受我只爱她的心灵，她就变得非常理智，甚至相当迷人。她向我详细而坦率地讲述了她的人生，她陷入一连串让人晕头转向的婚姻，嫁的人现在不是在大牢里就是死于枪战。她还顺便做些惊人的坦白，比如："吉米把他妈给勒死啦，我一直不知道为什么。不过柯蒂斯从来没杀过人，除了有一次不凑巧，他抢一个加油站的时候枪走火啦。弗洛德——我的第四任丈夫——也从来没杀过人，可要是有人惹恼了他，他往往会弄断人家的胳膊。"

"你要办家庭聚会一定很有趣。"我彬彬有礼地冒昧评论。

"我不知道弗洛德后来怎么样了,"她接着说,"他下巴'烂里'有一个凹口,"——过了一会儿,我才发现这是伊利诺伊南部说"就在这儿,我指的地方"的口音——"这让他看起来有点儿像柯克·道格拉斯。他可真可爱啊,就是脾气不好。我后背有条两英尺长的伤疤,就是他用冰锥割的。你想看看吗?"她说着就动手要卷起上衣,却被我拦住了。她就那样将她的人生经历一年接着一年地讲了下去,角落里那家伙显然在偷听,每隔一阵子就咧嘴欢笑,亮出满口大黄牙,我猜想他的腿一定是弗洛德一时性起给扯掉的。在我们的交谈即将结束之际,那吧女斜眼瞟了瞟我,好像我在使坏骗她似的,说道:"我说,你到底是从哪儿来的,甜心?"

我不想告诉她我的全部人生故事,因此只是说:"大不列颠。"

"噢,我要告诉你件事,甜心,"她说,"就一个外国人来说,你英语说得可真够好的呀。"

之后,我带着六听装的一箱啤酒回旅馆睡觉。我发现,根据香味和形状判断,那床只可能是一匹马刚刚腾出来的。它中间塌得那么厉害,搞得我非得把两腿大劈叉才能看到床脚的电视,就像躺在一辆独轮手推车上一般。晚上很热,上了年纪的菲哥窗式空调铆足全力,制造出钢铁厂般的噪声,却只能勉强散发出最微弱、极稀少的凉气。我躺着,把那箱啤酒放在胸口,有效地将自己固定住,开始一听接一听地喝酒。电视里演的是个脱口秀,主持人是个油头粉面的浑蛋,穿一件鲜艳的运动衣,名字我没听清楚。他是那种把打理头发当成头等大事的人。他和乐队领队(自然是挂着一把明晃晃的吉他）互相取笑了几句，一点儿趣味都没有。然后，他转向镜头，用严肃的腔调说："说真格的，朋友们，如果你曾在工作中遇到问题或困扰，或者你只是无法掌控自己的生活，我知道你一定会对今晚第一位来宾的谈话非常感兴趣，女士们、先生们，让我们欢迎乔伊斯·布拉瑟博士！"

伴随着乐队奏出的得意洋洋的曲调，乔伊斯·布拉瑟大步上台，我在床铺允许的限度内端坐起来，大叫着："乔伊斯！乔伊斯·布拉瑟！"就好像在叫一个老朋友。我简直不能相信，已经好多年不见乔伊斯·布拉瑟了，她却一点儿也没变，就连头上的一根发丝都不曾改变分毫。我上次看见她还是在1962年，她唠唠叨叨地讲着月经来潮的问题。好像有人把她放在盒子里藏了25年，这可是我遇到的最接近时空旅行的事啦。我热切地注视着她和光滑先生扯谈阴茎羡嫉和输卵管，盼着他对她说："现在说真的，乔伊斯，有个问题，全美国一直想要我问你的——你是吃什么药让自己这么年轻的？还有，你到底什么时候才会把发型变一变？最后，你认为，为什么全美国像我这样的脱口秀傻瓜会一次又一次地请你来？"因为，咱们说实话吧，乔伊斯·布拉瑟相当无趣。我是说，你要是转到约翰·卡森的脱口秀节目，发现她也是嘉宾之一，你就知道，镇上的所有人绝对都去参加某个盛大的宴会或首映礼了。她就像伊利诺伊南部变成的血肉之躯。

然而，就像大多数极度无聊的东西一样，她给人某种美好的安慰。在床脚边发光的盒子里，她愉快的面容令我体会到一种奇怪的温暖、完整和与世无争的感觉。就在这里，在一个空旷大平原的中央，这个脏油桶一样的旅馆里，我第一次有了在家的感觉。不知怎么，我知道醒来时，我会以崭新却又熟悉的眼光来看待这块异国的土地。带着快乐的心情，我睡着了，温柔的梦里有伊利诺伊南部，有奔腾的密西西比河，还有乔伊斯·布拉瑟。你很少能听到有人这么说吧。

第四章

清晨，我在昆西穿过了密西西比河。不知怎么搞的，它并不像我记忆中那么宏大壮丽。它的确很庄严，很堂皇，得花上整整一分钟才能走完，可是它也有些单调乏味。这也许和天气有点儿关系，因为天气是同样单调乏味。密苏里看起来正和伊利诺伊一模一样，后者看起来又正和艾奥瓦一模一样。唯一的区别，就是汽车牌照的颜色不一样。

快到帕尔迈拉的时候，我在一家路边咖啡店停下来吃早餐。我找了个柜台边的位子坐下来。这个钟点，早晨8点刚过，店里满满的都是农夫。如果说有什么事是庄稼人真正热爱的，那就要数开车进城，在柜台边坐上半天（冬天就是一整天），和一帮庄稼人喝着咖啡，粗野地戏弄女招待了。我本以为这应该是他们最忙的时节，可他们好像一点儿也不着急。每隔一会儿，他们中的一个就把两毛五的硬币放在柜台上，带着刚灌了六加仑咖啡下肚的表情站起来，警告泰米要老实点儿，然后走出门去。不一会儿，我们就听到他的小货车轮胎开过碎石路的声音，接着，某人会发表对他的坦率评论，激起一阵赞赏的大笑。之后，谈话又懒洋洋地飘到肥猪、州政治、八大足球赛和性癖好上，其中有关泰米的——当泰米听不见时——占相当大的比重。

坐在我旁边的那个农夫右手上只有三个指头。这是个很少有人注意的事实：大多数农民身上都有些残缺。我很小的时候曾经为此困惑。有很长一段时间，我都以为这是因为农耕生活极其危险，毕竟农民们要操作那么多危险的机器啊！可是你仔细想想，其实许多人都要对付危险的机器，却只有极小一部分会遭受永久性的伤害。然而在中西部，几乎没有一个20岁以上的农民不曾被切掉部分四肢或手指脚趾的，它们被场院里某种嘈杂的机器削下来，扔到了旁边的田野里。告诉你一个绝对的真理吧，我觉得农民们这个样子是故意的。我认为，日复一日地在那些庞大的打谷机和压捆机旁工作，面对着嗞嗞咬合的齿轮、噼啪作响的风扇皮带和复杂的机械装置，所有这一切噪声和活动对他们产生了一些催眠作用。他们站在那儿，呆望着呼呼旋转的机器，心想："不知道我把手指头伸进去一点点儿会怎么样？"我知道这听起来很疯狂，可是你必须了解，农民们在这些事上没有太多感觉，因为他们感觉不到疼痛。

这是真的。每天你都能在《得梅因纪事报》上发现这样的报道：一个农民不小心被扯掉了手臂，然后平静地走了六里路，去最近的镇子让人把它缝回去。报道总是这么说的："琼斯抓着他的断臂，对医生说，我好像把我该死的胳膊给切断啦，大夫。"从来不会写成："琼斯鲜血四溅，歇斯底里地乱跳了20分钟，陷入了昏迷，醒来后又立刻企图四处乱跑。"——就像你我都会有的反应那样。

农民们就是感觉不到疼——疼痛的小小的声音在你脑子里，告诉你不要做某些事情，因为那样又蠢又会让你疼得要死，而且你的下半生都会有人因为你不说话而把你的食物切个粉碎。我爷爷正和上面提到的那一样。他经常是正修着车时千斤顶掉了下来压在身上，自己都已经呼吸困难了，却还大声地叫唤，喊你来再把它顶起来；或者让割草机从脚上碾过去；或者碰到通电的电线，害得整个温菲尔德都短路，而他自己除了耳朵里嗡嗡作响，身上一股挥之不去的烧肉味之外，完整无损。他就像大多数中西部的乡下人一样，简直是金刚不坏之身。只有三种东西能杀死一个农夫：雷电，被拖拉机碾过，还有年老。正是年老夺走了我的爷爷。

　　我以40英里的时速朝南驶向汉尼拔，去看看马克·吐温童年时的家。那是一栋整饬一新的干净房子，白石灰粉刷的墙壁，配上绿色的百叶窗，格格不入地摆在城区的中央。进去得花两块钱，而且让人很失望。这里宣称忠实地再现了内部的原有陈设，可是每个房间都有电线和洒水器笨拙地明摆着。我还对小赛缪尔·克莱门斯卧室里的阿姆斯特朗塑胶地板很是怀疑（我发现，跟我妈厨房里铺的花色完全一样），还有，他妹妹的卧室里竟然有夹板隔间！你不能真正地走进屋里去，你得透过窗户打量。每扇窗子上都有语音信息，告诉你那间屋子的情况，好像你是个白痴似的："这是厨房，克莱门斯太太在这儿为家人准备饭菜。"整栋房子相当破旧，如果它是由本地某个经费短缺的文学社团所有，而且他们已经倾尽全力的话，就让人感觉没这么糟糕了，可实际上，它是归汉尼拔市所有，每年吸引13.5万游客英里，它可是这个镇子的小金矿呀。

我跟在一个秃头胖子的后面，走过一扇又一扇窗子。这家伙浑身的滚刀肉，看上去好像衬衫下面包的是各式各样的汽车内胎。"你觉得这儿怎么样？"我问他。他马上亲切地盯着我，就像美国人对陌生人一向表现的那样，这种亲切和率性是与他们最相称的特质："噢，我觉得棒极了。我每次来汉尼拔都到这儿来——一年两三次吧。有时候我还改变路线，专门上这儿来呢。"

　　"真的吗？"我努力地让自己听上去不太惊愕。

　　"对呀。到目前为止，我肯定已经来过二三十次啦，这是个真正的圣地，你知道的。"

　　"你觉得它弄得好吗？"

　　"噢，当然啦。"

　　"你说这房子和吐温书里描绘的像吗？"

　　"我不知道。"那人若有所思地说，"我从来没读过他一本书。"

　　接下来，和这栋房子连在一起的，是一间小小的展览馆，里面要好一些。有马克·吐温的纪念品——初版作品、一个打字机、照片、几封信。把他跟这房子或者这镇子联系在一起的东西真是贵乎稀有。值得铭记在心的是，吐温一有可能就离开了该死的汉尼拔和密苏里，而且一直讨厌回来。我走到外面四下打量，房子旁边有一道白色的篱笆，牌子上写着："汤姆·索亚的篱笆，这道木板篱笆就是汤姆·索亚说服他的同伙付钱给他以品尝粉刷乐趣，而汤姆自己坐在一边监工的那个。"这确实能唤醒你对文学的兴趣，对不对？紧挨着吐温故居和博物馆的，是马克·吐温免下车餐馆，一辆辆汽车泊在小小的隔间里，车上的人正在从放在车窗上的盘子里"吃着草"，的确给这景观平添了几分格调。我开始理解为何克莱门斯不仅离开了这里，而且把名字都改了。

我来到商业区闲逛。整个商业区只是汽车零件店、空房子和空地的组合，令人沮丧。我一直以为，所有的河边小镇，即便是贫穷的，都有点儿不同寻常的地方——一种褪色的优雅，一种颓废的气息——使它们比别的镇子更有意思。河流就是一个管道，把它们与一个更广大的世界连接起来，也冲刷出一片更有趣、更世故的废墟。可是汉尼拔并非如此。它显然也有过好日子，可惜也好不到哪儿去。马克·吐温旅馆被钉了起来，真是让人难过的景象——一栋高高的建筑，每扇窗子都被夹板塞得严严实实的。镇上的每桩生意似乎都在贩卖吐温和他的书——马克·吐温屋顶安装公司、马克·吐温存贷公司、汤姆与哈克汽车旅馆、印第安·乔野营装备与卡丁车道、哈克·芬购物中心。你甚至可能因发疯住进马克·吐温心理健康中心——我想，每天生活在汉尼拔，这种可能性是不断增长的。整个地方令人难过，非常糟糕。我本打算留下来吃午饭的，可一想到得面对汤姆·索亚夹肉饼或者乔可乐，就让我对食物和汉尼拔都没了胃口。

我回头走向汽车。停在路边的每辆车的车牌上都写着"密苏里——迷死你州"，我懒洋洋地想，这是不是"离开的路迷死你"的缩写呢？无论如何，我开上一座绵长高耸的大桥，穿越了密西西比——依然是浑浊的，依然是莫名地平平淡淡。我背对着密苏里，心中并无遗憾。桥的另一边有个路标："系上安全带，这是伊利诺伊的法律。"就在那上面，写着另外一句："我们还不会断句呢。"[1]

我向东一头扎进伊利诺伊，打算奔春田市和新赛勒姆而去。后者是个重建的小村子，亚伯拉罕·林肯年轻时在那儿住过。大概在我五岁的时候，爸爸带我们去过那儿，我当时觉得好极了，但拿不准现在是否还那样。此外，不管怎么样，我还想看看春田市是不是一个理想的小镇。我这次旅行想要寻觅的东西之一，就是完美的小镇。我一直确信在美国某地，肯定有那么一个地方。在我小时候，得梅因的WHO电台每天下午放学后都放老电影，其他小孩在外面踢罐头盒抓牛蛙，或者怂恿小波比吃虫子（吓人的是，他还真听话）的时候，我却独自待在拉着窗帘的房间里，面对着电视，迷失在个人的世界里，腿上放着一碟奥利奥饼干，镜片上闪烁着好莱坞的魔幻世界。我那时并没意识到，那些电影几乎都是经典大片——《黄金时代》《史密斯到首都》《铁血悍将》《一夜风流》。这些影片里永远不变的一点就是那背景，永远是同一个地方，一个阳光灿烂的整洁小镇，种了两排树的主街上，到处是和蔼亲切的商人（早上好，史密斯太太！），还有一个法院广场，木屋组成的居民区里，漂亮的房子在优美的榆树丛中沉睡。总是有一个骑车的报童把报纸扔到前阳台上，一个穿白罩衣的亲切老汉在扫他药店前的人行道，两个男人精神抖擞地大步走过。背景中的这两个男人总是穿着西装，而且总是潇洒地大步前进，从来不闲晃或者慢慢溜达，却绝对

1　原文的句法不太准确，所以作者这样说。

地和谐一致。他们真的长于此道。不管前景里的人在干什么——汉弗莱·博加特用点四五手枪打飞一个坏蛋，吉米·斯图尔特认真地向唐娜·里德解释他的雄心，W.C.菲尔兹点燃一根还裹着玻璃纸的雪茄——背景永远是这个永恒又安静的地方。即使是在最可怕的危机之中，当巨蚁在街头乱窜，或者建筑物因州立大学某个轻率的科学实验而纷纷倒塌，你通常依然能够在背景里的某处看到报童在扔报纸，还有那两个穿着西装阔步前行、像对连体婴的家伙，他们绝对沉着冷静。

还不只是电影呢！电视上的每一个人——奥齐与哈丽特，沃利与比弗·克里弗，乔治·伯恩斯与格蕾西·艾伦——都住在这个中产阶级的极乐世界里。杂志广告、电视广告，还有《星期六晚邮报》封面上的诺曼·洛克威尔的画里的人们也是如此。书本里也一样。我常常一本接一本地看《哈代男孩》这样的神秘小说，倒不是为了情节，尽管才八岁，我也能看出来那些情节实在荒唐。（"我说，弗兰克，你觉不觉得咱们昨天在麋鹿湖看到的那两个口音可笑的人，不是真正的渔夫，而是德国间谍？还有，那个躺在他们独木舟里、嘴边缠满绷带的女孩，不是真的出脓，而是罗沙克博士的女儿呀？我有种可笑的感觉，那些家伙说不定会告诉我们一些关于火箭燃料失踪的事儿呢！"）我读这些书，是为了看富兰克林·W.迪克森对湾港镇那虽然是附带一提、却引人遐想的描绘。那是哈代男孩的家乡小镇，一个美景无法诉诸语言的地方。那里的房屋门廊里有吊椅，从篱笆桩往外一瞥，隐约可见一抹蔚蓝的海湾，里面满是帆船和摩托快艇。那是一个冒险永无休止，夏天不会终结的地方。

后来我开始烦恼，因为这样的小镇我从未见过。每年休假时，我们都会开上好几百里路穿越乡间，疯狂地追寻假日的快乐，跋涉过青青山坡和褐色草原，穿过数不清的城市和村镇，却不曾经过任何哪怕有一点儿类似电影中梦幻小镇的地方。我们所到之处，都是又热又脏，到处是骨瘦如柴的狗，关门倒闭的电影院，脏了吧唧的馆子和看上去一周有两个顾客就谢天谢地的加油站。但是我确信，它一定存在于某个地方。一个如此执着小镇理想的国家，一个在幻想中如此沉迷于小镇理念的国家，竟然没有在某处建造这么一个完美的小镇——一个和谐勤劳的地方，一个没有大卖场和巨大停车场，没有工厂和露天教堂，没有遍地的便利通和狗屎货以及垃圾广告的地方，简直让人难以想象！在这个超越了时间的地方，宾·克罗斯贝将是牧师，吉米·斯图尔特当市长，弗雷德·麦克墨里是高中校长，亨利·方达是个教友派的农民，沃尔特·布伦南经营加油站，孩子气的米基·鲁尼送杂货，在某一扇开着的窗边，迪娜·德宾将唱着歌。而且在背景里，照例，会有那个骑在车上的孩子，和那两个潇洒漫步的男人。我要寻找的这个地方，将是我在虚构中见识的所有小镇的合成体。没错，那也许就是它的名字——俄亥俄合成镇，或者北达科他合成镇。它几乎不可能存在于任何地方，但它又必须存在。此番旅行，我决心找到它。

我开啊开，经过了平坦的农田和死气沉沉的小镇：赫尔、皮茨菲尔德、巴里、奥克斯维尔。在我的地图上，春田市就在汉尼拔右边大约两英寸，可是感觉好像得花好几个钟头才能到，实际上也的确花了好几个钟头。我只能慢慢适应美国的大陆规格了，这里的州就有一个国家那么大。伊利诺伊是奥地利的两倍、瑞士的四倍。镇与镇之间是那样空旷，相隔那么遥远。你经过一个小地方，馆子里看上去客满了，于是你就想："噢，等我到了福德维尔再停下喝咖啡吧。"因为它就在地图上这条路刚过去一点儿的地方。然后，你开上高速公路，见一个路标上写着："福德维尔，102英里。"你这才意识到你要应付的是另外一种完全不同的地理规格。再加上，地图上缺乏详细的标注。英国的地图把每个教堂和公共场所都忠实地记录下来，就连小得可笑的河流——就是你能一脚跨过去的那种——都是重要的地标，闻名于方圆几里之内。在美国，整个城镇都可能被遗漏——这些有着学校、商店、几百条沉默小生命的地方，就那样消失了，好像蒸发了一样了无痕迹。

更残酷的是，道路系统并没有清楚地标示出来的。你看着地图，以为侦察到一条捷径，比如说，在红肠村和为难镇之间，是一条乡村公路的灰色直线，看上去能节省你半小时的车程。可是当你离开了高速公路，却发现自己陷入了一个未曾标明的岔路网，道路在乡间向四面八方辐射，仿佛一块破玻璃上的裂缝一般。

找路的整个过程越来越让人受挫，尤其是在离开主干道的时候。在杰克逊镇附近，我错过了一个去春田的左转路口，不得不多拐上几英里路才能回到原本想去的地方。这样的事在美国屡见不鲜。高速公路当局实在让人琢磨不透，他们不愿意透露多少有用的道路信息，比如你的位置或所在路段什么的。当你想到他们仅仅乐于提供各种无关紧要的事情——"现在进入巴布郡土壤保护区，国家鲱鱼产卵区五英里，周三凌晨三点到早晨六点禁止停车，危险：

有低飞的鹅，现在正离开巴布郡土壤保护区"，就更觉得奇怪了。

你常常会在乡间公路上碰到没有路标的十字路口，然后不得不开上20英里或更长的路，对自己到底在哪儿毫无把握。然后突然之间，没有任何警示地，你绕过一个拐弯，就发现自己正在一个八车道的十字路口上，有14个红绿灯和一堆乱七八糟的路标，每个路标上的箭头都指向不同的方向。"由此通往麦戈特湖区国家公园。柯蒂斯小溪纪念馆快车道往那边。美国41号高速公路往南。美国50号高速公路往北。州际公路11/78号，商业区由此去。德克斯特罗斯郡立师范学院在那边。17号交流道向西。17号交流道不向西。禁止掉头。左转车道务必左转。请系上安全带。请坐直。你今天早上刷牙了吗？"

正当你弄清了该走左起第三条车道时，红绿灯突然变了，你马上被车流席卷而去，就像激流中的一个软木塞。这种事过去始终是发生在我爸身上的。我认为老爸没有一次经过非常重要的大路口时，能不被吸到某个不想去的地方的。经常是一个单行道的黑洞，一条通往沙漠的快车道，通向某个近海岛屿的漫长的高价收费大桥，非得走一趟丢脸又花钱的回头路不可。（嘿，先生，你不是一分钟前刚从那头过来吗？）我父亲的看家本领，就是在迷路迷得一塌糊涂时还不让目标消失在视线之外。每次要去一个游乐园或旅游点，他永远都是先从几个方向向其靠近，就像飞行员在不熟悉的机场上空盘旋那样。姐姐、哥哥和我在后座上弹来弹去，眼巴巴地看着它在高速路的那一边，大喊着："在那儿！在那儿！"一分钟后，我们又从另一个角度发现它在水泥墩的那头。然后是在一条大河的对岸，然后又是在公路的另一边。有时候，把我们和目标隔开的只是一道链子缠绕的高篱笆，你可以看到对面那些无忧无虑的快乐家庭，正在停车准备享受开心假日。"他们怎么就进去啦？"我爸会咆哮起来，额头上青筋暴露。"耶稣基督啊！市政府为什么就不能立几个路标？难怪大家都找不到路进去。"他会加上这么一句，轻易抛开一个事实不提：其他1.8万人，有些肯定是智力有限，都没太费事就设法进入铁丝网的那一边了。

春田市是个令人失望的地方，不过我倒并不特别惊讶。如果它是个好地方，那早就会有人对我说："我说，你应该去春田，那是个好地方。"我对它期望很高，只是因为一直觉得它听起来值得期待。在世界上这块地方，有这么多的地名都是刺耳、怪里怪气、充满生硬辅音的——什么德刻薄啦，笃烤硬啦，奇尔苦啦，坎坷奇啦。唯有春田带着一抹诗情，是个让人想起青草地和清冽水流的名字。其实呢，根本不沾边。和所有美国小镇一样，它有个闹市区，里面有停车场和高楼大厦，四周是一大堆购物中心、加油站和快餐连锁店。它既不讨厌，也不可爱。我开车稍微转了一下，但没找到任何值得停留的东西，于是驶向北方12英里之外的新赛勒姆。

新赛勒姆生命短暂，而且不怎么辉煌。最早的开拓者指望靠旁边掠过的河上贸易捞上一笔，可结果河上贸易也确实——一掠而过——于是这个镇始终没有繁荣起来。1837年，它被抛弃了。要不是1831年到1837年间，它的一个居民是年轻的亚伯拉罕·林肯，它肯定会在历史中彻底消失。所以，现在的新赛勒姆占地620英亩，是完全按照林肯居住时的样子重建的，你可以去看看为什么每个人都那么乐意溜之大吉。其实那儿很好。大概有三四十间小木屋分布在一连串铺满落叶的空地上。这是个灿烂的秋日下午，微风送暖，温柔的阳光在林间飘荡。一切都显得精巧迷人到了极点。进屋是不允许的，你可以走到每一间屋前，透过窗子或前门往里面窥探，就会对住在里面的人的生活有大致了解。绝大多数肯定是相当不舒服的。每间屋子都有一个牌子，告诉你住户的事情，考证工作做得如此勤奋，令人难忘。唯一的问题是，过了一阵之后，这些东西就有点儿重复了。一旦你看过了十四间屋子的窗子，就会发觉当自己走向第十五间时热情有些减退。再等你看到第二十间时，就真是全靠礼貌在驱使你前进了。你觉得，既然人家不辞辛苦地建起这些木屋，又搜遍乡里挖出老摇椅和旧便壶，你能做的至少是四处走走，假装对每间都颇感兴趣。可是你心里正在想的是——要是你再也不看一间木屋，你就太他妈的高兴啦。我敢保证，当林肯收拾起行李，决定不再当木材商，而是去从事解放黑奴、当总统等更有成就感的事业时，心里也是这么想的。

在此地的尽头，我碰到一对上年纪的夫妇正步履沉重地向我走来，看样子是累坏了。那男人在经过时投我以同情的一瞥，并且说："只剩两间喽。"就在他们过来的那条路尽头，我可以看到其中的一间，看上去遥远而渺小。我一等这对老夫妇拐了弯，安全地离开我的视线，就坐在了一棵树下。那是一棵漂亮的橡树，秋天的第一抹金黄正不露痕迹地渗透着它的叶子。我觉得肩头如释重负，真不知道五岁时为什么会对这个地方那么痴迷。我的童年就那么无聊吗？我知道，我的小儿子如果被带到这儿来，肯定会气呼呼地躺在地上，因为他发现自己封在汽车里一天半，竟然只是来看一堆无聊的木屋子。现在再看看这儿，我也实在不能责怪他。有个问题让我思索了一会儿，有两种生活：一是过着非常无聊的生活，结果很容易快活；二是过着充满刺激的生活，结果很容易无聊。到底哪一种更糟糕呢？

　　不过很快我就想到，与其思索这种浪费时间又毫无意义的问题，还不如起身去看看能不能找到"露丝宝宝"糖块呢，这种运动的收益可要大得多了。

　　离开新赛勒姆之后，我开上55号州际公路，朝圣路易斯开了一个半小时。沿途也很无聊。在美国州际公路这样又直又宽的路上，55公里的时速简直是太慢了，感觉就像是在走路。反向车道上朝你开过来的轿车和卡车，似乎是在机场里那行人传送带上运动。你可以看到里面的人，可以在他们掠过时投以长长的、恋恋不舍的一瞥，一直看进他们生命里去。而且根本不怎么需要驾驶。你只须偶尔把一只手放在方向盘上以确认路线，然后就可以花时间去做那些最复杂的事啦——数钱啦，梳头啦，整理车子啦，用后视镜搜寻并歼灭黑头啦，研读地图和旅游指南啦，穿上或者脱下几件衣服啦。如果你的车拥有定速巡航功能，你都可以爬到后座上去打个盹儿。要忘记你正在操纵两吨飞驰的金属实在是太容易了，直到你把道路工程的警戒三角锥撞得四处乱飞，或者有卡车因为你飘进了它的车道而大鸣喇叭，你这才猛然回到现实，发现你也许不该离开座位去找点心吃。

　　至少可以这么说，它让你有时间去思考，去考虑例如高速公路沿途的树从来不长高这样的问题。它们有的肯定已经立在那儿40年了，却仍然不过6英尺高，而且上面只有14片叶子。这是特别缺少保养的结果吧，你觉不觉得？还有另外一个问题——他们为什么就不能做附有倾倒口的麦片盒呢？是不是一想到每次人们倒一碗玉米片就得撒一点儿到地上，食品公司的某些家伙就会捧腹大笑？还有，为什么当你打扫排水口的时候，不管用水冲了多久或者拿布擦了多少次，总是会有那么一根头发或者湿毛毛留下来？还有，西班牙人到底是怎么看弗拉门戈音乐的？

为了不致精神错乱，我绝望地打开了收音机。但马上就想起来，美国的广播本来就是为已经错乱的人设计的。我首先听到的是福尔杰咖啡的广告，讲话者神秘耳语道："我们去世界著名的加州纳帕谷餐厅，在没有告诉顾客的前提下，用福尔杰速溶咖啡换掉了餐厅原来的品牌，然后用隐藏的麦克风偷听。"接下来是各种各样对咖啡的赞美，都是这样的套路："嘿，这咖啡棒极了！""我从来没喝过这么醇厚的咖啡！""这咖啡太好了，我简直受不了啦！"然后讲话者跳出来，告诉用餐者那是福尔杰咖啡，然后大家一起痛快地笑了一阵子——然后是喝高级速溶咖啡的重要一课。我转动旋钮，有个声音说："60秒之后我们将回到男子气的讨论上来。"我转动旋钮。一个乡村女歌手正在用颤声吟唱着：

> 他的手好小，
>
> 他的胳膊好短，
>
> 可我靠着他，
>
> 来把我孩子管。

我转动旋钮。一个声音说："这部分新闻是由比罗克西的机场理发店为您提供的。"然后是这家理发店的广告,再之后是30秒的新闻,全都是比罗克西最近24小时以来导致死亡的车祸、火灾和枪击案。里面没有暗示出,在这个城市以外可能存在着一个更广大却也更暴力的世界。然后又是另一则机场理发店的广告,以免你白痴到在上述30秒新闻期间就把它给忘了。我关掉了收音机。

在利奇菲尔德,我离开了州际公路,发誓尽一切可能避免再上贼船,然后开上一条州高速——伊利诺伊127号公路,往南奔向墨菲斯伯勒和卡本戴尔去了。几乎是在一瞬间,生命就变得有趣多了。这里有农场、房屋和小镇可看,我还是保持着55英里的时速,但现在好像正驾驶快艇滑行。风景在眼前飞逝,比刚才迷人许多,起伏好多,变化更多,而且树木的绿色也比刚才的浓郁得多。路标来了又去:蒂皮迷你卖场、正点食品店、贝蒂美容院、省多多食品中心、平克尼村浣熊俱乐部、秃丘拖车场、牛奶甜品、都来吃餐厅。在这些名字拗口的自由企业圣地之间,山坡上有些空地,上面伫立着农舍。几乎每家前院都有个卫星接收天线,个个指向天空,好像在接收某种赐予生命的太空力量。我想,在某种意义上来说也确实如此。在丘陵区,天黑得要快一些,我惊讶地发现已经六点多了,便决定最好找个住的地方。似乎是得到了暗示,卡本戴尔跳进了眼帘。

通常当你来到一个小镇的外围时,都会看到一个加油站和一家"牛奶女王"。如果那条路上交通繁忙,或者镇上有所大学,也许还会有一两家汽车旅馆。可是现在,每个小镇——即便是相当朴实的那种,都有1英里或更长的快餐店、小汽车旅馆、折扣商店和大卖场，全都有30英尺高的旋转招牌和什罗普郡那么大的停车场。卡本戴尔看上去并没有什么新花样。我开进去的那条路变成了一条2英里长的带子，上面全是购物中心、加油站、K商场、JC彭尼商场、哈迪汉堡和麦当劳。然后，突然间，我又回到田野之中了。我掉头开回去，从另外一条平行的路上穿过小镇，这次提供的东西完全相同，不过结构有些许差异罢了。然后我就又来到了田野里。这个小镇没有市中心，它已经被购物商场给吃掉了。

我在"传统"汽车旅馆订了间房，然后出去散步，再次企图发现卡本戴尔。可惜，什么也没有。我心里一团乱麻，幻想破灭了。在这次旅行之前，我躺在英国家里的床上，想象着自己每晚都停在一个小镇的汽车旅馆，然后沿着人行道漫步，在广场上的贝蒂家庭餐馆，用特制的蓝色盘子享用晚餐，然后嘴里叼根带香味的牙签，在镇上四处闲荡，极有可能在韦恩午夜酒馆喝上几杯，和小伙子们打盘台球，或者在里格尔看场电影，或者去瓦海保龄球场看看，给周三美发师联盟比赛出出馊主意，最后再来几回弹球赛和一个烤芝士汉堡，为这个夜晚画上完美的句号。可是这里根本没有广场让你溜达，没有贝蒂餐厅，没有特制的蓝色盘子，没有韦恩午夜酒馆，没有电影院，没有保龄球场。这里根本就没有小镇，只有六车道的高速公路和购物商场。这儿甚至连人行道也没有，散步，正如我发现的那样，是个荒谬又不可能的企图。我不得不穿过停车场和加油站前面的空地，还老是碰上矮矮的白漆墙，那是店铺之间（比如说，朗·约翰·西尔瓦海鲜铺和肯德基炸鸡店）用来标明地盘的。要想从这家到那家去，就必须翻过那墙，爬上长满草的堤坝，在汽车的丛林里跋涉。这指的是你步行，但是从别人看着我气喘吁吁爬过堤坝的表情看来，显然不曾有人试过靠自己的力量从一处走到另一处。你应该做的是：上车，在街上开12英尺，来到另一个停车场，把车停好，然后下来。我郁闷地爬到一家必胜客，走了进去。女招待把我领到一个可以饱览停车场的桌旁坐下。

我周围所有的人都在吞吃公汽轮子那么大的比萨。就在正前方，我想躲开视线都不可能的地方，一个三十来岁的超重男人正在吞噬一片片比萨，塞了满满一嘴，活脱一个吞剑表演者。菜单上花样繁多，一页接着一页，令人眼花缭乱。这么多种类，这么多尺寸，这么多的组合，真让我不知如何是好。女招待出现了："您准备好点菜了吗？"

"对不起。"我答道，"我还得等一会儿。"

"好的。"她说，"您不用着急。"她走到某个我看不见的地方，数到四，又回来了。"现在可以点了吗？"她问。

"对不起，"我说，"我真的还得等一会儿。"

"好吧。"她说着走开了。这一次她可能尽量数到了二十，可是等她回来时，我还是不能像必胜客的老主顾那样。面对着摆在眼前的几百种选择，我依然找不着北。

"你反应有点儿慢，对吧？"她明察秋毫。

我好难为情："对不起。我对这儿不熟。我……刚从监狱里出来。"

她的两眼睁大了："真的？"

"是啊，我杀了一个老是催我的女招待。"

带着将信将疑的微笑，她退回去了，留给我很长很长的时间来下定决心。最后，我点了一个中号深盘的意大利腊肠比萨，另加洋葱和蘑菇，很好吃，我可以毫不犹豫地向大家推荐。

之后，为了给这个完美的夜晚画上句号，我又爬到旁边的K商场去转了转。K商场是个连锁的折扣店，实在是个让人沮丧的地方。你可以把特蕾莎嬷嬷带到一家K商场，她也会沮丧的。K商场本身是没什么问题的，问题在顾客身上。这里总是挤满了那种给小孩取押韵名字的人：朗尼、唐尼、鲁尼、康尼、邦尼。这种人会泡在家里看《怪兽》。这儿的每个女人都至少有四个孩子，而且看上去他们的父亲都不是同一个。这些女人总是重达250磅，总是一边猛揍孩子一边叫骂："鲁尼，你要再不听话，就再也不带你来这儿了！"好像鲁尼会在乎永远不能再来似的。如果你想花不到35美元买一套音响，不管它听上去是不是像乐队在遥远的湖水下面的一个信箱里演奏出来的，你到这种地方来就对啦。如果你去K商场购物，你就知道你已经接触到生活底层了。我爸爸就喜欢K商场。

我进去四处看了看，挑了些一次性剃刀和一个笔记本。然后，只是为了壮壮声势，又买了包里斯奶油花生糖，它的价格很诱人，才1.2美元。我付过钱，走了出来。此时是晚上七点半，群星正在停车场上空升起。我带着一小包可怜的美味，一个人待在美国最无聊的小镇里。说实话，我为自己感到难过。我爬过一道墙，闪过一条高速公路，来到一家坎坷奇迷你超市，买了半打帕布斯特蓝带冰啤酒，回到房间里看有线电视，喝啤酒，脏兮兮地吃里斯奶油花生糖（在床单上擦手）。当我想到，在伊利诺伊的卡本戴尔，这已经是你能找到的最大快乐时，我便汲取到几分可怜的安慰。

第五章

　　第二天早晨，我又上了南127号高速公路。这段路在我的地图上注明是观光路线，结果证明所言不虚。这里真是一片迷人的田野，好过我所认识的伊利诺伊的任何地方。这里有起伏的如啤酒瓶般墨绿的山丘，有一派繁荣景象的农场，还有那橡树和山毛榉簇拥的密林。因为在往南去，所以当我发现这儿的植物比别处的秋意更浓时，感觉非常惊讶。那些山坡上是芥末黄、暗橙和淡绿的混合，实在是动人。而那明媚的、带着阳光气息的空气，自有一种宜人的轻爽。我可以住在这儿，住在这些小山之中，我心里这样想。

　　过了好一会儿，我才弄明白少了什么——广告牌啊。我小时候，每条路边的田野里都竖立着30英尺宽、15英尺高的广告牌。在艾奥瓦和堪萨斯这样的地方，它们大概是你能得到的唯一视觉刺激了。1960年，约翰逊夫人下令把大部分路边广告牌给拆掉了，作为高速公路美化程序的一大举措。第一夫人总爱投身于那些误入歧途的运动，这便是其中之一。在落基山脉中间，这无疑是件好事，可是在这种空荡荡的平原中央，广告牌简直就是公益服务了。一看到一英里之外竖着面广告牌，你就饶有兴致地想看看它到底说些什么，你会以适度的专注盯着它，看它向你靠近然后走过。作为一种路边消遣，它大概和佩拉的小风车旗鼓相当，不过总比啥都没有强吧。

高级的广告牌上面会有一些三维空间的成分——如果是乳品广告，会有一颗牛头伸出来；如果是保龄球场的广告，就会出现保龄球把球瓶撞得四处纷飞的浮雕。有时候广告牌上是某个即将出现的景点，也许画着一个鬼，还有这样的话："参观幽灵山洞吧！俄克拉何马最棒的家庭旅游点！只有69英里啦！"过了几英里之后，会有另一个广告牌说："幽灵山洞提供大量免费车位，只有67英里啦！"广告就这样绵延不断，保证所有家庭都能度过一个期待已久的、最惊险、最有教育意义的下午，至少在俄克拉何马是这样。这些承诺都有图像支持，画上那些阴森森的地下山洞，都像教堂那么大，里面的钟乳石和石笋神奇地融化成巫婆的家、沸腾的大锅、飞翔的蝙蝠、和善的精灵。一切都显得有趣极了。于是后座上我们这几个小家伙就开始提议，停下来去看上一看，我们挨个儿上阵，诚恳而又感人地说："噢，求求你了爸爸，噢，求——求你啦。"

接下来的60英里路上，我父亲对此事的立场会经历一个老套的过程。先是干脆拒绝，因为那儿肯定很贵，而且不说别的，我们早餐后的表现一直那么差劲，根本没理由得到任何特别奖赏。然后是故意对我们的请求置之不理（这个阶段会持续最多11分钟）。然后会低声地偷偷问我妈的想法，得到一个模棱两可的回答。然后又对我们不理不睬，显然希望我们会忘了这事，不再哀求个没完（1分20秒）。然后他说，如果我们听话，而且基本上保持永远听话，我们可能会去。然后又说，我们绝对不会去的，因为看看我们吧，还没到那儿呢，就已经又吵个没完啦。最后他宣布——有时是怒气冲天的咆哮，有时像临终时的耳语——好吧，我们去。你总是能看出来爸爸何时到达同意的边缘，因为这时候他的脖子会变红。每次都是这样，他最后总是会同意的。我一直搞不懂，他为什么不一开始就同意我们的请求，让自己也免遭那30分钟的折磨。这之后，他总是会飞快地加上一句："可是我们只待半小时——而且你们什么也别想买。明白了吗？"这样似乎让他找回了一种感觉：还是他说了算。

到了最后两三英里，幽灵山洞的标志每隔几百码[1]就会出现，让我们狂热起来。终于，有一面战舰般大的广告牌上画着一个巨大的箭头，告诉我们在此处右拐再开18英里。"18英里！"爸爸刺耳地叫道，前额的青筋提前暴起，已准备面对可怕的局面：在车辙齐膝深的泥路上颠个18英里，然后不可避免地发现，那里根本没有幽灵山洞的标志。唉，还真是这样，开了19英里之后，道路在一个荒无人烟的路口消失了，没有任何线索表明该从哪边拐，而爸爸则会开上错误的那条路。当最后终于找到地方时，我们却发现幽灵山洞比广告上说的差远了——实际上，每样东西都是敷衍了事。那山洞潮湿阴暗，闻着像一匹死了很久的马，大概只有车库那么大，钟乳石和石笋看上去一点儿也不像巫婆的家和小精灵，看上去就像——唉，就像钟乳石和石笋。这可真是太让人失望了。唯一可能安抚我们的办法，我们发现，就是爸爸在附设的礼品店给我们每人买一把橡

---

1 码：英美制长度单位，1码等于0.914米。

皮鲍伊猎刀和一袋塑料恐龙。否则我姐和我就会躺在地上发出悲伤的号叫，以提醒他，未被安抚的悲伤对孩子来说是多么可怕的一件事。

就这样，当夕阳在俄克拉何马褐色的平原上下沉，爸爸已经耽误了几个小时的路程，肩负起找不到旅馆过夜的艰巨使命（他得到了妈妈的大力协助，她会看错地图，几乎把前面的每栋建筑都认成是旅馆）。我们几个小孩为了打发时间，在后面进行闹哄哄的猎刀恶战，不时停下来抽泣，报告伤势，抱怨肚子饿，觉得没意思，想上厕所。那情景，可真是人间地狱哪！而现在呢，高速公路两边几乎看不到广告牌了，这是多么让人悲哀的一个损失啊！

我驶向了开罗，这个地名要念成"剀罗"。不知道为什么，在南部和中西部人们经常这么干。在肯塔基，雅典念成"爱典"，凡尔赛念成"佛赛尔"，密苏里的"玻利瓦尔"是"保利沃"，艾奥瓦的"马德里"变成"麦德里"。不知道这些镇上的人这样发音，是因为他们落后、念书少、是没脑子的蠢驴，还是他们其实有脑子，只不过不在乎被别人当成落后、念书少、没脑子的蠢驴？这种问题还真不能问他们，对吧？其实我在开罗停下来加油的时候，真问了那个晃出来给我加油的老家伙，他们为什么那么念。

"因为那是它的名字呗。"他解释道，好像我是个傻瓜一样。

"可是埃及的那个是念成开罗的呀。"

"听说是这样的。"那人同意。

"而且大多数人看到这个名字的时候，都认为是开罗，不是吗？"

"不，在剀罗不是这样。"他说着，有点儿急了。

再追问下去恐怕也不会有更多收获，于是我就此打住，还是不知道他们为什么要念成剋罗。同样让我弄不懂的是，为什么一个自由国家里的公民会选择居住在这么一个垃圾堆里——不管你怎么念它。开罗位于俄亥俄河汇入密西西比的地方，俄亥俄本身就是条大河，它的加入让密西西比壮阔倍增。你会以为，在这样两条大河交汇的地方，应该有一座了不起的城市。可实际上，开罗却只是个6000人口的可怜小镇。进城的道路两旁，是一排排破败的房子和没刷油漆的廉价公寓。上了年纪的黑人老头儿坐在门廊的旧沙发和摇椅上，等待着死亡或晚餐的召唤——要看哪个先到了。这让我很吃惊。你想不到会在中西部的门廊和出租公寓里看见满满当当的黑人。最起码，不应该在芝加哥或底特律这样的大城市以外见到吧。不过我马上意识到，我已经不在真正的中西部了。南伊利诺伊人说话腔调的南方味比中西部味更浓，我已经向南走到纳什维尔附近了。密西西比就在160英里外，过了河就是肯塔基。我现在正走在一道又长又高的大桥上，穿越密西西比河。从这里直到路易斯安那，密西西比河极其宽广，它看上去安全又慵懒，其实却饱含着杀机。每年都有一堆人死在里面。来钓鱼的农夫凝视着河水，心想："不知道把脚指头伸进去一点点儿会怎么样？"然后呢，你只知道他们的尸体在墨西哥湾里沉浮，膨胀得厉害，却显出奇怪的安详。这条河的凶残是深藏不露的。1927年，密西西比河泛滥，淹没了苏格兰那么大面积的土地。那可不是闹着玩的啊！

在河那边的肯塔基，到处是向我致意的巨大广告牌，上头写着："烟火！"在伊利诺伊燃放烟火是违法的，但在肯塔基却不。

所以，你要是住在伊利诺伊，并且想把自己的手炸掉的话，就开车过河到肯塔基好了。过去这种事更常见，如果哪个州的香烟销售税比隔壁州低，州界上所有的加油站和咖啡馆都会在屋顶上打出大广告："免税香烟！四毛钱一包！不用税！"于是隔壁州的所有人都会跑过来，把车上装满了打折香烟。威斯康星过去为保护其奶农，禁卖人造黄油，结果威斯康星的每个人，包括所有的奶农，都开车到艾奥瓦去，那里到处都是号称"人造黄油特卖"的大广告牌。与此同时，所有的艾奥瓦人正开车奔向什么销售税都没有的伊利诺伊，或者是汽油销售税低50%的密苏里。另外，过去还常常遇到的一件事，就是各州自顾自地实行夏令时，所以一到夏天，伊利诺伊可能比艾奥瓦快两小时，又比印第安纳慢一小时。这些事情实在是荒诞，却让你见识到美利坚合众国的50个独立的州（那时候是48个）独立到何种程度。现在这种情况基本上已经消失了，又是一个让人悲哀的损失。

我一面开车穿过肯塔基，一面想着那些令人怅惘的失去，猛然间忆起那最悲哀的失去心痛不已——伯马刮胡膏的广告牌。伯马刮胡膏是一种管状的乳膏，不知道现在是否还在生产。实际上，我压根没听说有谁用过它。可是伯马刮胡膏公司以前会沿高速公路打些有灵气的广告牌。这些广告牌五个一组，精心摆放，让你一路读起来如念小诗：如果和谐/是你的渴望/就来/一管/伯马刮胡膏。或者是：本遇到/安娜/两人擦出火花/顾不上修理胡子/本和安娜就此散伙。了不起吧？即使是在20世纪50年代，伯马刮胡膏的广告牌也已经很不合时宜了。在我们走过的几千英里高速公路当中，我记得只看到过六七次。不过作为一种路边消遣，它们可谓出类拔萃，比其他广告牌和佩拉的小风车好上十倍。在娱乐价值上唯一超过它们的，就是尸横遍野的多重连环车祸。

肯塔基和南伊利诺伊很像——丘陵起伏、阳光明媚、颇为迷人，但是四散的房屋看上去不如北边的整洁富裕。这里有众多林木茂密的山谷，凌驾于蜿蜒小溪上的铁桥，路边还粘着一大堆死去的动物。每座山谷里都伫立着一间小小的白色浸信会教堂，整条路旁都是牌子，提醒我现在已经进入了"圣经带"：耶稣拯救世人。赞美主。基督我王。

我差点儿连出了肯塔基都不知道。这个州在西边缩小成一个点，我正从它一个只有40英里宽的地方切过去，按照美国旅行的时间标准，我真是一眨眼就到了田纳西。在一个州只用不到一小时可是很少见的，而田纳西也无法让我再多留一会儿。这是个模样古怪的州，形状就像一块荷兰砖。它从东到西绵延500英里，从上到下却只有100英里，景观和肯塔基及伊利诺伊差不多——轮廓模糊的农田，镶嵌着河流、山丘和宗教狂热者。但我仍然吃了一惊，我停车去杰克逊的汉堡王吃午餐时，发现这儿特别热。按照街对面一家免下车银行的数字显示，气温高达83华氏度[1]，比早晨的卡本戴尔要足足高上20华氏度。我显然仍深处"圣经带"之中，隔壁的教堂院子里有个牌子："基督就是答案。"（问题呢，当然就是：你用锤子砸了大拇指时，会说什么呢？）我走进汉堡王，柜台里一个女孩说："俚（你）要点甚？"我已经进入另一个国家啦。

1　此处是华氏温标值。在美国的日常生活中，多采用这种温标，用字母"F"表示。83华氏度约等于28.3摄氏度，63华氏度约等于17.2摄氏度。

第六章

　　就在田纳西大路口的南边，我越过了州界，进入密西西比。路旁有个牌子说："欢迎来到密西西比，我们开枪杀人哪。"别当真，是我瞎编的。这只是我第二次进入极南方，而且我是带着忐忑不安的心情进来的。你看过的那些有关南方的电影——《逍遥骑士》《恶夜通缉令》《铁窗喋血》《黑狱风云》《激流四勇士》——都把南方人描绘成杀人如麻、通奸乱伦、鞋上沾屎的乡巴佬，这可真不是纯属巧合呀。这儿真的是另一个国家。多年前，还是在越战时，我和两个朋友在大学春假期间开车去佛罗里达。我们都留着长发。半路上，我们抄近道穿过佐治亚。黄昏时分，在某个荒凉小镇的餐馆停车吃汉堡。我们刚在柜台边坐下，那地方就陷入一片沉寂。14个人全都停止了咀嚼，死死地盯住我们，让食物在他们嘴里歇息。屋子里那么安静，听得到苍蝇放屁的声音。整整一屋子红脸蛋、背带裤的老实人一言不发地盯着我们，琢磨着他们的猎枪是否装好了弹药，这场面实在恐怖。对他们来说，在这片无名之地的中心，我们的出现立马成为一大奇观——很显然，他们当中有些人以前压根儿没见过活生生的、长头发、爱黑人、上大学但是也可恶得难以言表的北方共产嬉皮。发现自己被根本没有合适机会了解你缺点的人们如此刻骨铭心地仇恨着，这感觉可太古怪了。我记得当时想到：我们的父母只知道我们在得梅因和佛罗里达之间大州般空旷的某处，并不晓得我们到了哪里，如果我们失踪了，是绝对不会被发现的。我眼前浮现出一个场景：几年后，我的家人围坐在起居室里，我妈说道："噢，不知道比利和他的朋友到底怎么回事，都到现在了，我们也该收到一张明信片才是啊。有谁要吃三明治吗？"

这种事真的会发生在那儿，你知道的。当时距三名自由骑手在密西西比被害才不过五年啊。他们是来自密西西比的21岁黑人詹姆斯·切尼，以及来自纽约的两个白人小伙子——20岁的安德鲁·古德曼和20岁的米谢尔·施沃纳。我写出他们的名字，是因为他们值得被人铭记。他们因超速被捕，被带到密西西比的费城尼修巴郡监狱，然后就再也没人见过他们——至少是在几个星期以后，他们的尸体才被从沼泽中挖出来。别忘了，他们还是孩子呢。警察把他们交给一群等待已久的暴民，这伙人把他们带走后，对他们做出连孩子对昆虫都不会干的事。负责此案的治安官是一个皮笑肉不笑、嚼着烟草的胖家伙，名叫劳伦斯·雷尼，因玩忽职守被指控。可是，却没有一个人被控谋杀。对我来说，这就是——而且也永远是——南方。

我沿着7号高速公路朝南驶向牛津，这条路带我经过了霍利斯普林斯国家森林的西部边缘。这里似乎大部分是沼泽和灌木丛，让我颇为失望。我本来指望一进入密西西比，就会见到一绺绺西班牙苔藓挂在树上，身穿大蓬裙的女人们旋转着小阳伞，胡子像门把手的白发上校在草地上啜着薄荷朱利酒，一群群黑奴则一面摘棉花，一面哼唱甜美的圣歌。可是眼前的风景却不过是茂密树林，天气炎热，毫无特点。偶尔会出现一间砖砌的小屋，前廊摇椅上坐着一个老黑人，但此外便极少见到生命和活动的迹象。

霍利斯普林斯镇上立着一个"塞那托比亚"的牌子，让我激动了一下。塞那托比亚！多么了不起的密西西比小镇名字啊！古老南方的所有固执与华丽，似乎全都浓缩在这五个金色的音节中。也许情况要好转啦，也许从现在起，我会看到一群锁链缠身的犯人在日头下面蹒跚，其中一个戴着沉重脚镣的犯人费劲地穿过田野，水花四溅地蹚过小溪，正被一群猎犬追逐着；擅自用私刑的暴民正在街上闲逛，十字架在草坪上熊熊燃烧。这景象令我蠢蠢欲动，可我却不得不冷静下来，因为在等红绿灯时，一个州骑警在我车旁停下来，开始用那种满不在乎的轻蔑表情上下打量我（你把枪和车给了一个蠢得危险的人之后，经常能看到这种表情）。他胖乎乎又汗津津的，陷在座位里。我估计他和我们大家一样，是从人猿进化来的，但在他身上，进化显然是相当迟缓的。我直视前方，摆出一副严肃的表情，希望表现出我善良的内心与清白的行为。我能感觉到他在看我，我以为，他最最起码也要往我脑袋边上吐烟草沫了，可是没有，他说话了："俚（你）好吗？"

这简直太出乎我的意料了，我哑着嗓子问："啥？"

"我说，俚（你）好吗？"

"很好。"我说，因为在英国住了些年，就又加上一句，"谢谢你。"

"你度假啊？"

"是啊。"

"你觉得密斯嬉皮咋样？"

"啥？"

"我是说，你觉得密斯嬉皮咋样？"

我紧张极了，此人全副武装，还是个南方人，他说的话我又一个字都听不懂。"对不起，"我说，"我反应慢，听不懂你在说什么。"

"我是说，"他更加认真地重复了一遍，"俚（你）觉得密西西比怎么样？"

我恍然大悟："噢！我很喜欢！喜欢得不得了！我觉得这儿太棒啦，这儿的人都那么亲切，那么热心。"我还想加上一句，说我都来了一小时了，还没人朝我开枪呢。可惜这时候灯变了，他也开走了。我长叹一声，心中暗想："感谢你呀，耶稣。"

我驶向牛津镇，密西西比大学的所在地，俗名"蜜大"。给小镇起名的人把英国的牛津照搬过来，指望以此来说服州政府把大学建在那里，结果州政府真就这么做了。这就基本说明了南方人脑子的运转方式。牛津看来是个宜人的小镇，围绕着一个广场建起，广场中央伫立着拦斐特郡地方法庭，一座高耸的钟楼和建筑物上的那些多利安式柱圆柱，正沐浴在秋日的温暖阳光中。广场四周是颇有吸引力的商店，还有一家旅游信息服务处。我走进服务处，打听去"花楸橡树园"——福克纳故居的路怎么走。福克纳一辈子都住在牛津，他的故居现在已经成了博物馆，保持着1962年他逝世那天的样子。出名到这种程度一定会身心俱疲，因为你知道，有人会在你咽气的那一刻闯进来，并在所有的过道挂起天鹅绒绳子，饱含崇敬地照料每样东西。想想吧，要是你在床头柜上放了本《读者文摘精华本》，那会显得多掉价！

桌子后面坐着一个大块头的黑女人，穿着考究得出人意料。这让我有点儿吃惊，这竟然也是密西西比。她穿着深色的两件套，在这密西西比的热浪中肯定暖和得要命。我问她去花楸橡树园的路怎么走。

"你的车停在广场上吗？"她说。其实她是这么说的："你的车钉在广肠上吗？"

"是啊。"

"好，甜心，你塞（上）车，然后做（过）广肠（场），从另一头出去，炒（朝）大学走，过三个路口，在红绿等（灯）那儿鼬（右）转，下了坡就到啦，冻（懂）啦？"

"不懂。"

她叹口气，又开始了："你塞（上）车，然后做（过）广肠（场）——"

"什么，我开车过广场吗？"

"没搓（错），甜心。你做（过）广肠（场）。"她跟我说话的方式，就像我对法国人说话一样。她把接下来的路线向我和盘托出，虽然我几乎一字没听懂，还是假装明白了。我一个劲儿地在想，从这位外表如此优雅的女士嘴里吐出的字眼，是多么滑稽呀！

我正出门的时候，她又大声说："其实莫（没）关系，反正打（它）现在已径（经）关门了。"

我说："啥？"

"打（它）现在已径（经）关门了。你要怨艾（愿意），可以在周胃（围）转转。不过不能进取（去）。"

我走到外面去，心里想，"密斯嬉皮"恐怕会让我费点儿力气。我在广场四周走了走，逛逛商店，大多数店里卖的都是供乡村俱乐部式生活用的东西。漂亮而衣着讲究的女人们进进出出，全都晒得黑油油，一看就是有钱人。一个转角上有家书店，里面有杂志架，我便进去四下看看，在杂志架上挑了一本《花花公子》浏览。我很沮丧地发现，现在的《花花公子》改用一种很糟糕的光面纸印刷，弄得纸页都像湿纸巾一样粘在一起。你再也不能哗啦哗啦地翻，而必须一页页拨开，就像剥奶油棒上的包装纸一样。最后，我终于剥到了大幅照片页，是一个裸体的截瘫患者。我向上帝发誓，她以各种姿势四仰八叉地瘫——也许这不是最合适的用词——在床上和长沙发椅上，看上去很粗野，却也很吸引人。不过，她用光滑的织物巧妙地盖住了极有可能已经萎缩的腿。那么，到底是我有问题，还是这照片有点儿古怪？

很显然，《花花公子》已经误入歧途了。这让我觉得苍老、悲伤、格格不入。因为自从我记事以来，《花花公子》就是美国人生活的基石。我认识的每个男人和男孩都看《花花公子》。有的男人，像我爸，会假装不看。要是你当场抓到他在超市里看它，他常常会很不好意思，还会假装自己其实是想找《美化家居及花园》那类书。但是他确实看它，他甚至还在自己衣柜深处放了一个旧帽盒，作为男性杂志的小窝点。我认识的每个男孩的爸爸，都有一个隐藏男性杂志的小窝点，爸爸们都以为那里无人知晓，而孩子们却是一清二楚。每隔一阵子，我们都会把爸爸的杂志拿出来交换，然后设想他们来到衣柜，发现里面不是上个月的《绅》，而是两年前的《金块》以及——作为红利的——一本叫作《牧场小屋欲望》的平装书，那时他们该多么困惑呀！干这种事你尽可放心，你知道爸爸绝不会跟你提起有关它的一个字。唯一可能的结果，就是你下次再去时，那窝点已经换了地方。我不知道20世纪50年代的女人是不跟自己的丈夫睡觉还是怎么的，可是这种对裸女杂志的全情奉献却是相当普遍。我想，也许和战争有点儿关系吧。

　　我们的父辈读的那些杂志，名字都叫作《浪荡子》和《名人》什么的。里面的女人并不迷人，乳房像泄了气的足球，屁股上一大堆肥肉。《花花公子》里的女人则是又年轻又漂亮，不像你在放"上岸假"时碰到的那种女人。《花花公子》在刊印迷人的裸女照片，从而提供无法计算的公益服务之外，还提供一整套相应的生活方式。它就像本月度指南，告诉你如何生活，如何玩股票，如何买音响，如何调制高难度鸡尾酒，如何利用你的机智和品位迷倒女人。生长在艾奥瓦，你真能在这些事上得到帮助。我过去每期都从封面看到封底，就连目录页下面的邮政规定也不放过。大家都这样，休·海夫纳是我们所有人心目中的英雄。现在回头一看，我简直不敢相信，因为确确实实——咱们说实话——休·海夫纳一直是以其卑鄙无耻打动我的。我的意思是，讲实话，如果你有那么多钱，你会要一张硕大的圆床，然后穿着真丝睡袍和软拖鞋消磨自己的一生吗？你会愿意把你房子的半边都装满那种乐于光着身子打枕头仗、一心想上全国性杂志而不在乎你拍照的女孩吗？你愿意晚上下楼，发现巴迪·汉克特、小萨米·戴维斯和乔伊·比肖普都站在你起居室里的钢琴周围吗？我是不是听到大家齐声回答："妈的，才不呢！"但是我却答不上来，我们大家都答不上来。

《花花公子》对我们这代人来说就像一个老大哥。然而多少年过去后，正如老大哥一样，它也变了。它遭遇了几次财政危机，搞投机出了点儿小麻烦，最后终于搬家到了海边。正像真正的兄弟那样，我们失去了联系。我已经好几年不曾真正想起过它。但突然间，就在这茫茫人世中，在密西西比的牛津，我偏偏又和《花花公子》狭路相逢。这真好像看见一个老去的高中风云人物一样，我们发现他秃了顶，还很无聊，依然穿着俗艳的V领毛衣和亮闪闪的黑皮鞋，鞋上还镶着大概在1961年你会觉得特美的金穗子。意识到《花花公子》和我都比我认为的老了许多，而且我们之间已不再有什么共同之处，着实令我震惊。我沮丧地把那本《花花公子》放回架上，心里明白要等很长时间以后——嗯，怎么说也要30天吧——我才会拿起另一本的。

我看了看别的杂志，至少有200本吧，可标题都是什么《机枪爱好者》《肥肥新娘》《基督木工》《家庭外科文摘》之类的。没有一本是给正常人看的，于是我就离开了。

我从南拉玛街开出去，驶向花楸橡树园，先经过了广场，竭尽所能按照服务处那位女士的指点前进，可是拼命找也找不到。跟大家说实话，这并没令我有多难过，因为我知道它已经关门了，而且我反正从来没费劲读威廉·福克纳的小说超过三页的（基本上只读了第一句的一半）。所以，我对他房子长什么样并不是特别感兴趣。无论如何，四处乱转的过程中我撞进了密西西比大学的校园，这里可有趣多了。校园很漂亮，到处是貌似银行和法院的精致建筑，在草坪上投下道道细长的影子。年轻人个个看上去健康饱满得像瓶鲜牛奶，或挟着书本走过，或坐在桌旁做作业。在一张桌子旁，有一个黑人学生和白人坐在一起。情况显然已经变了。就在25年前，正是这个星期，一个名叫詹姆斯·梅瑞狄斯的年轻黑人在500名联邦法警的护卫下来蜜大注册，引发了校园的一次暴动。牛津的人一想到以后得和一个黑鬼共用校园，就气得火冒三丈，结果打伤了30名法警，杀死两位记者。这些神情安详的学生中，肯定有许多人的父母曾是暴动者，曾经砸砖头，曾经放火烧车。这样的仇恨，真有可能在一代人之后就灰飞烟灭吗？好像不可能啊。可是要想象这些平静的学生为种族问题而暴动，也是不可能的。话说回来，想象这么一群一尘不染、规规矩矩的年轻人为任何事情暴动都是不可能的，除非是为了餐厅饼干里巧克力丁的数量吧。

我心血来潮，决定开车去东边35英里外的图珀洛——艾尔维斯·普雷斯利的家乡。这一路令人愉快，太阳西斜，天气暖和，黑压压的树林从道路两边逼近过来。空地上零星地有小屋出现，院子里往往有一大群黑人青年在踢足球或骑车。偶尔也有更好的房子——白人的房子，有大旅行车停在车道上，车库上挂着篮球筐，还有修剪整齐的大草坪。这些房子常常和那些小屋异乎寻常地接近——有时候就是紧挨着。你在北方是绝对看不到这种景象的。我深深感到这里面充满了讽刺：南方人能够在那么鄙视黑人的同时还舒舒服服地和他们住在一起；而北方人虽然基本上不太在意黑人，甚至把他们当作人来尊敬，祝福他们每个人都成功，却唯恐和他们太随意地混在一起。

我到达图珀洛时天已经黑了，这里比我预想中要大。不过到现在，我已经预想到事情不会像我预想的那样了，你明白我的意思吧。这儿有一条遍布悠长明亮的购物商场、汽车旅馆和加油站的商业带，又累又饿的我首次看到了这些商业带的好处。这里应有尽有，一排闪闪发光的店铺陈列在你的面前，提供人类可能需要的每一种便利，在这些干净、舒适、可靠、价格合理的地方，你可以休息、吃饭、娱乐，补充最基本的生理和心理需要。除此之外，他们还给你冰水，并且免费续一杯咖啡，更别提那免费的纸板火柴和包在纸里的香味牙签，会让你一路心情愉快。多么美妙的国度啊！我这样想着，便满怀感激地沉入了图珀洛欢迎的怀抱。

第七章

　　一大早，我来到了埃尔维斯·普雷斯利（猫王）的出生地。时候还早，我以为还没有开门，可它却已经开了，而且已经有人在里面了。游客们有些在房子边上拍照片，有些在前门等着鱼贯而入。这栋房子齐整而洁白，伫立在市立公园的一片绿荫之中。它紧凑得令人惊讶，形状像个鞋盒，只有两个房间：前面一间有一张床和一个梳妆台，后面是间朴素的厨房。但是它看上去很舒适，有种美好的家的感觉。毫无疑问，它比我在高速公路沿线看到的大多数棚屋要好得多。一位胳膊肉乎乎的和气女士坐在椅子上答复提问。同样的问题她每天肯定被问一千次，可她似乎并不介意。在这十二三个人里，我是唯一一个60岁以下的。不知道是因为埃尔维斯·普雷斯利在演艺生涯后期已经潦倒，以至于歌迷都是老人，还是只有老人才有时间和兴趣参观死去名人的故居。

　　屋后有条小路通往礼品店，你可以在那儿买到艾尔维斯的纪念品——唱片、纪念章、餐具、海报等等。到处都能看到他那张英俊又孩子气的脸，正在向你展开笑颜。我买了两张明信片和六盒火柴，不知丢到哪里去了。后来发现时，我居然有种奇怪的解脱感哩。门口有本参观者留言册，所有的参观者都是从那些没听说过的地方来的：凉拌卷心菜，印第安纳、死老婆、俄克拉何马、冷冰冰，明尼苏达、干呕，新墨西哥、结肠造口、蒙大拿。册子里有个评论栏，一路读完了他们写的："好""真是好""很好""好"。多么雄辩哪。我翻回到更早的一页，发现一位游客误会了评论栏的意思，写下了"参观"一词。结果那一页和对开页的所有游客都写上了"参观""参观""又参观""参观"，直到有人翻过这页，他们才回到正题上来。

埃尔维斯的故居在埃尔维斯快车道旁的埃尔维斯公园里，而快车道就在埃尔维斯纪念高速公路下面。由此你可能会推断出，图珀洛很是为它最著名的儿子骄傲。但是，它却并未采取任何庸俗的手段来剥削他的名声，令你不得不敬佩它。这里没有一大堆礼品商店、蜡像馆和纪念品商场，企图借猫王衰落的名气大捞一笔，这里只有绿树成荫的公园里一座漂亮的小房子。我很高兴自己曾在此停留。

离开图珀洛后，我按计划朝南驶向了哥伦布，驶入了一轮正在上升的骄阳之下。我平生第一次看到了棉花田，这种植物又黑又矮，但每一棵上都有真正的棉花团探出头来。这些棉花田都小得惊人，在中西部，你已习惯于看到农田漫卷过地平线，这儿的农田却只有几块菜地那么大。这边的棚屋也更多一些，在高速公路沿线或多或少，连绵不断，真好似在穿过世界上最大的贫民窟呢。而且，这些都是真正的棚子，其中有些看上去岌岌可危，屋顶塌陷，墙壁好像遭过炮弹袭击，根本不能住人。可是当你经过时，会看见有人躲在门口，正注视着你。道路两旁照例有许多商店，让你想不通如此贫穷又分散的人口怎能养活它们。它们都打着巨幅招牌，宣称提供各种杂七杂八的商品：汽油、烟火、炸鸡、活饵。真不知道我得饿到什么程度，才会去吃一个经营活饵的人准备的炸鸡。所有的商店前面都有可乐机和汽油泵，而且院子里几乎都有生锈的汽车和四散的各色杂物。要想凭这些商店废弃的状态弄清它们是否营业，简直是不可能的。

每隔一会儿，我就会碰上一个小镇，小小的，灰扑扑的，有一大堆黑人在商店和加油站外面晃悠着，啥也不干。这算是南方最引人注目的特征了——各地的黑人数量。其实我不该为此而惊讶的，黑人占密西西比35%的人口，在亚拉巴马、佐治亚和南卡罗来纳，也差不了多少。在南方的某些郡里，黑人与白人的比例为4∶1。然而，直到25年前，其中的很多郡还不曾有一个黑人投票的记录呢。

在随处可见的贫穷之中，哥伦布的出现令人欢喜。这是个极好的小城——田纳西·威廉斯的家乡，有3万人口。在内战时期，它曾短暂地做过州首府。从高速公路下来是绿树成荫的道路，两旁伫立着几栋内战前的大宅子。不过真正的宝物要数它的闹市区，那里好像从1955年起就没怎么改变。格伦肖理发店前有一根旋转灯柱，街对面是一家名叫麦克罗的正宗五元店，拐角处的一幢雄伟建筑是密西西比银行，一个大钟从楼上向人行道悬挂下来。郡法院、镇公所和邮局都是漂亮雄伟的建筑，只不过是建成小镇级的规模。这里的人们看上去很富裕，我看到的第一个人，是位明显受过良好教育的黑人，他身穿三件套西装，拿着份《华尔街日报》。这里的一切都深深地令人欢欣鼓舞。这真是个一流的小镇，把它和佩拉漂亮的广场合起来，就差不多是我追寻已久的合成镇啦。我开始认识到，我绝对不可能在一个地方找到它，我必须一片一片地把它拼凑起来——这儿一栋法庭，那儿一个消防站——在这里，我已经找到好几片了。

我到主街上的一家旅馆喝咖啡，还买了份当地的日报《商业快讯》（密西西比最进步的报纸）。这是份老式的报纸，头版头条像旗帜一样横跨了八栏，上书"中国台湾商业集团将访问金三角地区"，下面一组相关副标题都以不同的大小和字体作出专栏呼应。

访问者将考察
　投资的
　　机会

　　作为
　贸易使命
　的一部分

该团周四
　抵达
　金三角

州政府官员
协调此次访问

报纸里所有报道都在暗示，这是一个由祥和与同情支配的城市。"三一地主妇向老人伸出援手""拉马尔·兰菲尔案引发讨论""皮肯斯学校预算通过"。我又读了警察记事簿，上面说："在过去24小时内，哥伦布警察局共采取34次行动。"多好的地方啊！——这儿的警察不是在对付犯罪，他们是采取行动。按照记录，这些行动当中最刺激的，莫过于逮捕一名驾照已被吊销的开车者了。在报纸的其他部分，我发现在过去24小时内，有6个人死亡——或者按警方记录的说法，采取了死亡行动。我一下子就喜欢上了这份《商业快讯》（我已经在心里把它改名为《理想镇商业快讯》了）和它所服务的小镇。

我可以住在这儿呀，我心想。可就在此时女招待过来说："俚诚心要乳房菜单吗？甜心？（Yew honestly a breast menu, honey?）"我立刻明白，这是不可能的。这些人说的话我一个字也听不懂。她很可能是在用荷兰语招呼我，用了好长时间，又拿刀叉比画了半天，我才弄懂她对我说的是："你想看早餐菜单吗，甜心？"其实呢，我是想看午餐菜单的，但与其花上一个下午尝试传达这一想法，还不如直接要杯可乐省事。我发现此举并未招来任何补充提问，不由得大大地松了一口气。

南方人说话这么难懂，不光是因为咬字不清，还与速度慢有关。你听上一会儿就会注意到这一点。一般南方人讲话的方式，就像某人挣扎在昏迷与清醒边缘似的。我换鞋袜的速度都要比大多数密西西比人说一句话快多了，住在这儿会把我逼疯的，当然是慢慢地。

哥伦布紧挨着州界线，离开20分钟后，我发现自己已经在亚拉巴马了，正取道埃塞斯维尔、煤火与改革镇，奔塔斯卡卢萨而去呢。高速公路边有个牌子说："请勿乱扔垃圾，保持亚拉巴马的美丽。""好的，遵命。"我开心地回答。

我打开了收音机，最近几天来我听得很多，指望借老土又带鼻音的电台开开心。那些电台播放的歌曲都来自名叫汉克·旺克和布伦达·巴恩斯之类的人。过去一直是这样的。我那有点科学奇才的哥哥，有一次用旧烤豆罐之类的东西造了个短波收音机。深夜时分，当我们应该睡着的时候，他就躺在床上，在一片漆黑中把玩他的旋钮（姑且这么说吧），搜索远方的电台。他常常会收到南方的电台，那些电台总是配备着专业的山里人，奏着带鼻音的调调。电台的声音永远是噼噼啪啪又遥不可及，仿佛是从另一个星球向我们传送的。可是现在，几乎没有一个发音土气的人啦。实际上，几乎听不到一丁点儿南方口音了。所有的电台主持人听上去都像是从俄亥俄来的。

在塔斯卡卢萨城外，我停下来加油。出乎我的意料，为我服务的那个小伙子听上去也像是来自俄亥俄。事实上他的确是。他有个女朋友在亚拉巴马大学，但他讨厌南方，因为这里如此缓慢而又落后。他似乎是那种很在行的家伙，于是我便问他电台口音是怎么回事。他解释说，南方人对他们溅屎的乡巴佬臭名十分敏感，因此所有在电视和广播上讲话的人都努力让自己听上去像是从北方来的，而且装作这辈子从来没啃过一个油炸玉米饼，没闻过一点儿玉米渣。现如今，只有这样才能找到工作。不说别的，快捷的北方腔意味着在同样的时间里，电台可以一下塞进三四个广告，而普通南方人却才刚刚清完嗓子。这可是千真万确的，为了他这番颇有帮助的洞见，我给了这小伙子三毛五的小费。

从塔斯卡卢萨，我循69号公路朝南驶向塞尔马。塞尔马对我来说，仅仅意味着20世纪60年代民权运动的模糊记忆。当时马丁·路德·金率领着几百名黑人从那儿游行40英里到蒙哥马利——州首府——去登记投票。这又是一个格外迷人的小镇——南方的这个角落里似乎充斥着这样的地方。它的大小和哥伦布相仿，也是一样阴凉而迷人。闹市区的街道两旁树木成行，人行道新近才重铺了砖面。长椅随处可见，滨河区——小镇尽头是俯瞰亚拉巴马河的一道陡崖——也整治得干净利落，到处是一派宜人的繁荣气息。在一家旅游信息服务处，我拿了几本赞美小镇的小册子，其中有一本夸耀其黑人传统的令我大为振奋。在密西西比，我不曾看到一丁点儿黑人值得赞美的地方。还有，这儿的黑白关系似乎也比密西西比好得多，我看到他们在汽车站聊天，还看到一个黑人护士和一个白人护士结伴驾车旅游，看上去像是老朋友了。总之，这里的气氛似乎比密西西比轻松许多。

我继续向前，穿过起伏开阔的田野。虽然还有棉花田出现，但大部分都是奶牛场，遍地翠绿，阳光灿烂。黄昏时分，快到晚上的时候，我到达了塔斯基吉——塔斯基吉学院的所在地。该校由布克·T.华盛顿创办，乔治·华盛顿·卡弗将其发展壮大，是美国第一所黑人大学。这里也是美国最贫穷的郡之一，82%的人口是黑人，半数以上的居民生活在贫困线下，差不多有1/3的人还没有自来水。这才是真正的贫穷啊！在我来的地方，如果你买不起能制冰块的冰箱，你的汽车没有自动窗，你就是穷人。对绝大多数美国人来说，屋子里没有流动的水，简直是无法想象的事。

塔斯基吉最令人吃惊的事情，就是这里全部是黑人。这里在各个方面都是个典型的美国小镇，只不过它很穷，许多商店前面都用木板钉起来，到处是废弃的景象。每辆车里的每个人、每个步行者、每个店主、每个消防队员、每个邮递员、每个鬼魂都是黑人，只有我除外。在这之前，我从未如此鲜明地体会过自我的存在，从未感觉到自己是如此显眼。我突然体会到了一个黑人身处北达科他的感受。我在一家汉堡王停车喝咖啡，里面肯定有50个人，却只有我不是黑人。不过似乎没有一个人注意和关心。当我又回到高速公路上时，那感觉可真奇怪啊——我得说，还真是一种解脱哩。

我继续驶向东北方20英里外的奥本。奥本也是个大学城，大小基本和塔斯基吉相仿，却有着最令人吃惊的强烈对比。奥本的学生都是白人，还很有钱。我首先看到的景象，就是一名金发女郎驾着辆仿制布加迪跑车绝尘而去，那家伙肯定花了她爹两万五千块。很明显，它是高中毕业的礼物。如果我的车跑得够快，能追上它，我会开心得把整泡尿都撒到它旁边去。才刚刚看过塔斯基吉的贫穷，此情此景竟令我心生愧疚。

然而，我得说，奥本是个可爱的小镇。不管怎么说，我一直很喜欢大学城。它们大概是美国唯一尝试综合小镇生活步伐与大城市活力的地方。这里通常有很好的酒吧和餐馆，更吸引人的商店，总的来说，也更有国际气息。而且，生活在两万正值黄金岁月的年轻人中间，那感觉是多么愉快啊！

我们那会儿，大学生们最关心的是：性、吸毒、暴力和学习。只有在前三项不可得时，你才会去学习，但最起码你会学的。现如今，美国大学生最关心的似乎是性，以及让自己保持衣着光鲜的状态。我认为学习根本不大进入他们的视野。就在我旅行期间，美国有人大声疾呼，说普遍的无知已经在席卷全国的年轻人了。这种对全国范围的绝望情绪，主要来自于国家人才基金会所做的研究报告。这项报告最近测试了8000名高中生，结果发现他们愚蠢得像猪口水一般。其中有2/3的人不知道美国内战在什么时候，分不清斯大林和丘吉尔，也不知道是谁写了《坎特伯雷故事集》。几乎有一半的人认为第一次世界大战是1900年前开始的，1/3的人认为罗斯福是越战时期的总统，而哥伦布航海到美洲是1750年以后。42%的人——这是我最喜欢的一项——连一个亚洲国家的名字也叫不上来。我本来是根本不相信这些的，但我去年夏天曾带两个美国高中女生周游多塞特——两个女孩都很聪明，现在就读于名牌大学——她们俩竟没有一个听说过托马斯·哈代！最最起码，你怎么可能活到18岁，还从来不曾听说过托马斯·哈代呢？

我不知道这个问题的答案，但我怀疑，你可以在奥本花一个星期去亲吻每个听说过托马斯·哈代的人的屁股，也不致令嘴唇皲裂。也许这个评价粗俗而又不够公允，我知道奥本可能会是哈代研究的温床，但我只在那儿待了一小会儿就确定，这儿连一家像样的书店都没有。一个大学城怎么可以连一家像样的书店都没有呢？书店倒是有一家，可它卖的都是课本和一大堆与学问无关的杂烩：运动衫、充气动物玩具和其他带着奥本大学校徽的随身用品。大多数像奥本一样的美国大学都有2万或者更多的学生，再加上高达800人到1000人的教授和讲师。一个社区拥有这么多受过教育的人口，怎么会养不起一家像样的书店呢？如果我是国家人才基金会的人，我会发现这个问题至少和高中生在常识测验中的可怜表现同等严峻。

顺便告诉大家吧，他们为什么表现得那么差。因为他们想尽快把题做完，他们乱填一气，然后就呼呼大睡。我们过去经常这么干。高中时，每年都有那么一次，我们的校长托拉格先生，命令全校学生列队进入礼堂，让大家耗上沉闷的一整天来回答各种全国性测验的选择题。你用不了多久就会明白：如果看都不看题目就画圈，你就可以很快把它做完。然后你就可以闭上眼睛，沉迷在眼皮里的色情电影之中，直到下一场考试开始。只要你铅笔夹得妙，你又不打鼾，负责在座位间来回逡巡、寻找异端的托拉格先生就不会来管你。托拉格先生就是靠这个混饭吃的，他整天四处乱逛，寻找不听话的人。我一直爱想象他晚上在家的样子，他在餐桌旁走来走去，一看到老婆懒懒散散，就用尺子捅她。跟他一起生活肯定像地狱一般，当然了，他的名字其实不叫托拉格，而是超级白痴。

第八章

　　我驶过清晨明亮的阳光，道路不时拐入浓密的松林之中，经过一排排度假小木屋。亚特兰大就在北边一小时路程之外，这附近的人显然企图借地利大赚一笔。我经过了一个名叫"松山"的小镇，它似乎拥有你想在内陆旅游胜地找到的一切。这里挺迷人，店铺也挺好，就缺一样东西——一座山。想想它的名字，这里有点儿让人失望。我特意选择这条路，是因为"松山"在我单纯的脑子里唤起了一番幻景：清新的空气、陡峭的悬崖、散发着馨香的森林和翻滚流动的小溪——这儿是那种你也许会撞见约翰小子·沃尔顿的地方。然而，如果当地人为了多挣一块钱，而把事实夸大了一点点儿，谁会去责怪他们呢？你可别指望人们会专程开几英里路，来参观一个名叫"松平地"的地方呀。

　　田野慢慢变得起伏多山，但绝不陡峭，在道路前面来了一个温柔的下坡，滑向了暖泉。多年来我一直渴望去那里。我也不知道是为什么。除了富兰克林·罗斯福在那儿去世之外，我对那个地方一无所知。在得梅因选举大楼的主楼梯两旁，陈列着一些具有历史意义的报纸头版，令小时候的我为之深深着迷。其中有一张上说："罗斯福总统逝世于暖泉。"即使在那时，我也已经认为它听上去真像个长眠的好地方。

结果呢，暖泉果然是个好地方。这儿只有一条主街，一边是家老旅馆，另一边是一排商店，不过都重修成了昂贵的时装店和礼品店，专门向亚特兰大的游客开放。里面的东西全都假得明明白白——就连室外背景音乐也不例外，如果你能接受的话——不过我相当地喜欢。

我出城向小白宫驶去，它大约在城外2英里处，停车场上几乎是空的，只有一辆旧巴士，一群上了年纪的公民正从上面下来。这是来自"炮仗，佐治亚"或者"光腚，亚拉巴马"此类地方的耶稣浸信会包的车。那些老人跟小学生似的，吵吵闹闹，激动万分，在售票亭前面加我的塞儿，一点儿没意识到我会毫不犹豫地推开一位老人，尤其是浸信会教徒。但我只是和气地微笑着站到了后面，想到他们即将不久于人世，便觉得安慰多了。

我买了票，很快就在去罗斯福庄园的上坡路上超过了那些老人。小路穿过高高的松树林，那松树似乎要无止境地向上、再向上，结果把阳光封锁得那么彻底，让树下的土地光秃秃一片，就像刚刚清扫过一般。小路两旁排列着来自每个州的巨大石块，显然每位州长都曾被要求献上本地的一块石头。它们在这里排成一队，像个光荣的护卫队。笨点子开花结果，这可是不常见的呀。许多石头被切成那个州的形状，打磨得亮光闪闪，再刻上州名。可是剩下的那些呢，显然没领会这一计划的精髓，就是平平常常的一块石头，挂着个简洁的小牌子："特拉华，新罕布什尔。"艾奥瓦的献礼像我预期的那样，是谨慎的中间派。石头倒是切成了本州的形状，可惜啊，干活的人显然从没尝试过这种营生。我猜想，他肯定是一时冲动投了最低标，没承想居然一举中的，至少艾奥瓦还找到块石头送去了，我还挺害怕会是一块烂泥巴呢。

在这一奇观的远处，是一栋白色的平房。从前它曾是庄园邻居的家，现在成了博物馆。和美国的这类博物馆一样，这里搞得不错，很有意思。墙上贴满了罗斯福在暖泉的照片，玻璃柜里陈列着许多他的个人物品——他的轮椅、拐杖、腿架和其他类似装备。其中有些精巧得出人意料，能挑起人的一种病态的兴趣。因为罗斯福一直非常小心，不让公众把他看成是个瘸子。可在这里，我们可以说是正在审视他脱了裤子的模样。有一个房间格外吸引我，里面摆满了他当总统时人们亲手制作、送给他的礼物。这些东西很可能立刻就被塞进了一个巨大碗橱的后面。有成打的雕花拐杖，上面是木镶的美国地图；还有许多海象牙和蚀刻石板，雕刻着罗斯福的头像。所有的东西都是那么精美，着实令人吃惊。每一件东西都代表着几百个小时的精心雕刻和不知疲倦的抛光打磨，却只是为了送给一个陌生人。对这个人来说，这不过是为他的个人纪念品大军增加一员罢了。我被这些玩意儿迷住了，几乎没注意到那些老人也闯了进来，虽然有点儿上气不接下气，却丝毫不减活力。在一个展品前，一位头发蓝灰的女士挤到我前面，匆匆瞟我一眼，意思是："我是个老人，我爱去哪儿就去哪儿。"然后就把我从她脑子里打发掉了。"我说，哈泽尔，"她大声喊道，"你知道吗？你和埃莉诺·罗斯福是同一天生日呢！"

"真的吗？"隔壁有个刺耳的声音回答。

"我自己和艾森豪威尔是同一天生日，"那蓝发女士依然高叫着说，并为巩固自己在我前面的位置，晃了晃她那丰满的屁股，"我有个外甥和哈里·杜鲁门一天生日。"

我很想攥住她两只耳朵，然后把她脑门猛掼在我膝盖上，但我将这一念头把玩片刻之后，还是步入了另一个房间，发现这里有个入口通往一家小剧院。剧院里放映着噼啪作响的黑白电影，都是表现罗斯福和脊髓灰质炎的斗争，以及他长期待在暖泉的生活。他试图把生命揉进细长的双腿，仿佛它们只是睡着了而已。电影也很完美，由一位合众社的记者撰稿并旁白，感人至深但并不过分煽情。那无声的家庭影片里，每个人物的动作都急匆匆的，就好像镜头之外有人在咆哮着让他们快一点儿。这电影与罗斯福的腿架一样，激起了人们窥阴似的狂热。在这之后，我们终于被放行去见识小白宫的真身。我飞快地跳到前面，免得和那些老人分享这种体验。它就在另一条小路上，要穿过更多的松树，越过一个白色的岗亭。令我吃惊的是，它竟然那么小，不过是林中一栋小小的白色木屋，只有一层楼，五个小房间，都镶了深色木头。你根本没法儿相信这会是一位总统的财产，尤其是像罗斯福这样一位有钱的总统，毕竟，他拥有周边绝大多数的田产，包括主街上的那家旅馆，几栋小别墅和泉水本身啊。然而，小屋那种特别的紧凑反而让它更加舒适迷人了。即使在今天，它仍然显得很舒服、很有人气。你忍不住地想把它占为己有，即使这意味着你得到佐治亚来享用它。每个房间都有一段简短的录音解说词，告诉你罗斯福怎么工作，如何接受治疗。可是它没告诉你，他来这儿的真正目的，是为了和他的秘书露西·默瑟来点儿乡村风味的亲密接触。她的卧室在起居室的一边，而他的则在另一边。录音介绍压根儿没提这个，但它却指明了埃莉诺的卧室——被塞进房子的最后面，而且绝对比秘书的差，大多数时候是用来当客房的，因为埃莉诺很少到南方旅行。

离开暖泉几英里之后，我改道上了一条通往梅肯的风景线，但是沿路好像并无多少风景。不是没什么特别的风景，而是干脆没风景。我开始疑心，地图上那些风景线路恐怕是胡乱画上去的。我想象某个从未去过泽西市南边的家伙，坐在纽约办公室里说："暖泉到梅肯？嚯，听起来不赖呀。"然后认认真真地画下了标志风景线的橙色虚线，舌头从嘴角边轻轻地探出一点点儿。

梅肯挺好的——所有的南方小镇似乎都挺好。我停车到一家银行去取钱，为我服务的女士来自大雅茅斯，这让我们两个都小小地激动了一下。然后我继续赶路，穿过了奥蒂斯·雷丁纪念大桥。美国许多地方，尤其是南方，都有这种潮流，喜欢用当地杰出人物的名字为水泥建筑起名——西尔威斯特·C.格拉布纪念大桥、切斯特·奥弗里大堤，诸如此类的东西。我觉得这种习惯实在古怪。设想一下吧，你一辈子辛苦工作，排除万难爬到社会顶端，投入漫长光阴，忽视家人亲情，背后中伤他人，被认识的每个人看成狗屎，到头来只落得塔拉普萨河上一座公路大桥的名字，好像实在有点儿划不来啊。然而，不管怎么说，至少这座桥得名之人我还是听说过的。

我循16号州际公路向东驶向萨凡纳。那是穿越佐治亚红土平原，长达173英里无法形容的沉闷之旅。我花了炎热又毫无回报的五个小时，才到达萨凡纳。而你们呢，幸运的读者，只须眼睛掠到下一段即可。

我兴奋地站在萨凡纳的拉斐特广场上，置身于砖铺小路、涓涓溪流、垂着西班牙苔藓的浓郁树木之中。我的面前矗立着一座精致的、有着新亚麻的洁白的大教堂，一对哥特式的尖顶高耸入云。在它周围，是一些200多年的老房子，砖墙已经风化，抵挡风暴的窗板显然还在使用。我竟然不知道美国还存在着如此完美的地方。萨凡纳有20个这样的广场，凉爽安静地躺在树木的天棚下，旁边那些细长笔直的街道也是同样阴凉而安宁。只有当你跌跌撞撞走出这片市内雨林，进入现代城市的开阔街道，暴露在沸腾的骄阳之下，你才会意识到南方到底有多么闷热。现在是10月，在艾奥瓦，已经是法兰绒衬衫和热甜酒的季节了，可是这儿呢，夏天依然不依不饶。刚刚早晨8点，商人们就已经在松领带、擦额头了。要是在8月，会热成什么样呢？每个商场和餐馆都开着空调，一走进去，汗水便冻干在你胳膊上，再走到外头时，热烘烘的空气扑面而来，仿佛狗的喘息一般。只有在广场里，气候才能达到一种舒适的平衡状态。

萨凡纳是个十分诱人的城市，我发现自己不知不觉已经逛了好几个小时。该城有1000多栋历史建筑，其中许多仍然有人居住。这是我去过的，除了纽约之外，第一个人们当真住在闹市区的城市。这是多么大的差别啊！你会看到孩子们在街上踢球，或者在门廊里跳绳，所有的一切都显得那么活跃、那样生机勃勃。我沿着奥格尔索普大街的鹅卵石人行道，踱向了殖民纪念墓园。这里到处是剥蚀风化的纪念碑，还密密麻麻地挤满了本州历史名人的墓碑：阿奇博尔德·布洛克，第一位出身佐治亚的总统；詹姆斯·哈伯肖，"一位商界领袖"；还有巴顿·格威纳特，他在美国这么出名原因有二，一是因为参与签署了《独立宣言》，二是他拥有殖民历史上最傻的名字（button，意为扣子）。萨凡纳的人们一不小心，就会把老巴顿给弄丢了。纪念碑上说他可能就埋在我目前站立的这块地方，也可能是拐角那儿，或者干脆就在别的什么地方呢。这么说吧，你可能走上一整天也弄不清自己是不是踩到了巴顿。

萨凡纳的商业区永远地被冻结在了1959年——伍尔沃思商场似乎从那时起就再没换过货。这儿有一家漂亮的老电影院——魏斯电影院，可惜关门了。闹市区电影院在美国早已是陈年旧事了，唉，真可惜！你老是读到报道里说，美国的电影工业多么蓬勃，可是现在所有的戏院都建在郊区的购物中心了。在那儿看电影你有好几十部可以选择，可是每家电影院都跟大冰箱尺寸相仿，只勉强比冰箱舒服一点儿。那里面根本没有楼厅。你能想象吗？你能想象没有楼厅的电影院吗？对我来说，看电影就意味着坐在楼上的第一排，踮着脚，把空糖盒扔到下面人的头上（或者，在看到更无趣的爱情场面时，往下滴可乐）并且往屏幕上砸尼布糖。尼布糖是一种甘草味的糖，估计是用朝鲜战争剩下的橡胶做成的，在20世纪50年代颇为流行。它其实是不能吃的，但你若把它嚼上一分钟，然后砸向银幕，它就会"啪"的一声粘在上面。这是一种传统，每个人都在星期六乘公汽进闹市区，去俄尔弗剧院，买上一盒尼布糖，花上一个下午轰炸银幕。

干这事的时候你千万要小心，因为剧院经理雇了一帮恶狠狠的领座员，他们都从科技高中辍学，生命中一大遗憾便是没能生在希特勒时代的德国。这些人手拿强力电筒，在走道间来回巡逻，寻找不规矩的小孩子。一场电影中间，总有那么两三次，他们的手电会投射到某个倒霉小子的身上：只见他撅着屁股，拿着一块湿乎乎的尼布糖，定格在投掷的姿势上。他们立刻冲上去将他拿下，他就一路号叫着被架了出去。感谢上帝，我和我的朋友从来没碰上过这种事，可我们一直以为，那些受害人都会被带去经受各种电刑的折磨，然后才转交给警方，在教养院里进行长期的思想教育。多美好的日子啊！有谁敢说，郊区商业城那种鞋盒般的剧院、浴巾般大的屏幕，能够提供半点儿与闹市区电影院相媲美的东西呢？后者大如山洞，令人心醉神迷，还能激发公共意识。好像还没有谁注意到这一点，但我们也许将是最后一代觉得看电影很神奇的人了。

怀着这个令人严肃的想法，我蹚过沃特街，走上萨凡纳河边新修的一条河畔人行道。河水又黑又臭，对面南卡罗来纳州的河岸一无可观，只有几家大型商店。下游更远处，是些浓烟滚滚的工厂。不过萨凡纳这边俯瞰河水的那些老棉花仓库却好极了。它们重修得并不过分奢华，底层有时装店和牡蛎吧，二楼却空着，有那么一点儿破败，散发着不可避免的颓废气息。这就是我从汉尼拔开始就一直在寻找的。必须承认，有些商店略显矫饰，其中一家叫作"全镇最可爱小店"，直令我欲做"全国最迅速的小呕吐"。门上有个牌子说："绝对——千万不要在店内吃喝哟。"我双膝跪地感谢上帝，我永远不必见到那老板了。因为此店关着门，所以我没法儿进去参观它到底有多可爱。

在这条街的尽头，伫立着高大崭新的凯悦丽晶饭店，一看到它，我的心就直往下沉。它硕大无比，由方方正正的钢筋水泥制成，出自美国大连锁饭店深爱的"我×"建筑学院之手。无论是规模还是外观，它都与周围的老建筑格格不入，哪怕是一丝和谐都不存在。它只不过在说："我×！萨凡纳。"在这方面，这个城市特别令人反感。每隔几个街区，你就会碰上那么个不伦不类的水泥墩子——德索托希尔顿、拉马达旅馆、最佳西部河畔饭店，正如佐治亚人所说的那样，全都诱人得像玉米饼上的唾沫。其实呢，佐治亚人没说过这种话，只是我编的罢了。不过这么说颇有点儿南方味道，你们不觉得吗？就在我快要感觉这些旅馆冒犯了我，我开始对这里心生厌烦的危险时刻，我的注意力被市立法院前面的一个工人给转移了。市法院是一栋金色拱顶的大厦。那工人操着架吹叶机，一个闹哄哄的机关，后面蜿蜒着几里长的电线，一直通进他身后的大楼。我以前从来没见过这玩意儿，看上去有点儿像真空吸尘器——其实啊，它看起来很像一个《外星人入侵》里的火星人——而且叫得特别响。据我推断，他那意思是想把所有树叶吹成一堆，然后就可以用手收起来了。可是每当那人收拢了一小堆树叶时，就有一阵微风将其吹散。有时候他要提着吹管跑半条街甚至更远去追一片叶子，结果剩下的树叶就抓住机会四处乱飞。显然，这种装置在邮购目录上肯定显得好极了，可是在真实世界中却永远派不上用场。我一边漫步走过，一边隐隐地怀疑：不知道齐威格公司的人是不是在幕后插手呢？

我离开萨凡纳，开上赫尔曼·塔玛吉纪念大桥，这是一座高大的钢架桥，桥面不断升高、升高、再升高，就在你二目圆睁、呼吸停止的当儿，已经把你猛甩过萨凡纳河，扔进了南卡罗来纳。我沿着地图上一条蜿蜒的河畔道路前进，结果证明是条蜿蜒的内陆道路。这片河岸上挤满了小岛、港口、河湾，还有沙丘起伏的河滩，但我却只见到吉光片羽。道路狭窄，车速缓慢，每年夏天，当整个东海岸的千百万游客奔向那些海滩胜地时——泰比岛、希尔顿岬、劳雷尔湾、弗里普岛，这里一定是人间地狱。

一直等我到达波弗特（念成"不由弗特"），我才第一次正式看到大海。我拐过一个弯，突然间屏住呼吸，呆呆凝望着一湾缀满小船和芦苇的明镜似的海面，海水宁静、明亮、湛蓝，与天空一般颜色。根据我的"汽车旅行指南"，这个地区的三大收入来源是：旅游、军人、退休者。听起来真够呛，不是吗？可实际上波弗特很可爱，有许多旧宅子，还有一个老式的商业区。我在贯穿全镇的主干道海湾街停了车，惊喜地发现米表收费只要五分钱。这肯定是五分钢镚儿在美国能买到的最后一样东西啦——在南卡罗来纳波弗特的30分钟宁静心情。我漫步走向一个小公园和码头，从外表看是新近修成的。我这才第四次从这一边看到大西洋呢。你若来自中西部，海洋可是极少遇到的呀。公园里到处都是牌子，命令你不要尽情玩耍，或者行为鲁莽。每隔几英尺就有那么一个，上面写着："不得游泳或在防波堤上跳水。不得在公园里骑车。禁止攀折或损毁花朵、植物、树木及灌木丛。未经市政府特许，不得在公园里饮用或持有啤酒、葡萄酒或酒精饲料，违者必究。"不知道是哪种迷你斯大林在统治波弗特的议会，我从未见过这样冠冕堂皇地拒人于千里之外的地方，害得我心情大坏，一刻也不想多待。我扭头就走，真可惜啊，米表上还有12分钟呢。

结果，我提前12分钟来到了查尔斯顿，这可是件好事。我本来以为萨凡纳是我见过的最宜人的美国城市，可当我到达查尔斯顿以后，它立刻掉到了第二位。这个城市逐渐变窄，在港口尽头缩成了一个圆圆的岬角。城里挤满了美丽的老房子，一个接一个沿着笔直阴凉的街道排成行，就像是拥挤书架上一本本的大书。有些有最细致的维多利亚式装饰，仿佛漂亮的花边，而有些是简单的白色护墙板和黑色百叶窗。但它们全都至少有三层楼高，而且雄伟壮丽——尤其是它们都那么逼近路边，就更显出巍峨之态了。几乎没有哪家有像样的院子——尽管我在各处都看见越南园丁在精心打理桌布大小的草坪——所以孩子们都在街上玩耍。而女人们呢——都是白人，都很年轻，都很有钱——则在门前台阶上蜚短流长。这种情景不应该在美国出现的呀！美国有钱人的孩子根本不在街上玩，没有那个必要。他们要么懒洋洋地躺在游泳池边，要么躲在老爹花3000美元为他9岁生日建造的树屋里，偷偷吸大麻。他们的母亲若想和邻居说长道短，就直接打电话，或者爬进她们的空调旅行车开上100码。这让我意识到，汽车和郊区——还有无限度的财富——已经在何种程度上摧毁了美国人的生活。查尔斯顿有着那不勒斯的气候与氛围，但也有美国大城市的财富和生活方式，令我为之心醉神迷。整个下午我就在这里漫步，在宁静的街道之间来来往往，暗自羡慕着这些好看、幸福得令人难以置信的人们，还有他们极好的房子和富裕完美的生活。

　　岬角的尽头是个平坦的公园。在这里，孩子们驾着自行车旋转弹跳，年轻伴侣们携手漫步，西沉的太阳滤过玉兰树，带来一道道长长的光与影，一个个飞盘在光影中穿梭。每个人都那么年轻、漂亮、整洁，真好像逛进了百事可乐的广告里一样。公园再过去，是一条俯瞰港口的宽阔石铺人行道，闪亮、翠绿。我走过去向下窥探，海水拍打着岩石，有鱼腥味传来。你可以看到两英里之外的萨姆特堡，内战就从那里打响。大道上挤满了骑车人和汗津津的慢跑者，他们熟练地在步行者和慢吞吞的游客中间迂回前进。我转身走向汽车，太阳暖融融地照在背上，心中隐隐感觉到，经历了如此的完美，从现在起，恐怕要走下坡路了。

第九章

为了赶路，我开上26号州际公路，这条路上有200英里斜穿过南卡罗来纳，路边的风景只有静悄悄的烟草田和鲑鱼色的土地。根据我"汽车旅行指南"上的说法，我已经不在最南部，而是进入了东海岸的中部。可是这里仍然有着南部的酷热和刺目，沿途加油站和咖啡馆的人都是一口南方腔，就连电台播音员都是南方味儿的——不论态度还是语调。有一则新闻广播说，斯帕坦堡的警察正在搜捕两个黑人，"他们强奸了一个白人女孩"。你在南方以外可听不到这种说法啊。

快到哥伦比亚特区时，路边田野上开始塞满汽车旅馆和快餐店的大广告牌。它们不是我年少时那种低矮宽厚的方形广告牌，没有那些诱人的图示和三维母牛，只是些冷冰冰的大招牌，杵在60英尺高的金属杆子上。上面的信息简明扼要，根本不邀请你去做什么有趣或诱人的事情。过去的广告牌则唠唠叨叨，会说上一大堆："既然来到哥伦比亚，何不住进现代化的航空汽车旅馆，享受我们全新的超感振动床？你一定会爱上它！儿童特价。免费电视。冷气房间，冰块免费。车位充足。宠物欢迎。每周二下午五点到七点，鲇鱼自助餐厅开放。每晚在星光厅与弗农·史塔济管弦乐团共舞（注意：谢绝黑人）。"老式的广告牌就像超大的明信片，有许多有用的信息供你阅读，也算是一点儿精神食粮，让你瞥到一些当地文化的片断。从那以后，大家的关注范围显然是变得狭窄了。现在的广告牌只简单标出企业名字，以及如何到达那里。你在几英里之外就可以读到："假日旅馆，26E出口，4英里。"有时候指示要复杂一些，就像这样："汉堡王——31英里。走17B出口5英里到美国南49号公路，在红绿灯处右转，然后向西过机场2.5英里。"有谁会那么想吃巨无霸呢？但是毫无疑问，那些广告牌非常有效。当你在一种漫不经心脑袋空空的状态下开车，因饥饿和缺少油水而备受折磨时，突然看到一个牌子，上书"麦当劳——出口在此"，几乎是出于本能，你会立刻拐上出口坡道遵命而去。这几个星期以来，我一次又一次地发现自己坐在塑料桌前，前面摆了几小盒我并不想吃或者没时间吃的东西。这全是因为有个广告牌命令我到那儿去的。

在北卡罗来纳的边界，单调的地形瞬间结束，仿佛有法令禁止一般。突然之间，田野开始大幅度地起伏，到处是蔓延的石楠花丛、杜鹃和蒲葵。每到坡顶，景色豁然开朗，展露出朦胧中的蓝脊山脉，那是阿巴拉契亚山脉的一部分。阿巴拉契亚山脉绵延2100英里，一直从亚拉巴马到加拿大。它一度比喜马拉雅还要高呢（我有一次在一本讲球赛的书上看到了这说法，多年来一直在寻找机会卖弄一下）。不过现在它们都已变得矮小圆润，迷人胜于雄伟。山脉的每一段都有不同的名字——阿迪朗达克山、波科诺斯山、卡茨基尔山、阿勒格尼山。我是想奔往雾山的，不过打算中途在比尔特莫庄园停留一下。它就在北卡罗来纳的阿什维尔附近，由乔治·范德比尔特在1895年建造，是美国最大的私宅之一，由255个石块建成的罗亚尔风格的房间，占地1万英亩。一到比尔特莫，你就得按指示停好车，然后到大门旁边一栋楼里买票，这样才能进入庄园。这令我很纳闷，直到我走进那大楼才发现，要在比尔特莫度过一个快乐的下午，就得承受一笔巨大的财务支出。标牌上的入场费根本就看不清楚，但从那些跌跌撞撞离开售票口的人们灰头土脸的表情判断，肯定是一大笔钱。即便如此，当我听到窗口里那个讨厌的女人告诉我，成人入场费17.5美元，小孩13美元时，我还是大吃一惊。"17.5美元！"我声嘶力竭地说，"是不是包括晚餐和表演呢？"

那女人显然早就习惯了应付歇斯底里和刻薄评语。她无动于衷地说道："入场费包括进入乔治·范德比尔特宅邸，250个房间中有50个向公众开放。你有2到3小时自由参观的时间。它还包括进入广阔的花园，你可以停留30分钟到1小时。还包括导游带领你进入葡萄酒窖，并有影音展示和免费品尝的葡萄酒。推荐你请导游带领参观宅邸和庭院，费用另算。参观之后，你可能希望在鹿园餐厅再花上一大笔钱，或者，你若是个小气鬼，可以去马厩咖啡馆，同时你可以利用这个机会在马车房、礼品店买些昂贵的礼物和纪念品。"

可惜啊，此刻我已经又回到高速公路上，正奔向大雾山脉呢。感谢上帝，它可是免费的。

我拐了10英里，只为在布莱森市过夜，适度地放纵一下。这是个毫无特点的小地方，位于大雾山国家公园的边缘，汽车旅馆和烤肉小屋沿着一道狭窄的河谷排列成行。其实没有什么理由到这里来，除非你碰巧姓布莱森。即便如此，我不得不告诉你，乐趣也是断断续续的。我在贝内特庭院汽车旅馆开了间房，这是一家很棒的老式旅馆，除了偶尔轻轻打扫一下，似乎从1956年起就一点儿也没变过。它确确实实就是过去那种汽车旅馆的样子，房间沿着有遮盖的阳台排开，阳台俯瞰着草坪，草坪上有两棵树和一个极小的水泥游泳池。在这个季节，池子是空的，只有一坑湿乎乎的树叶和一只怒气冲冲的青蛙。每扇门的旁边都有一把金属扶手椅，椅背是扇贝状的。走道旁有一块老式的霓虹招牌，正在霓虹瓦斯的作用下轻轻跳动，在别致的闪光黄色箭头下面，拼出了绿色和粉色的字样："贝内特庭院/有空房/空调/游泳池/电视。"我小时候，所有的汽车旅馆都有这样的招牌。现在你却只能偶尔在无名之地的边缘，在那些被遗忘的小镇上见到它们了。贝内特庭院旅馆显然可做我那合成镇里的旅馆。

我拎包进去，小心翼翼地屈尊坐在床上，然后打开了电视。顷刻间，便跳出一个"痔备H"——一种痔疮膏的广告。那语气非常急迫，我没记住准确的词语，大意如此："嘿，你！你有痔疮吗？那就来点儿痔备H！这是命令！记住这个名字，你这个漫不经心的傻瓜！痔备H！就算你没有痔疮，也得来点儿痔备H！以防万一！"然后，一个画外音又飞快地补上一句，"现在能买到樱桃香味的哟。"在海外住了这么多年，我已经不习惯美国式的强买强卖了，这令我很不自在。同样令我心神不安的是，美国的电视台可以在广告和节目之间来回跳跃，事先没有任何犹豫或警示。比如说，你正躺在那儿看《库扎克》，就在枪战最紧急的关头，突然冒出一个人，开始刷起马桶来。于是你坐起来，心想："什么呀——"然后才意识到那是广告。实际上，还是好几分钟的广告呢。在美国，你可以趁广告时间出去抽烟、吃比萨，然后还有时间在节目开始前刷好马桶。

"痔备H"的广告消失了，接着是微波食品。在观众还没反应过来自己是否想换台之前，画面又换成一群热烈鼓掌的现场观众，加上得意洋洋的电吉他乐声，还有几个快活但大脑略微受损、全身都是亮片的人。原来是"乡村老大音乐盛典[1]"，我看了几分钟，带着麻木的惊异听他们唱歌说笑，下巴渐渐地掉至胸前。这真像是种视觉的前脑叶白质切除术啊。你可曾在注视婴儿玩耍时这样问自己："真不知道他那小脑瓜里在想什么？"噢，偶尔看上五分钟的"乡村老大"，你就会明白一些啦。

几分钟之后，又是一段广告喧嚣地闯进来，我立刻恢复了知觉。我关掉电视出去对布莱森市进行实地考察。这里可看的东西比我预想中要多，从斯万郡法院过去，是一个小小的商业区。我很高兴地注意到，几乎所有的一切都有布莱森市的标志：布莱森市洗衣店、布莱森市煤炭木材行、布莱森市基督教堂、布莱森市电器行、布莱森市警察局、布莱森市消防队、布莱森市邮局。我开始体会到乔治·华盛顿的感觉了，假如他能够死而复生，置身于哥伦比亚特区之中。我不知道这个小镇如此标榜崇敬的布莱森到底是谁，但我

---

1 原指乡村老大歌剧院，位于田纳西州纳什维尔，是美国乡村音乐的圣地。

从来没见过我的姓氏如此四处泛滥。真遗憾我没带撬棍和扳手，因为许多招牌会是绝好的纪念品。我尤其盼望着把布莱森市基督教堂的牌子摆在我英国房子的前门旁边，然后每个星期都可以挂上不同的教训，比如："现在就忏悔吧，英国佬！"

没花多长时间，布莱森闹市区所有可能的消遣都被我看了个遍。我不经意间发现，就已经走上了出城往切罗基——河谷边的下一个镇——去的高速公路。我沿着它走了一小段路，可是除了几个废弃的加油站和烤肉屋之外，没一点儿可看的东西。而且，几乎没有多少路肩可以走，结果汽车就在几英寸之外风驰电掣，让我的衣服疯狂飞舞，弄得我好不惊慌。这条路沿途都是赞美基督的告示牌和手写的大标语："掌握你的人生——赞美耶稣，上帝爱你，美国。"还有更玄乎的："如果你明天死去，将会发生什么？"（嗯，我觉得，首先就是不用再付冰箱贷款啦。）我转身走回城里。现在是下午五点半，布莱森市就是一个有人行道的地窖，我已完全不知所措。走下一个小山坡，在一条湍急的河边，我侦查到一家A & P超市，好像还开着门，便走了进去，指望找点儿更有趣的消遣。我以前经常在超市鬼混，罗伯特·斯万森和我十二三岁的时候，简直令人讨厌透顶，给我们注射致命药物绝对是手下留情。夏天里，我们经常跑到得梅因英格索尔大街上的"神气整齐"超市，因为里面有空调。我们为了消磨时间干的那些好事，我现在都羞于承认——把一袋面粉的底儿拆开，然后观看着某个毫无戒备的女人拿起来，结果把面粉一股脑儿倒在地上。或者趁别人转过身的当儿，把金鱼饲料和催吐剂这类怪玩意儿放进他们的手推车。我现在不打算在A &

P超市故伎重演——当然，除非我真的很无聊——但我想，在这个陌生的地方，看看年少时那些食品，一定会感到安慰的。而且也的确如此。这简直就像拜访老朋友——斯吉皮花生酱、玉米馅饼、威尔士葡萄汁、莎拉李蛋糕。我在走道上徜徉，一看到熟悉的老营养品，就咕哝着发出极小声的欢呼，心中感到无限欢欣鼓舞。

过了一会儿，我突然想起一件事。几个月前，我在英国看《纽约时报》时注意到一个卫生护垫的广告。这些卫生护垫上有许多小凹痕，它们的名字就是该产品的商标。我当时觉得这真是非同寻常啊，你能想象吗？给卫生护垫上的洞洞起个动人的名字，会是一个人的工作？！可惜我已经记不起它的名字了。所以，现在，就因为没有其他更好的事情可做，我转到了A＆P超市卫生护垫区看上一看。此处花样繁多，令人咋舌。我永远也猜不到这个市场竟然如此红火，更想不到布莱森市竟会有这么多内裤需要护垫。我以前从来没怎么注意过这种事情，果然是其乐无穷啊！我在各种品牌间穿梭，阅读上面的使用说明，不知道过了多长时间，也不知道自己是不是又开始自言自语起来，我快乐地专注于某事时，偶尔就会这样。不过我估计肯定是有段时间了。无论如何，就在我拿起一包"新自由丝薄，加圆点漏斗保护（注册商标）"的那一刻，禁不住发出了胜利的欢呼："啊哈！你在这儿呢，你这个小坏蛋！"我略微一扭头，发现在走道的那一边，经理和两个女营业员正注视着我。我的脸一下就红了，我笨手笨脚地把那一包塞回了货架。"只是随便看看！"我的语气很难说服别人，我只希望自己不要显得太危险或者太愚蠢，然后就奔向了出口。我还记得几周前在《独立报》上读到一则消息，说美国有20个州，其中大部分在最南部，异性恋者进行口交或肛交还是违法的。我现在可没一点儿类似想法，你们明白的，可我以为，这表明此地有些地方在涉及性的问题上，可能还在死守教条，很有可能还禁止非法持有卫生护垫哩。在北卡罗来纳这样的地方，没因为无心的性倒错给判上五到十年，我可真够走运的啦。无论如何，我感到自己十分幸运，安全回到旅馆，没有被当局中途拦截。然后，我以极度的谨慎心理度过了在布莱森市逗留的剩余时间。

大雾山国家公园跨越北卡罗来纳和田纳西两州，占地50万亩。我到那儿之前没发现，它竟然是美国最受欢迎的国家公园。它每年吸引900万游客，比其他任何国家公园都要多出三倍。即便是10月一个星期天的大清早，这里都已经人头攒动了。布莱森和切罗基之间的公路就在公园的边上，一条闪亮的小溪从大雾山的一个裂口流出来，乱糟糟的汽车旅馆、蹩脚的汽车修理店、活动房和烤肉屋栖息在公路和小溪之间。这里肯定曾经非常美丽，有郁郁青山从两边拥挤过来，可是现在却只剩下一片肮脏。切罗基城本身则更加糟糕。它是美国东部最大的印第安居留地，从这头到那头，塞满了出售俗艳印第安饰物的纪念品商店。所有商店的顶上和墙边都打着大招牌："鹿皮鞋！印第安珠宝！战斧！抛光宝石！各种各样的蹩脚玩意儿！"有些商店前面还有一头装在笼子里的棕熊——我猜想是切罗基的吉祥物——每个笼子周围都围着一群小男孩，企图激怒那动物，让它表演一下凶猛的样子，他们的父亲呢，则在安全距离之外给他们加油打气。在其他商店，你可以花五块钱和活生生的切罗基印第安人合影，他们身着战袍，耷拉着乳头，一副宿醉未醒的样子。可惜似乎没有多少人对此感兴趣，那些印第安模特都懒洋洋地坐在椅子上，看上去和那些熊一样倦怠。我还从未曾见过如此丑陋的地方呢，这里挤满了游客，就连他们也差不多同样丑陋——一群胖子，衣着俗艳，照相机在大肚子上摇来荡去。我一边驾车在人群中小心前进，一边懒洋洋地琢磨——为什么旅游者永远那么肥胖，而且总是穿得像白痴呢？

然后，突然之间，我还没来得及对这个问题进行应有的考虑，就已经驶出切罗基，进入了国家公园，所有的庸俗就此停止。美国不像英国那样，人们不在国家公园里居住。国家公园就是真正的荒野——通常是强制的结果。在大雾山脉遥远的山谷里，高高的云端之上，曾经到处是居住在小屋里的山民。但现在他们都被迫搬了出来，此时的公园已经没有任何人类活动。公园管理当局不是设法保护古老的生活方式，正相反，是彻底将其铲除。所以，无家可归的山民搬到公园边上那些山谷小镇，把当地变成了出卖蹩脚小纪念品的垃圾镇。在我看来，这真是非常奇怪的举措。现在还有几间小木屋保留下来以备参观。公园里的一家游客中心就有那么一个，我尽职地停下车去观看。这一间和伊利诺伊新塞勒姆林肯村的那些真是太相似了，我还没意识到，观看小木屋也有可能过量，就在我靠近那小屋时，开始感到脑死亡突然发作，我只瞥了短得不能再短的一眼，就赶紧撤回车内。

大雾山脉本身令人赏心悦目。这是个完美的10月清晨，陡峭的公路不断爬高，穿过了阳光沐浴的阔叶林，小径与溪流随处可见。

不一会儿我来到更高处，一派空中美景展现在面前。公园里沿途都是观景点，你可以停下车，面对风景"嚯！哇！"一番。这些观景点都由山得名，听起来像是雅皮的共管开发区——鸽谷、樱桃湾、狼山、熊阱谷之类的。空气明澈稀薄，景色辽阔无边。山脉向遥远的地平线起伏而去，温柔地从浓绿渐变作墨蓝，又转为烟雾朦胧。这里是树的海洋——极目远眺，正如在哥伦比亚或巴西所见的那样，到处是郁郁葱葱，不见半点儿瑕疵。在这片连绵起伏的广阔空间里，没有一丁点儿人类的痕迹，没有小镇，没有水塔，没有从孤独农场里升起的一缕炊烟。只有明亮天空下无边无际的沉寂和那一片空茫与清澈。只有远处一朵泛蓝的积云，在遥远的山坡上投下了飘荡的影子。

穿越公园的奥科纳卢夫提公路只有30英里长，却异常陡峭蜿蜒，我花了整整一个早晨才走完。上午10点，两个方向都出现了持续的车流，观景点上已经很难找到足够空间。这还是我首次与真正的旅游者正式接触——驾着房车直奔佛罗里达的退休者，趁淡季度假的年轻家庭，度蜜月的小两口。到处是来自千里之外的汽车、房车、露营车和旅行车——加利福尼亚、怀俄明、英属哥伦比亚——每个观景点上都有一群群人聚集在自己车子周围，车门和行李箱大开，吃喝着便携式冰箱里的食物。每隔几码就有一辆温尼贝戈或舒适牌房车——巨大又设备齐全的轮上住所，占据了三个车位，伸出那么一大块，弄得驶来的汽车只能勉强擦身而过。

整个早晨我都模糊地感到少了什么东西，后来我恍然大悟，这里没有英国常见的徒步旅行者——没有脚蹬结实长靴、身穿短裤和及膝带穗袜的人，没有装满玛米特三明治和茶瓶的小帆布背包，更没有一排排穿紧身制服戴面包师帽的自行车手，因气喘吁吁地奋力上山而耽搁了交通。此地耽搁交通的是那些巨大的旅行房车，它们笨拙地在山上爬上爬下，有些竟然还在后保险杠上拴了辆汽车，活像个小舢板。在通往田纳西那条漫长曲折的下坡路上，我就被堵在这么一辆房车的后面。它实在太宽了，简直没法儿待在自己的车道里，一个劲儿地威胁对面驶来的汽车，要把它们顶到左边那秀丽的风景中去。唉，这就是如今许多人度假的方式。他们的全部原则，就是不要让自己有一秒钟暴露于不适或不便之中——千真万确，如果可能，连新鲜空气都不要呼吸。当旅游的渴望抓住了你，你就挤进你那13吨的罐头宫殿，开上400英里穿越乡野，与大自然隔绝得密不透风，一停在露营地，你便猛冲过去插上水源和电力，以免有哪一秒钟失去了空调、洗碗机和微波炉的照顾。这些东西，这些所谓的"方便汽车装备"，就像是装了轮子的生命维持系统，上月球的宇航员也不曾享受这么多的后援。"方便装备"人是另外一种生物——而且还是极其疯狂的一种。他们满脑子想的都是把各种小配件装在车上，以应付每一种可能出现的意外。他们的生命已经完全被一种可怕的念头所主宰：没准儿哪一天，他们会发现自己陷入了无法完全自给自足的境地。我有一次要和一个朋友去艾奥瓦的达令湖露营两天，他的父亲——一个"方便设备"狂——一个劲儿地想把各种省力设备硬塞给我们。"我这儿有个特棒的太阳能开罐器，"他会说，"你们想带上吗？"

"不用了，谢谢，"我们会回答，"我们只去两天啊。"

"这个手电筒加雕刻刀怎么样？需要时你们可以把它当汽车点烟灯，万一你们在野地里迷了路，还能用它打求救信号呢。"

"不，谢谢。"

"对了，最起码也要带上电池微波炉吧。"

"我们不想带，真的。"

"那你们他妈的怎么在荒郊野外崩爆米花？你们想过没有？"

已经有一整套产业成长起来，以供应这个市场的需要（毫无疑问，纽约的齐威格公司是其中的活跃分子）。在全国各地的露营地，你都可以看到这些人，站在他们的汽车与附带配件旁边——甲烷动力的制冰块机、便携式网球场、杀虫火焰喷射器、充气式草坪。他们这种人古怪而又危险，无论如何都不应与之接近。

公园的范围止于大山脚下，突然间，眼前的一切又恢复了肮脏破败。我再一次为美国实行的这种古怪区分感到震惊——他们坚信公园内部不允许存在任何商业活动，但却允许其在外面无限制地发展，即使那里的风景是同样出色。美国人从来没有真正领会到，你可以住在一处而不把它变丑，美丽不必限制在篱笆后面。在他们心目中，国家公园似乎就是种大自然的动物园。随着我缓缓驶进加特林堡，丑陋被强化到登峰造极的地步，这个地方显然致力于不断为坏品位的底线重新定义，绝对是粗俗低劣的世界之都。它让切罗基都显得高雅起来。除了一条只有一英里长的主街，这里再没什么东西，但主街上从这头到那头，都塞满了最耀眼的旅游大杂烩——艾尔维斯·普雷斯利名人堂、加特林堡星光蜡像馆、两间闹鬼的屋子、国家圣经博物馆、山民村、瑞普利信不信由你博物馆、美国历史人物蜡像馆、加特林堡空间探针馆、某个叫作天堂岛的地方（另外一些叫作什么梦幻世界）、邦妮·卢和巴斯特乡村音乐秀、卡伯警察博物馆（看看"大高个儿"郡警察局长布福德·普瑟的夺命车吧！）、吉尼斯纪录展览中心、明星博物馆之艾琳·曼卓厅（相当重要哦）和大购物商场。在这一串光彩夺目的消遣之间，散布着许多停车场和吵闹拥挤的餐馆、垃圾食品摊、冰激凌小亭子和礼品店。礼品店里出售可以写上你名字的通缉海报，还有各种搞笑装饰的棒球帽，比如说，帽檐上有一坨鲜活逼真的塑料大便。在街道上悠闲来去的，是更显拥挤的一群群肥胖的游客，他们穿着刺眼闹心的衣服，照相机在肚皮上蹦蹦跳跳，大吃大喝着冰激凌、棉花糖和玉米热狗，有的人还同时戴着棒球帽，帽檐上得意洋洋地粘着一坨塑料大便。

我爱上这儿啦。在我成长的岁月里，我们从来没捞着机会去加特林堡这样的地方。我父亲宁愿用一把"布莱克和戴克尔"电钻给自己做开颅手术，也绝不在这种地方浪费一个小时。他衡量一个度假胜地只需两个标准：有没有教育意义，是不是免费。加特林堡是明摆着无一沾边的。他理想中的度假天堂，就是一个不要入场费的博物馆。我爸爸是我见过的最诚实的人啦，但是度假却能让他看不见自己的原则。当小痘痘已经在我脸上四处开花，短胡茬儿也在我下巴上冒出了头，他仍然在售票亭对天发誓，说我只有八岁。他在度假时是如此抠门，竟然没让我们在废物箱里筛选午餐，让我一直纳闷儿到现在。所以，加特林堡对我来说是种心醉神迷的体验。我感觉自己就像个带了一袜子两毛五硬币的牧师，到拉斯维加斯放风来了。所有的喧嚣与诱惑，尤其是那种在短期内任意挥霍的可能性，真教我眼花缭乱、晕头转向了。

我在人群中漫步，在"瑞普利信不信由你"博物馆的门口犹豫了半天。当我看那宣传海报时，我能感觉到，在1000英里之外，我的父亲开始在坟墓中慢慢地转身了。海报上说，我可以在里面看到一下子在嘴里放三颗台球的人，有两颗头的小牛，一头前额上伸出角来的人形独角兽，还有其他几百种令人目不转睛的奇珍异宝，都是不知疲倦的罗伯特·瑞普利从世界各地搜罗起来，又一箱箱运回加特林堡，以启迪像我这样有眼光的游客。入场费是五块，当我看钱包时，父亲转身的速度加快了，当我挑出一张五块钱的钞票，心虚地递给售票亭里那个没有笑容的女人时，父亲的转动已经变成了令人眼晕的飞旋。"去他的吧，"我一边走进去一边想，"起码能让那老头子运动运动。"

哇，里面真是好极了。我知道，对几分钟的消遣来说，五块可是一大笔钱。我都可以看到父亲和我站在外面的人行道上争论不休。父亲会说："不行，那是个大骗局。有那么多钱，你可以买能用好几年的东西啦。"

"比如说什么——一盒地砖吗？"我会以老练的挖苦回敬他。

"噢，求你了，爸爸，就这么一次，不要这么小气嘛，里面有一只两颗头的小牛呢。"

"不行，儿子，我很抱歉。"

"我以后会永远听话。我每天都把垃圾拿出去，直到结婚为止。爸爸，里面有个人能一下子放三颗台球在嘴里吧，还有个人形独角兽呢！爸爸，我们要把这辈子唯一的机会给白白放过啦。"

可是他丝毫不为所动。"我再也不想听谁说起它了。现在大家都上车，然后开上175英里，去'糖蜜角古战场'。关于1802年美国和厄瓜多尔那场没啥人知道的战争，你们会学到好多有价值的东西，而且还不用花我一分钱。"

于是我在"瑞普利信不信由你博物馆"认真参观，细细品尝着每个赝品和各种没品位的稀奇古怪物品。这儿真是太杰出了！我是真心实意这么说的，你还能在别的什么地方看到全部用鸡骨头做成的哥伦布旗舰"圣母玛丽亚"的复制品呢？而目睹方糖建成的8英尺长的马戏团模型或者约翰·狄林格的死相翻模，再或者由英国曼彻斯特的雷格·波兰全部用火柴棍搭成的房间（做得好，雷格，英国为你骄傲），你又怎么可能为之开出价格？咱们现在谈论的，可是持续一生的记忆啊。我很高兴地发现，在所有展品之中，英国还有一个更杰出的代表——一个大约1940年的烟囱帽。信不信由你哦。这儿的一切都太精彩了——展现得干净漂亮，有时甚至很可信——我在那儿度过了快乐的一个小时。

参观结束之后，我感到心满意足，买了一个婴儿头那么大的冰激凌筒，在午后的阳光下，拿着它在人群中漫步。我逛了一连串礼品商店，还试了试帽檐上有塑料大便的棒球帽。可惜最便宜的也要七块九毛九，于是我决定，出于对父亲的顺从，一个下午不可以太过放纵。如果想要，我不是可以自己做嘛。这样想着，我就转身走向了汽车，奔向阿巴拉契亚那险峻的冈峦。

第十章

  1587年，115个英国移民，包括男人、女人和孩子，从普利茅斯启航，去建立新世界的第一个殖民地，就在今天北卡罗来纳附近的罗阿诺克岛。他们到达后不久，一个名叫弗吉尼亚·戴尔的孩子出生了，成为第一个用头登陆美洲的白人。两年后，第二批探险者从英国出发，去看看那些移民过得如何，还给他们捎去信函，告诉他们英国电信公司的修理员终于露面之类的事情。可是，当这个慰问团到了那儿，却发现殖民地已被废弃。没有任何信息表明殖民者去往何处，也没有任何打斗的痕迹，只有墙上刻着一个神秘的词："克罗坦"。这是附近一个岛屿的名字，那里的印第安人是出名地友善，但是到岛上去了一趟发现，那些殖民者根本就没有去过那里。那么，他们到底去哪儿了？是自愿离开，还是被印第安人给拐跑了？这一直是殖民时代的一大神秘悬案。

  我这会儿提起这件事，是因为有种推测认为，那些殖民者向内陆推进，上了阿巴拉契亚山脉，然后在那儿定居了。没有一个人知道他们为什么要这么做，但是50年后，当欧洲探险者到达田纳西州时，切罗基的印第安人告诉他们，已经有一群白人住在山上了，那些人穿着衣服，还留着长胡子。根据当时的一种说法，那些人"有一口钟，每次吃饭之前都要敲响它，他们还有个奇怪的习惯，就是吃饭前低着头，小声地说些什么"。

不曾有一个人发现过这个神秘的部落。但是在阿巴拉契亚山一个遥远偏僻的角落，就在田纳西东北部小镇斯尼德维尔旁边的克林奇山脉的高处，依然居住着一些叫作默伦琴的人，他们在那里的日子之长，超出了所有人的记忆范围。默伦琴人（没人知道这名字的出处）拥有欧洲人的大多数特点：蓝眼睛，黄头发，身材瘦长，但却有着黑黑的、跟黑人差不多的皮肤，这可明显不属于欧洲人。他们都有英国血统的姓氏：布罗根、柯林斯、穆林斯，但没有一个人，包括默伦琴人自己，对他们来自何方或早年历史有任何了解。他们和罗阿诺克岛那群失踪的移民一样，都是一个谜团。的确，曾经有人指出，他们可能就是罗阿诺克岛那群失踪的移民。

我在伦敦《独立报》的一个同事彼得·堂恩，听说我要去大陆那头，就向我讲述了默伦琴人的故事，又热情地翻出几年前他为《泰晤士报周日杂志》写的一篇文章。文章里附着默伦琴人不同寻常的照片。想描述他们简直是不可能的，只能说他们就是黑皮肤的白人。退一步说，他们的外表很惊人。因为这个原因，他们在自己的郡里一直受到排斥，被赶到山里的棚屋那的一个叫作"蛇谷"的地方。在汉考克郡，"默伦琴"就等同于"黑鬼"。那些本身就又穷又土的山里人都认为默伦琴人古怪又丢人，结果呢？默伦琴人便与世隔绝，隔很长时间才下山来买一次必需品。他们不喜欢外来者。那些山里人也是如此。彼得顿告诉我，他和陪同的摄影师得到的待遇，就是从含蓄的敌意到直截了当的恐吓。那可真是一个令人不安的任务啊。几个月后，《时代杂志》的一个记者真在斯尼德维尔附近遭到了枪击，就因为他问了太多的问题。

所以，也许你能想象出，当我开上田纳西州31号高速公路，穿过被遗忘之地上贫瘠零落的烟草田，穿过蜿蜒曲折的克林奇河河谷，奔向斯尼德维尔时，是什么样的预感在我心头蔓延。这儿是全国第七贫穷的郡，看起来也的确如此。水沟里漂浮着垃圾，大多数农舍矮小简朴。每条车道上都停着辆小货车，车后窗上有个枪架。院子里的人停下手头的事情，注视着我经过。当我到达斯尼德维尔时，已经接近黄昏。在汉考克郡法院外面，一群半大少年聚集在货车前互相交谈，在我经过时，他们也紧盯着我看。斯尼德维尔离任何地方都太远了，简直不可能有人会来，因此一个生人的汽车会吸引大家的注意。镇上也没多少东西：法院、一座浸信会教堂、几栋方盒样的房子、一个加油站。加油站还开着，我便进站加油。我并不特别需要加油，但我拿不准何时能找到另一个加油站。出来抽油的那个家伙长满了肉瘤——真是大片大片的——就像没张开的蘑菇撒了一脸。他看上去真像个发生可怕错误的基因实验啊。除了确认我要哪种油之外，他一言不发，也不对我来自外地这一事实进行任何评论。这还是我这次旅行中的第一次呢，加油站的服务员竟然没有用动人的腔调说"你的家离这儿很远，对吧？"或者"你怎么会从艾奥瓦跑到这里来的？"之类的话。（我总是告诉他们，我要去东部做个极其重要的心脏手术，希望他们会多给我打点儿折扣。）

我极有可能是这家伙一年来见到的第一个外地人，然而，他似乎对我在这儿做些什么丝毫没有兴趣。太奇怪了。我对他说——真的是脱口而出——"请问，我在什么地方看到过，说那些叫作'默伦琴'的人就住在这附近什么地方吧？"

他不答腔，只是盯着油表的旋转。我以为他没听清我的话，便又说："我说，请问，我听说那些人——"

"不知道。"他生硬地说道，连看也不看我一眼，然后他看着我，"我对那个一无所知。你的汽油要开发票吗？"

这个问题太让我吃惊了，我犹豫了一下说："不，谢谢你。"

"一共11块。"他拿了我的钱，并不道谢，就走进里面去了。我简直是目瞪口呆。我根本不知道怎么回事。透过窗子，我看到他拿起电话拨了出去，一边打一边看着我。突然间我吓坏了，要是他打电话给警察，让他们出动来击毙我，那可怎么办？我连忙上路，不小心留了一小块轮胎橡皮在他车道上——你很少见到雪佛兰达到这种水平吧——我猛踩油门，让活塞引吭高歌，以令人掉脑袋的27英里的时速，仓皇逃离了这个小镇。但在开出一英里左右之后，我放慢了速度。这一部分原因是我正在攀登一个几乎是垂直的山坡，车子没法儿再快了——有那么惊心动魄的一瞬间，我以为它真要翻过去了——还有一部分是因为我对自己说，用不着这么神经兮兮的。那家伙可能只是打电话给他老婆，提醒她多买点儿治瘤洗剂。就算他是打给警察，报告一个外地人问了无礼的问题，他们又能把我怎么样？这是个自由国家，我并未触犯任何法律，我只不过问了个无知的问题，况且是彬彬有礼，又有谁会因此而生气？显然，我这种被威胁的感觉是太可笑了。话虽如此，我却发现自己仍然频频打量后视镜，担心会看到后面山上蠕动着灯光闪闪的警车，还有货车里一队队的志愿警察向我追踪而来。为以防万一，我明智地将时速从11英里提升到13英里。

在山坡高处，我开始看到缩在林中空地后面的小屋。我窥探着这些屋子，希望瞥到一两个默伦琴人，可惜看到的那几个全是白人。他们用一种奇怪的震惊表情，盯着我摇摇晃晃地驶过，那架势，就跟你盯住一个骑鸵鸟者差不多。他们基本上都对我愉快的挥手毫无反应，只有一两个给予了回应，那是一种下意识的简单挥手——举起一只手，手指抽搐一下。

这是真正的穷乡僻壤，很多屋子看上去就像来自《小艾伯纳》，门廊下陷，烟囱倾斜，有些已经废弃。有很多看来是手工搭建的，随意地向外延伸，很明显用的是盗砍林木的边角料。这些山里的人还在制作"月光"，就是他们所说的私酒（stump liquor），但近来最大的生意其实是大麻，信不信由你。我在什么地方看到过，说整个山村联合起来，就在偏僻的高山谷地种上几亩，一个月能赚10万美元呢。比起默伦琴人，这才是陌生人不该在此乱问的更好理由。

尽管我显然已经爬上了山脉很高的位置，但周围的树木却还是密不透风，让我什么风景都看不见。但一到山顶，树木便像屏风一样拉开，向我展现出对面山谷的壮观景色。我好像来到了地球之巅，又像是从飞机上鸟瞰。绿树成荫的陡峭山峦两边，贴着片片高山草地，高山向着视线尽头延伸，渐渐消失在一轮遥远而绚烂的夕阳之中。我的面前是一条蜿蜒曲折的道路，顺着陡峭的山地一直往下，山谷里有起伏的农田，沿着一条懒洋洋的河流展开。这是我见过的最完美的场景。我穿过黄昏的温柔光线，被美景完全吞没。还得提到一点，路边的每座房子都是烂棚子。这里是阿巴拉契亚山脉的心脏，也是美国最臭名昭著的穷乡僻壤，可它美丽得无法用语言表达。东海岸那些大都市的专业人士，只需几小时的车程就可以来到这里，竟然没有在如此诱人的美景地殖民，在山谷里塞满田园周末小木屋、乡村俱乐部，还有高档的餐厅，真是太奇怪了。

此外，看到白人生活在贫穷之中，也令人觉得奇怪。在美国，要既白又穷，可真得费点儿劲。当然了，这是美国的贫穷，是白人的贫穷，不能与其他地方的贫穷相比，甚至不能和塔斯基吉的贫穷相比。有人曾颇含讥讽地指出，林登·约翰逊在1964年发动对贫穷的伟大战争时，之所以把焦点放在阿巴拉契亚，不是因为这里太穷，而是因为这里太"白"了。当时一项鲜为人知的调查表明：当地最穷的人口当中，有40%的人拥有一辆汽车，其中有1/3都是直接买的新车。1964年，我那英国的未来岳父与当地大多数人一样，离拥有第一辆车还有好几年，甚至直到现在，他也从来没拥有过一辆新车。然而没有谁会说他穷，或者在圣诞节给他送免费面粉和毛衣。尽管如此，我还是不能否认，按照美国的标准，周围的那些屋子的确是很朴素。它们院子里没有卫星接收天线，没有韦伯牌烤肉炉，没有旅行车停在车道上。而且我敢说，他们厨房里也不会有微波炉。可怜的家伙，按照美国的标准，这可真他妈的一穷二白呀！

第十一章

我驶过一座座橡皮糖似的山丘，一条条起伏不平的公路和一个个干净整洁的农场。天空中飘满巨大蓬松的云朵，像海上风景画经常表现的那样。沿途的小镇都有奇怪而有趣的名字：雪片、奇想沟、马场、但之草场、慈善。弗吉尼亚大得无边无际，好像永远不会到头似的。这个州约有400英里宽，但那蜿蜒曲折的公路肯定至少让路程增加了100英里。无论如何，每次看地图时，我都觉得好像只移动了惊人的一点点儿。我不时地会经过一个标明前方有历史古迹的牌子，但我并不停留。全美国有几千个历史古迹，而它们都很无趣。我知道这是事实，因为我父亲曾在其中每一处停留。他会把车停在那儿，向我们大声宣读介绍文字，就算我们恳求他住嘴也无济于事。那些介绍差不多是这样的：

歌唱树神圣墓地

几个世纪以来，这片以"歌唱树之谷"著称的土地，一直是布莱克巴特印第安人的神圣墓地。鉴于此，美国政府在1880年将这片土地永久地归还给该部落。然而，1882年，歌唱树下发现了石油，在一系列的小冲突之后，27413个布莱克巴特人被消灭，部落搬迁到了新墨西哥州"氰化物泉"镇的一个保留地。

我在说些什么呀？它们根本就没有这么好看，通常都是纪念那些明摆着不起眼又很无趣的东西：田纳西西部第一所圣经学院所在地、湿纸巾发明者的出生地、堪萨斯州州歌作者的故居。你还没去之前就已经知道它们很无聊，因为它们真要有哪怕一丁点儿意思，就会有人在那儿支个汉堡摊儿，卖点儿纪念品啦。可是爸爸却一见它们就精神抖擞，而且没有哪一次不深受感动的。给我们朗读介绍之后，他会以钦佩的腔调说："噢，我真没用！"然后，在撤回高速公路时，他必定会开到大卡车迎面而来的车道上，那卡车喇叭狂响，急转而过时还撒了部分货物出来。"是啊，这儿可真是太有意思啦。"爸爸会若有所思地加上一句，一点儿不知道刚才差点儿害死全家老小。

我打算奔布克尔·T.华盛顿国家纪念碑去，那是罗阿诺克附近一个重修过的种植园，布克尔在那儿长大。他是个了不起的人，一个被解放的奴隶，自学读书写字完成了教育，后来还在亚拉巴马建立了塔斯基吉学院——美国第一所黑人大学。这以后，好像还嫌成就不够多似的，他以灵歌音乐家的身份完成了自己的奋斗历程。20世纪60年代他与MG乐团合作，以斯达克斯唱片品牌推出了一系列轰动一时的作品。正如我说的那样，他是个非常了不起的人。我的计划是先参观他的纪念碑，然后飞奔到蒙蒂塞洛，悠闲地逛逛托马斯·杰斐逊的故居。然而事与愿违。刚过帕特里克泉，我瞥到一条岔路通向一个叫克里茨的地方，目测地图之后，我算出能省下30英里的车程。我想也不想便将车拐了过去，车子轮胎发出嗞嗞尖叫的声音，因为老雪佛兰力不从心。不过，它还是努力地喷了点儿蓝烟出来。

我本来不该上当的。我旅行的首要原则，就是绝对不去名字听上去像疾病的地方，而克里茨显然像有脱皮症状的不治之症。结果，我完完全全地迷了路。当高速公路一从我的视野里消失，道路就分裂成没有路标的路网，被高高的野草包围着。我开了好长时间，怀着迷路时通常会有的那种偏执而又愚蠢的决心，认定只要不停地走下去，最后总会到达目的地。我不断遇到地图上没有的小镇：圣维尔、普莱森特维尔、普雷斯顿。这些地方都不是只有两间小屋，它们是正儿八经的城镇，有学校、加油站和许多房屋。我觉得好像该致电罗阿诺克的报社，通知编辑说我发现了一个失落的州。

最终，当我第三次经过圣维尔时，我只好决定问路了。有个老家伙带他的狗出来在邻居家附近撒尿，我停下来问他去克里茨的路。他眼皮都没眨一下，就发出一连串复杂得让人喘不过气的指示。他绝对讲了有五分钟，听上去像刘易斯与克拉克荒野之旅的描述。我压根儿就没听懂一句，可是等他停下来说："就是这样啦，你听懂了吗？"我却撒谎说，懂啦。

"好，这么走你就到普雷斯顿啦，"他接着说，"到那儿以后，你就走那条牲口贩子常走的老路，从东边出城，一直走到麦格雷格地。你会认出来的，因为那前面有个牌子写着'麦格雷格地'。大概再走100码，有条往左去的路，标着克里茨，可你说啥也不能走那条路，因为桥已经塌了，你会直接掉进'死人溪'的。"他就这么又讲了好几分钟，等终于讲完时，我谢过他驾车离开，还是不能确定他最后那手势指的是哪个方向。不出200码我就碰上一个三岔路口，该走哪边毫无线索，我走了右边。10分钟后，我又经过了那个老人和他那永远撒不完尿的狗，我们两人都十分惊讶。用眼角余光，我看到他在激动地打着手势，对我大喊说我走错了，但因为这一点已经非常明确，我并未理睬他的跳脚，在那个岔路口拐向了左边。这条路也没能让我更接近克里茨，却又为我提供了一连串死胡同和哪儿也不通的道路。下午三点，在我向克里茨进发两小时之后，我又跌跌撞撞地回到了58号高速公路，只比我离开前前进了150码。我气急败坏地开上高速，默不作声地开了好几个小时。天色已晚，就算我还能开动脑筋找到布克尔·T.华盛顿国家纪念碑或者蒙蒂塞洛，也没法儿再去了。这一天让人失望之极。我没吃午饭，体内也没有注入提神的咖啡，真是毫无乐趣和报偿的一天。我在弗雷德里克斯堡一家汽车旅馆里开了个房间，在一家糟得没法儿形容的煎饼屋吃了饭，然后闷闷不乐地回房就寝了。

一大早，我驱车驶向威廉斯堡，一个靠近海岸重建的历史上著名的村庄。这是东部最受欢迎的旅游胜地，即使是在10月一个星期二的早晨，等我到那儿时，停车场也已经满满当当。我停车加入人流，循着指向游客中心的牌子移动。中心里面凉爽阴暗，靠近门口的玻璃柜里，有一个按比例缩小的村庄模型。奇怪的是，上面根本没有"你在这里"的箭头来帮助你确定方位。真的，就连游客中心都没标出来。这里根本不告诉你村庄在何处，你目前在哪里。在我看来这好像很奇怪，我开始产生怀疑。我退回来站在一边，观察拥挤的人群。慢慢地我明白了，整个事情就是故意制造拥挤的杰作。这里的每样东西都企图留给你一个印象：进入威廉斯堡唯一的通道就是去买票，穿过一扇标着不祥字样——"处理中"的门，然后爬上一辆往返大巴，被它特快专递到相应地点，还极有可能距离很远。除非像我这样，从人海中抽身而退，来到票亭前，迅速决定买三种票中的哪一种：爱国者通票二十四块五，皇家总督通票二十，基本入场票十五块五，每种票允许进入不同数量的建筑物。大多数游客要在那扇"处理"门前面站上好久，才知道面临重大打击，得支出好大一笔钱。

我憎恨此地的这种方式：让你绕了一大圈，才透露出入场费是多么不合理，简直就是抢钱。应该规定他们在路边立上牌子说："距威廉斯堡3英里，准备好你的支票本！"或者："距威廉斯堡1英里，相当好，可是也真贵。"我感到自己的怒火正在演变成狂野的仇恨，当有人想从我鼻孔里拽出钱时，我往往会有这种体验。说真格的，花上二十四块五，就为了在一个重建的村子里逛上几个钟头。我默默庆幸自己把老婆孩子扔在了曼彻斯特机场，否则的话，全家在这儿一天就能花掉差不多75块钱——这还没买冰激凌、软饮料和那种汗衫呢，那汗衫上写着"好家伙，我们在威廉斯堡被宰啦"。

整个结构有些不对头，其运作方式十分可疑。我在美国住得够久了，我很了解，如果进入威廉斯堡的唯一办法就是买票，那么这儿的墙上就会有一个其大无比的牌子，上面写着："必须买票，没票就进去，想都别想。"可是这儿根本没这样的牌子。我走到外面，回到灿烂的阳光下，观察那些往返大巴在往哪儿开。它们开下车道，开上一条两车道公路，然后消失在一个转弯后面。我避开来往车辆，横穿那条两车道公路，沿一条小路穿过了几片树林，几秒钟后，就已经来到村子里面。连一分钱都不必花。不远处，往返大巴正在放下持票的人们。他们坐车只走了大概200码，接下来就会发现，那门票所赋予他们的权利，就是汇入每栋历史建筑前那一条条气急败坏的长龙，让他们和其他持票人一起，默默地挥汗如雨，以三分钟一步的速度向前挪动。我从来不曾见过这么多人聚在一起自讨苦吃。那冰冷的长龙令我想起迪士尼乐园，两者并非毫无相似之处，因为威廉斯堡的确就是美国历史的一个迪士尼乐园。所有的收票员、扫街人和导游都穿着殖民时代的服装，女人们穿大摆裙，戴松饼帽，男人们则戴三角帽，穿马裤。整个设计理念，就是给历史涂上一层快乐的假象，让你觉得自己亲自纺羊毛、浸蜡烛一定会乐趣无穷。我差点儿以为会看到古菲狗和唐老鸭装扮成殖民军的战士，摇摇摆摆地走过来呢。

我来到的第一栋房子有个标志：麦肯泽大夫药店。门开着，我便走了进去，希望看看18世纪药店里的什物。可它却不过是家礼品店，出售价格惊人的精巧复制品——28块的铜质蜡烛杯，35块的复制药材罐，诸如此类。我赶紧逃回外面，很想把脑袋伸进"老家伙村呕吐槽"。可是从那以后，很奇怪，我开始慢慢地喜欢上这个地方啦。我沿着格拉斯特公爵街漫步，经历了意想不到的转变。慢慢地，我发现自己完全被它迷住了。威廉斯堡很大——有173英亩——

单是它的面积就令人印象深刻。这里有几十栋重建的房屋和商店，不只如此，它确实相当可爱，尤其是在这个10月阳光灿烂的早晨，和风飘荡在岑树和山毛榉之间，我在枝叶茂密的小巷和宽广的绿地中溜达，发现每栋房子都那么精致，每条鹅卵石小径都向我张开怀抱，每家酒馆和覆满藤蔓的店铺，都在肆无忌惮地流淌着如诗如画的魅力。即便是像作者这样铁石心肠的怪人，也没法儿不被它征服啊。不管威廉斯堡作为历史文物有多么可疑——它确有许多可疑之处——它至少是个模范小镇。它让你认识到，只要大家拥有欧洲人那种保护文物的本能，美国的许多地方将会是何等可爱。你以为每年来到威廉斯堡的几百万人会对彼此说："天哪，波比，这地方真美，咱们回恶臭村后，也种上好多树，好好保护所有漂亮的老房子吧。"可事实上呢，他们绝不会这么想。他们只会回去建造更多的停车场和必胜客。

威廉斯堡的许多地方并不像他们希望你以为的那么古老。从1699年到1780年，该镇曾是殖民时代弗吉尼亚州的首府。然而在首府搬迁到里士满后，威廉斯堡便陷入了衰落。20世纪20年代，约翰·D.洛克菲勒对此地热情高涨，开始为重建它而大笔投钱——迄今为止已经有9000万。现在的问题是，你根本不能确定哪些是真的，哪些是凭空捏造的。就拿州首府来说吧，它看上去非常古老——而且正如我所说，没有任何人会劝阻你别相信这一点——可实际上，它不过是1933年才重建的。原来的建筑在1781年毁于大火，到1930年时已经消失了那么久，没有人知道它到底是什么样子。只是因为有人在牛津大学的图书馆里发现了它的一张图纸，他们才能做出重建它的合理尝试。但是这栋楼并不古老，甚至可能并不多么符合原貌。

在你转到的每个地方，都能碰到伪造的痕迹，让你气得半死。布鲁顿教区教堂里那些墓碑明显是假的，至少上面的雕刻是新的。洛克菲勒或者其他某个当权者，发现墓碑暴露在空气中几个世纪后，字迹变得模糊难辨，显然是非常失望。因此现在的碑文崭新又深刻，好像是上个星期才刻的一样，而且很可能真是那样。你发现自己在不断地猜疑，你正在观看的到底是真正的历史，还是某种迪士尼式的装饰？真有一位赛佛瑞纳斯·杜弗雷吗？他真的在房子外面挂了个"高档裁缝"的牌子吗？也许吧。麦肯泽大夫会在他的药房外面贴一张字体华丽的告示，宣称："麦肯泽大夫乞请公众允禀，新进大量优质货品，即茶叶、咖啡、高级肥皂、烟草等等，将于本店出售吗？"谁敢说呢？

托马斯·杰斐逊显然是个敏感的人，他讨厌威廉斯堡，觉得它很丑陋（又是一桩本地人不会告诉你的事情）。他认为这儿的大学和医院是"粗鲁畸形的建筑"，而州首府则"不美观"。他描述的不可能是同一个地方，因为今天的威廉斯堡酷毙了。为这个原因，我喜欢它。

我继续驶向弗农山，乔治·华盛顿大半生居住的家。华盛顿无愧于他的盛名。他管理殖民军队的手段冒险而又大胆，其巧妙就更不用说了。人们容易忘记，革命战争拖了八年之久，华盛顿经常得不到足够的支持。在550万人口之中，华盛顿的军队有时只有可怜的5000名士兵——一个战士要保护1100人。当你看到弗农山是一个多么静谧又美丽的地方，他在那儿的日子又是多轻松舒适时，你会纳闷他为何要自找麻烦。不过这正是华盛顿的迷人之处，他就是那种谜一样的人。我们甚至连他长什么样都不太清楚。他几乎所有的画像都是由查尔斯·威尔逊·皮尔完成，要么就是照皮尔的作品复制。皮尔画了60张华盛顿肖像，但不幸的是，他并不特别擅长此道。实际上，据塞缪尔·艾略特·莫里森说，皮尔所画的华盛顿、拉斐特和约翰·保罗·琼斯，看上去差不多是同一个人。

弗农山的一切都是威廉斯堡应该做而没能做到的——真实，有趣，颇有教益。一个多世纪以来，它一直由弗农山女士协会维护，而拥有她们，我们真是太幸运了。令人惊奇的是，当1853年这房子要出售时，无论是联邦政府还是弗吉尼亚州政府，都不准备为国家买下它。于是一群满腔热情的女子便迅速成立了弗农山女士协会，筹集资金买下房舍和200亩地，然后将其重建得与华盛顿居住时一模一样，甚至精确到油漆的颜色和墙纸的花样。感谢上帝，它没有落在约翰·D.洛克菲勒的手上。今天，协会继续以奉献精神和高超的技艺管理着它。我认为，每个地方的文化保护团体都应该以之为楷模，但是好可惜，根本没有。这里有14个房间向公众开放，每间里都有志愿者，就房间当年的用途和装饰为你提供有趣而丰富的说明，并且几乎对任何问题都有充分回答。这栋房子大部分来自华盛顿的创意，即使因战事离开时，他仍然潜心于如何装饰才最为高雅的问题。试想他在福奇村时，部下因寒冷和饥饿纷纷倒毙，他却在为买哪一种花边皱领和茶壶暖罩而备受折磨，是多么令人诧异而又愉快啊。好一个伟大的家伙！好一位英雄！

第十二章

　　我在亚历山德里亚郊外过夜，清早驱车到达华盛顿。在我儿时的记忆中，华盛顿又热又脏，到处充斥着手提钻嘈杂的声响。这里的夏天有种异常污浊的暑气，空调还未出现的年月，你经常可以在美国大城市中体会到它。只要是醒着，人们无时不在设法减轻这种炎热——用宽手帕擦脖子，大口猛灌冷柠檬水，在开着的电冰箱前多耗一会儿，或者无精打采地坐在电风扇前。即使在晚上，炎热也丝毫不会减退。外面还算过得去，还能吹到一丝微风，可在室内呢，那热气却永不散去。它就坐守在那儿，浓重且坚定。待在屋里，仿佛待在一个真空吸尘器的袋子里。我还记得，我曾睁眼躺在华盛顿闹市区一家旅馆里，倾听着8月夜晚的阵阵声浪从敞开的窗子涌进来：警笛声、汽车喇叭声、旅馆招牌上霓虹灯发出的轻响，车辆呼啸着来来往往，有人大笑，有人大叫，有人被枪击中。

　　我们有一次真见过一个被枪击的人。那是在8月一个闷热的夜晚，我们在格里菲思运动场刚刚看完华盛顿参议员队[1]以4∶3的成绩

1　美国棒球队，现在的明尼苏达双城队前身。

打败了纽约扬基队，出来吃夜宵。中枪的是个黑人，他被一群人的腿团团围住，躺在一摊汽油里，我当时是那么以为的，其实那肯定是从他头上洞里流出来的血。父母一个劲儿地赶我们走，告诉我们不要看，但我们还是看了，那是当然啦。这种事在得梅因可从没发生过，所以我们都张大了嘴，呆呆地看着。以前我只在电视上看到过谋杀，像《枪烟》和《法网》这样的节目。我原以为那只是为了推进剧情发展，却从来不知道枪杀别人在现实世界中也是可行的。这可太奇怪了，就因为你觉得一个人在某些方面很讨厌，你就结束了他的生命。我想象着我的四年级老师比特鲍姆小姐——她上唇长着绒毛、内心险恶——躺倒在她桌子旁的地板上，永远不再醒来，而我则站在她身旁，手中一把枪正冒着烟。这个设想很有意思，值得考虑啊。

在我们吃夜宵的地方，另一件奇怪的事也让我深思。像我们这样的白人进来后便在柜台前坐下，可黑人点了菜以后却要靠墙站着等。他们的食物准备好以后，就装在纸袋里递过来，然后他们就带回家，或者出去到自己的车上吃。我爸给我们解释说，华盛顿不准黑人在快餐馆就座。这倒是并不犯法，但是他们也没真这么做，因为华盛顿是一个十足的南方城市，他们不敢。这件事也显得非常奇怪，它令我越发陷入沉思之中了。

后来，我醒着躺在热烘烘的旅店里，倾听这个永不停歇的城市，我试图去搞明白这成人的世界，可是做不到。我一直以为，人一旦长大了，就可以随心所欲，做任何你想做的事——比如整晚都不睡觉，或者一个劲儿地吃冰激凌。可是现在，在我一生中这个重要的晚上，我突然发现，如果你在某些关键事情上不尽如人意，人家就会用枪打你的脑袋，或者让你带着自己的食物到车上去吃。我用胳膊肘撑着坐起来，问爸爸是不是有些地方会让黑人坐柜台，而让白人靠墙站着。

父亲的眼睛从一本书的上端看过来，凝视着我说，他认为没有。我问他，假如真有一个黑人打算坐在快餐馆里，就算他是不应该的，那又会怎么样？人们会怎样对他？父亲说他不知道，说我该睡觉去了，不必为这样的事操心。我躺下来把这件事想了一会儿，猜想那些人一定会拿枪打他的脑袋。然后我翻了个身试图入睡，可我睡不着。一部分是因为天太热了，而且我陷入了困惑；另一部分是因为我哥哥在那天晚上早些时候告诉我，他要等我睡着以后到我床上来，往我脸上抹鼻屎，因为看球赛的时候我没给他吃我的麦芽糖。这实在是让我担心得厉害，尽管他现在似乎睡得很香。

当然，从那以后，这个世界已经改变了许多。现在，如果晚上你醒着躺在旅馆的房间里，不会再听到城市的任何声响。你能听到的，只有空调那单调的声音。即使在飞越太平洋的飞机上，或者海底的探海球里，你可能也只会听到空调的声音。在你所到之处的任何地方，都装上了空调，所以空气总是像刚清洗过的衬衫一般清爽洁净。人们不再擦脖子，不再喝让杯子冒汗的柠檬水，也不再感激涕零地把胳膊放到冰凉的大理石吧台上。因为现在暑热基本上在室外，只有从停车场跑到办公室，或者从办公室到街区快餐馆的路上，你才会短暂地感受到它。现在，黑人也坐在柜台边吃饭，所以找个座位不再那么容易了，不过这样更公平。现在，也不会有人去看华盛顿参议员队的比赛，因为这个队已经不复存在。1972年，球队老板将这个队搬到了得克萨斯，因为他在那儿能挣更多的钱。哎！真是可惜！但最重要的变化，至少对我而言，大概就是当我惹怒我哥时，他不会再威胁要往我脸上抹鼻屎啦。

华盛顿让人感觉像个小城市。整个地区人口有300万，使其成为美国第七大城市。如果加上与之毗邻的巴尔的摩，其人口将会增至500万。但是巴尔的摩这个城市本身却非常小，只有63.7万的人口，比印第安纳波利斯[1]或圣安东尼奥[2]还少。在这里，你会觉得自己身处一个宜人的州府，可当你一拐弯，迎面碰上联邦调查局、世界银行或者国际货币基金组织的总部，你才会意识到这是个何等重要的地方。在所有意外之中，最令人吃惊的就是白宫了。你正在闹市区闲逛，观看百货大楼的橱窗，浏览里面的领带和睡衣，然后转了个弯，忽然发现白宫就在那儿——就在闹市区的中心。住在白宫购物可真方便哪，我心想。它比人们想象中要小得多，每个人都这么说。

街对面有一个抗议者和疯子的常驻区，他们住在纸板箱里，抗议中央情报局从太空中控制了他们的思想（嗯，难道你不会吗？）。还有一个家伙在那儿伸手要钱。你相信吗？就在我们国家的首都，在南希·里根从卧室的窗子里就能看到的地方啊！

华盛顿最迷人的景色是它的林荫区。那是一条宽阔的绿色带状草木区，1英里长，从东头的国会大厦一直延伸到西边俯瞰波拖马可

1　美国印第安纳州首府。
2　美国得克萨斯州南部城市，在圣安东尼奥河畔。

河[1]的林肯纪念堂。这里最明显的界标就是华盛顿纪念碑，它修长洁白，形状就像一支铅笔，有555英尺高。它是我所知道的最简单但也是最美观的建筑之一，尤其当你想到那些巨石是从尼罗河三角洲，由苏美尔的奴隶用滚木运来的时候，你的印象就更加深刻了。对不起，我是在想吉萨的大金字塔呢。不管怎么说，华盛顿纪念碑是个真正的工程壮举，望之令人愉快。我本来希望能上去一下，可是那儿排了一条长龙，大部分是吵吵嚷嚷的小学生。长龙环绕着纪念碑底座，又向公园延伸出一截，众人都在等着挤进那个电话亭大小的电梯。于是我向东边国会山的方向走去，其实呢，它根本不是一座真正的山。

在林荫区的东端，散布着各种各样史密森学会的博物馆——美国历史博物馆、自然历史博物馆、航空航天博物馆等等。史密森学会——顺便提一下，它是由一个从未到过美国的英国人捐助的——过去都在一栋楼里，但是它们不断分离出去，被安置在全市各地的新楼里。现在这里一共有14个史密森博物馆。那些最大的都排列在林荫区的周围，其他的则散布在城市四周。他们不得不这么做，部分是因为每年得到的收藏品实在太多——大约有100万件。为了让你有个概念，举个例子：1986年，史密森学会的收藏中就包括一万只来自斯堪的纳维亚半岛的蛾子和蝴蝶，所有巴拿马运河区邮政业务的档案文件，以及布鲁克林桥的一部分和一架米格-25战斗机。这些东西以前都放在林荫区一栋特别棒的哥特式砖楼里，人们称之为"城

---

1 美国东部重要河流，流经首都华盛顿。

堡"，但是现在这个"城堡"只作行政及播放介绍性影片之用。

此刻，我正向着"城堡"漫步。公园里到处都是慢跑者，让我颇为烦恼，心中一直在想："他们不是应该正在治理国家，或者至少在颠覆某个中美洲国家的政府吗？"我的意思是说，难道在星期三上午十点半，你就没有比穿上一双锐步鞋，然后猛跑上45分钟更重要的事可做了吗？

到达"城堡"，我发现入口处被木障和绳子堵上了，周围站着许多身穿深色西装的美国和日本安全人员。那些人看上去都好像花了很多时间去慢跑。其中有些人戴着耳机，正在用无线电通话，另一些人则用长绳牵着狗或拿着探测器，仔细检查停在楼前杰斐逊车道上的汽车。我走到一个美国安全人员那里，问他是谁要来，可他说他不能告诉我。我觉得这可真稀奇，在我身处的这个国家，由于信息自由法案的设立，我连罗纳德·里根的医生在1986年给他开了多少栓剂都能够查明（1472个），却不能被告知是哪个外国首脑将要在一个国家协会的台阶上短暂地公开露面。旁边的一位女士说道："是中曾根康弘，日本首相。"

"噢，真的呀！"我回答着，心里已经做好了见见名人的准备。我问那个安全人员他什么时候到。"这我也不可以告诉你，先生。"他说完便走开了。

我和那群人站了一会儿，等待着中曾根康弘先生出现。然后我想："我干吗要站在这儿啊？"我努力寻思，在认识的人当中，有谁听说我亲眼看见日本首相，会大吃一惊呢？我想象自己对孩子说："嘿，小鬼，猜猜我在华盛顿看到了谁——是中曾根康弘！"回答我的只有沉默。所以我继续朝着国家航空和航天博物馆走去，那儿应该更有趣点吧。

但是它不及想象中那么有趣，如果你问我的话。倒退回20世纪50年代和60年代，史密森学会还在那个"城堡"里。所有的东西都被塞进这个黑暗发霉的棒极了的老房子里。它就像国家的阁楼，像阁楼一样可以将东西堂而皇之地随便乱放。这里是林肯被枪杀时穿着的那件衬衫，心口那儿有一块褐色的血渍；那边则摆着一个微型布景，上面有一个纳瓦霍印第安家庭[1]正在准备晚餐。在你正上方，黑乎乎的椽子上挂着圣路易精神号飞机[2]和莱特兄弟的第一架飞机。你不知道接下来该往哪儿看，也不知道在每个角落里会发现什么。现在可好，所有东西好像都被一个过分讲究的老处女给挑出来，干干净净地折起来，摆到了恰当的地方。现在你去国家航空航天博物馆，去看圣路易精神号飞机，去看莱特兄弟的飞机和其他有名的飞机、飞船，它们都非常显眼，但是也变得简单乏味，不能让你体验到一丁点儿发现的乐趣。如果你的兄弟跑来对你说："嘿，你永远也猜不着我在屋子那边发现了什么！"你还是多少能猜到，因为那肯定是一架飞机或一艘飞船。在老史密森那里，它却完全可以是任何东西——一只石化狗、卡斯特的头皮或者是瓶子里漂着的人头。现在却再也没有任何惊喜可言啦。所以我尽责而崇敬地跋涉完这些博物馆，带着兴趣，却没有兴奋。尽管如此，要看的东西还是那么

---

1 美国最大的印第安部落。
2 1927年由美国飞行员查理·林伯驾驶首次完成了单人驾驶横越大西洋不着陆飞行的飞机。

多，一整天过去了，我才只看到了其中一部分。

入夜，我来到林荫区，穿过它来到杰斐逊纪念堂。我本想看看纪念堂黄昏时的景色，但是来晚了，黑暗像毯子一样笼罩了一切。我还没有走进公园多远，四下已漆黑一片。我等待着自己被打劫——确实，在这样一个漆黑的夜晚到一个城市公园来溜达，这是我自找的——但显然打劫者根本看不到我。我遇到的唯一人身威胁，是被那一大群在黑暗小路上来去无踪的慢跑者给撞倒。杰斐逊纪念堂很漂亮，但并没有太多的东西，只有一个蒙蒂塞洛[1]形状的大理石圆形建筑，里面有座巨大的杰斐逊铜像，墙上还刻着一些他最喜欢的格言（"过好每一天""沉住气，别着急""任何障碍都能摧毁我"等等），但在晚上，当纪念堂里的电灯打开，那一池叫作潮汐湖的水辉映在这灯光之下，简直太迷人了。我一定在那儿坐了一个小时甚至更长，只倾听着远处车辆有节奏的奔流声、警报声、汽车的喇叭声以及远方人们的叫喊声、唱歌声、被枪击声。

我在那儿逗留了太久，已经来不及去林肯纪念堂，只好第二天早晨再赶过来。林肯纪念堂确实如你期待的那样。林肯坐在他的大高椅子上，看起来庄严而又友善。有只鸽子待在他头上，似乎总有一只鸽子待在他的头上。我不由得想到，那鸽子会不会认为每天到这儿来的人都是来看它的呢？后来，当我漫步走过林荫区，发现那里出现了更多的木障和绳子，还有安全人员在周围溜达。他们已经封锁了一条穿越公园的路，还带来两架侧面印有总统标记的直升

1　托马斯·杰斐逊的逝世地。

机，以及七门礼炮和海军陆战队军乐团。现在时间尚早，还没有围观群众，于是我走过去站在绳子做成的围栏旁边，成为唯一的观众，没有一个安全人员过来找我麻烦，甚至好像连看都没看到我。

几分钟之后，一阵哀号般的警笛声响彻天空，一队豪华轿车和警用摩托车逼近过来。中曾根康弘和其他几个日本人走下车来，他们全都穿着深色西装，由几个明显是小字辈的白种国务院人员护送。当海军陆战队乐团奏出一支欢快的曲子时，他们都很有礼貌地肃立着。然后是二十一响礼炮，但炮声并非如你所愿轰的一声，而只是"噗"的一下。原来大炮里面装的是一种无噪声的火药，大概是为了避免惊醒对面白宫中的总统吧。所以，当礼炮指挥官大叫："准备，稳好，放！"或者是一些其他什么时，随之响起七声短促的"噗"，然后一团浓密的烟云便飘到我们上空，穿过草坪，缓缓地飘散开去。这个程序就这样进行了三次，因为只有七门礼炮。之后，中曾根康弘向群众——也就是说，向我——友好地挥了挥手，便与随行人员急匆匆地登上了螺旋桨已经开始转动的总统直升机。过了一会儿，他们便升起来，斜着飞过华盛顿纪念碑，然后消失不见。地面上的每个人都放松下来，还抽起了烟。

几周后，当我回到伦敦，对人们讲起我的亲身经历：中曾根康弘、美国海军陆战队乐团、无噪音礼炮以及日本首相只向我一个人挥手致意等等。大多数人都会有礼貌地听完，稍停一会儿，然后说"我告诉你了吗，梅维斯下周还得回医院治脚？"诸如此类的话。英国人有时可真让人受不了啊。

我从华盛顿走美国301公路，穿过安纳波利斯[1]和美国海军军官学校，然后经过一道横跨切萨皮克湾[2]的悠长矮桥，来到了东边的马里兰州。在1952年这座桥修成以前，河湾东岸已经享受了几个世纪的与世隔绝。也就是从那时起，人们一直在说外来者将会大量拥入然后毁了这个半岛，但是在我看来，这儿似乎并没有被毁掉，而且据我猜想，恰恰是那些外来者让这个半岛保持了原来的样子。最激烈反对购物商场和保龄球场的，总是那些外来者，而当地人因为单纯轻信，往往觉得有了那些东西会更方便。

切斯特镇是我此番遇上的第一个镇，它证实了上述看法。我在那儿首先看到的是一个身穿亮粉色运动服的女人，她骑着一辆前头带柳条筐子的自行车呼啸而过。只有外来移民才会有这种带柳条筐子的自行车。当地人驾驶的往往是一辆富士小货车。周围似乎有许多此类自行车女士，她们通力协作，明显已经把切斯特镇变成了一个模范社区。整个地方干净整洁得好似一根别针。砖铺的人行道旁树木成行，商业区中央还有一座精心维护的公园。图书馆里人来人往，电影院也仍然在营业，而且播放的不是《猛龙怪客》[3]这样的电影。这里的一切都是那么平静而又迷人，是我见过的小镇中最好的一个，几乎就是我的理想镇啦。

我继续往前行驶，穿越低洼泥泞的平原，尽享切萨皮克半岛的单

1　美国马里兰州首府。

2　紧靠美国弗吉尼亚州和马里兰州。

3　由美国导演迈克尔·温纳拍摄的一部影片，又名《死亡请求》，1974年上映。本片石破天惊地公然提出"以暴易暴"的主张，让受害者自救，对罪犯展开暴力反击，在首映当年曾引起相当热烈的讨论。

纯之美。它那高高的穹庐、错落的农场，还有那被遗忘的小镇，始终与我相随。上午晚些时候，我驶进了特拉华州，想奔费城去。特拉华也许是美国最寂寂无名的一个州了。有一次，我遇到一个来自特拉华的女孩，竟然不知道该跟她谈点儿什么。于是我说："这么说你是来自特拉华喽？哎哟！天哪！"结果她迅速地转向一个口才更好、长相更俊的人去了。这令我困惑了好一阵子，在美国生活了20年，受益于昂贵的教育，竟对美国50个州中的一个一无所知！我四处打听人们是否在电视上听说过特拉华州，或者在报纸上看到过与之有关的故事，或者读到过以那儿为背景的小说，他们回答说："你知道，我觉得是没有啊。"然后他们也露出一副困惑的表情。

我决心研读一些关于特拉华州的书，下次再遇到从那儿来的女孩，就可以说点儿好笑又适合的话，说不定她还会跟我上床呢。可是我却几乎找不到任何描写特拉华的东西。在我的记忆里，就连大不列颠百科全书中有关它的条目也只有两段，而且最后一句话说了半截就没了。最好笑的是，当我此刻穿越特拉华的时候，我能感觉到随着我的行进，特拉华也在不断地从我记忆中一点点地消失，就像小孩玩的那种画图板，你拿起上面的透明纸，图画就会消失。当我行驶的时候，身后就好像升起了一个巨大的透明页，在不停地抹去此刻的印象。现在回忆一下，我只能大致记起一些半工业化的景象和几个指向威尔明顿的路标。

然后我就到了费城的郊外，这个城市为世界奉献了许多事物，其中最著名的便是西尔维斯特·史泰龙和军团菌病。一想到此节，我便满心烦恼不安，实在无暇再去考虑什么特拉华州了。

第十三章

在我还是孩子的时候，费城是美国第三大城市。我对它的全部记忆，就是在一个炎热的七月星期天，驶过似乎永无止境的黑人区，破烂的街区一个接着一个，黑人小孩在消防栓的水柱中玩耍，老人们在街角闲荡，或者坐在门前台阶上。那是我见过的最贫穷的地方。垃圾散落在门口和排水沟里，整栋整栋的楼都被废弃。它简直就像海地或者巴拿马这样的外国。整个过程中，我老爸的牙缝里一直吹着不成调的口哨，每当心神不宁时他都会这样做。他还告诉我们不要打开车窗，尽管车里热得像滚锅一般。等红灯的时候，人们往往会冷冷地盯着我们，爸爸的口哨则随之加快速度，手指不停敲打方向盘，还向每个看他的人满脸歉意地微笑，似乎在说："对不起哦，我们是从外地来的。"

当然啦，现在情况已经有了改变。费城不再是美国的第三大城市，在20世纪60年代，洛杉矶把它挤到了第四位。现在，高速公路会让你直接飞到市中心，你再也不必到黑人区去弄脏车胎。虽然如此，当我开下高速公路找加油站时，硬是对一个最穷的地段进行了不经意的短暂造访。我还来不及做任何事，就发现自己已经被吸入一条单行道的漩涡，被带到一个平生所见最肮脏，似乎也最危险的地区。依我看，这儿说不定就是我们多年前经过的那个地区——那些用褐色砂石建造的房子看起来非常相似——但是它比我记忆中的不知要坏多少倍。我小时候见到的黑人区，尽管贫穷破旧，大街上却有一种狂欢的气氛。人们都穿着色彩艳丽的衣服，似乎过得挺开心。这个地方却荒凉又危险，像个交战区。每片空地上都丢满了废汽车、旧冰箱和烧焦的沙发。垃圾箱看起来像是从屋顶上扔下来的。这里并没有加油站——我说什么也不会停下加油了，在这种地方，就是给我一百万也不干——大部分店面都用胶合板钉死，凡是立着的东西都被喷漆涂鸦。还有一些年轻人待在门阶上和街角里，但是他们看起来都无精打采，还冻得够呛——那天天气阴冷——而且他们好像并没有注意到我。谢天谢地！这里明摆着是个为一包香烟就能送命的地方——当我紧张地找路回高速公路时，一直不曾忘记这个事实。在找到归路的时候，与其说我在从牙缝里吹口哨，还不如说是在通过括约肌歌唱呢。

　　这实在是我多年来最不愉快的经历了。老天爷！要是真住在那儿，每天都得走那些街道，那该会是个什么样子啊！你知道吗？倘若你是美国市区的一个黑人，那么你被谋杀的概率将是1/19，而在第二次世界大战中，被杀的机会才不过1/50。在纽约，每隔四小时就会有一起谋杀案。谋杀已经成为35岁以下的人死亡的首要原因——然而纽约却还不是美国谋杀案发生最多的城市。至少有八个城市拥有比之更高的谋杀率。在洛杉矶，每年光是校园里的凶杀就比整个伦敦的都多。因此，美国大城市的人把暴力当成家常便饭，也许不足为奇，可我真不知道他们到底是怎么修炼出来的。

在我去往得梅因开始此次旅行的路上，路过了芝加哥的奥黑尔机场。我在那儿碰到了一个为《圣路易斯邮报》工作的朋友。他告诉我，因为他老板出事，他最近一直在加班加点地工作。一个星期六的深夜，他老板下班回家，停在某个红绿灯前，就在等红灯的这段时间，右侧的车门被打开了，上来一个拿枪的男人。持枪者命令那位老板把车开到河边，然后朝他的脑袋开枪，抢走了他的钱。那位老板昏迷了三周，当时都不知道他是否还能活命。

我朋友告诉我这些，并不是因为它有多么离奇，而仅仅是为了说明，他最近干活儿为何非得他妈的那么卖力。至于他的老板，他的态度好像是这样的：若是你深夜开车穿过圣路易斯时忘了锁车门，那么好，你早晚有一天脑袋上会挨枪子儿。他这种麻木的态度真是古怪，但在今天的美国，似乎已经越来越习以为常，这令我感觉身处异乡。

我开往市区，在市政大厅附近停了车。在这栋建筑的顶部，矗立着威廉·佩恩[1]的雕像。它是市区的主要界标，全城都能看到，却被鹰架覆盖着。1985年，在几十年的视而不见之后，市里的当权者们决定在雕像跌倒前对其进行整修，所以他们在上面搭了个鹰架。然而此举耗资巨大，以致没有余钱进行修复工作。现在两年过去了，鹰架依然待在原地，一丁点儿修复工作也没做。最近，有个

1　英国贵格会教徒，费城所属之宾夕法尼亚州由他命名。

城市工程师一本正经地宣称，用不了多久，那个鹰架本身也需要整修了。这多多少少地体现了费城的行为方式，也就是说，不怎么样。美国再没有哪个城市像费城这样，以完全同等的热情去追求腐败和无能这一对双生子，说起蠢驴一般的行政部门，费城可是傲视群雄哪。

想想吧！1985年，一个名叫"行动"的古怪教派把教徒封锁在城市西郊一所出租房里。警察局长和市长权衡了可以采用的措施，最终认定，最明智、最能展现他们智谋的做法是把那房子炸掉——真是了不起啊！即便他们明知里面有孩子，而且那房子位于人口稠密的住宅区中间。于是，他们就从直升机上向那房子投了一颗炸弹，结果引发了一场火灾，火势迅猛，失去控制，烧毁了这个街区的绝大部分——总共61座房子——还炸死了11个人，其中包括所有困在房中的孩子。

当市政官员不那么无能的时候，他们喜欢用小小的腐败让自己放松一下。就在进城时，我从收音机中听到，因为企图敲诈，一位前市议员被判处十年徒刑，他的助手则被判了八年。法官将其斥之为对公众信任的公然破坏。不过他应该知道，就在此时，全城的布告牌都贴了海报，呼吁撤掉法官的九个同僚，因为他们收受了屋顶装修协会（Roofers Union）成员的现金。其中的两个已经因被控敲诈而等待审判。这种事在费城可是家常便饭。几个月以前，当一个名叫巴德·德威耶的州政府官员也被控受贿时，他召开了一个记者招待会，在相机转动的那一刻，他拔出手枪，把自己的脑浆都打了出来。这引发了当地一个非常好玩的笑话：

问：巴德·德威耶和巴德牌手电筒有什么不同？

答：巴德手电筒有头呗。

尽管官员无能，犯罪率惊人，费城仍不失为一个可爱的地方。首先，和华盛顿不同，这儿给人感觉像个大城市。这里有高耸入云的摩天大楼，还有袅袅蒸汽从人行道的排气口升腾而出，每个街角都立着一尘不染的铁皮热狗亭，还有一个头戴绒线帽、看来冻得不轻的家伙在那后面晃来晃去。我漫步来到独立广场——实际上它现在叫国家独立历史公园——并满怀敬意地瞻仰了所有历史建筑。其中最重要的建筑是独立纪念堂，《独立宣言》就在这里起草，《美国宪法》也是在这里通过。1960年，我第一次来这儿时，这栋楼前就铺展着一条长长的队伍。现在仍然如此——实际上，好像那条队伍在27年里从来不曾移动过。虽然我对《美国宪法》和《独立宣言》深为尊重，却不愿意耗费一下午的时间去排这个漫长而且不怎么移动的队伍。于是我改去游客中心。国家公园的游客中心总是那老一套。他们都会把一些展品放在玻璃橱里，设法让它们既无趣味又无意义；肯定还有一个上锁的礼堂，门外的告示上说，长达12分钟的免费介绍影片将于下午4点播出（就在快到下午4点的时候，有人会走过来把时间改为上午10点）；还有几本书和小册子，题目都是什么《历史上的白镴器皿》或者《老费城的蔬菜》之类，统统无聊之极，让人连翻都懒得翻，更别说买了；通常还会有自动饮水器和休息室，几乎每个人都会去利用一下，因为实在没有别的事情做。每一位走进这里的国家公园游客，都会傻乎乎地在四下里站一会儿，然后撒泡尿，喝点儿水，再溜达出去。我现在正是这么做的哟。

从游客中心出来，我沿着独立纪念堂向富兰克林广场漫步。广场上到处都是酒鬼，其中许多都抱着可笑的念头，以为我会白给他们一个25美分硬币，而不要任何物品或服务作为回报。我的旅行指南上说，富兰克林广场有"许许多多好玩的东西"可看——一个博物馆，一个还在运营的书籍装订厂，一个考古学展览以及"全美唯一的不挂美国国旗的邮局"（可别问我为什么）——但我对此却有点儿心不在焉，因为那些可怜的、脏兮兮的醉鬼一直在使劲扯我袖子。于是我逃回到了费城闹市区的现实世界中来。

下午的晚些时候，我找到了去《费城调查者报》的路，我有个来自得梅因的老朋友——露西娅·赫恩登，在那儿做时尚版编辑。调查报的办公室像所有报社办公室一样——又脏又乱，垃圾遍地，没喝完的咖啡杯到处乱扔，里面还漂着烟头，就像被污染了的湖中的死鱼；而且我非常惊讶地发现，露西娅的办公桌是屋里最乱的一个。这也许正是她在报社步步高升的部分原因呢。在我认识的记者当中，只有那么一个人桌子是真正干净整洁的，可他最后因为骚扰小男孩被逮捕了。随你怎么想吧，可是下次若有办公桌整洁的人邀请你去露营，你可千万别忘了我的话哦。

我们开着我的车去芒特艾里区，那儿对我来说比较方便，话说回来，对她也是一样。露西娅和我另一位来自得梅因的老朋友——她的丈夫哈尔——住在一起。整整一天来，时断时续又隐隐约约地，我一直在纳闷，为什么哈尔和露西娅会这么喜欢费城呢？——他们是大约一年前搬到这儿的——不过现在我终于明白了。去往芒特艾里的这条路，穿过了我平生所见的最美丽的城市公园。它叫费尔蒙特公园，覆盖了将近9000英亩起伏不平的土地，是美国最大的市立公园。它沿着斯库尔基河绵延数英里，里面到处都是树木、芬芳的灌木丛以及无比迷人的林荫地。我们在梦幻般的黄昏中穿过，一只只小船沿着河水轻轻摇桨，简直太完美了！

芒特艾里位于费城"德国城"之外。这里给人一种美好的归属感，就好像人们已经在此生活了世世代代——露西娅告诉我，在费城确乎如此。这个城市依然到处是那种人人相熟的街区，甚至有许多人几乎不曾斗胆离开过家门几百码。如果你迷路了，发现几乎找不到一个人能准确指点你去往三英里外的街区，这可一点儿也不稀奇。与英国一样，费城也拥有自己的专有地名——闹市区叫作中心城；人行道被称作马路——以及古怪的发音。

当晚，我坐在哈尔和露西娅的家里，吃着他们的食物，喝着他们的酒，羡慕着他们的孩子、房子、家具和财产以及他们唾手而得的财富和安逸，感觉自己离开美国真是一个傻帽儿。这儿的生活是那么充裕，那么安逸，那么便利。突然间，我很想要一个能做小冰块的冰箱，一个淋浴时用的防水收音机；我还想要一个电动橙汁机、一个空气清新机、一块让我随时掌握生理节律的手表。这些我全想要。那天晚上我上楼去浴室，经过了一个孩子的卧室。门开着，床头灯亮着，房间里到处都是玩具——从一个木箱里翻倒出来，扔在地板上和架子上。看起来好像圣诞老人的玩具加工车间。可是这些没有丝毫特别之处，它只不过是个典型的美国中产阶级家庭卧室而已。

你应该看看美国人的储藏室。那里面总是塞满了主人昔日的爱物：高尔夫球棒、潜水呼吸装备、网球拍、运动器械、录音机、暗房设备。这些东西都曾令主人激动一时，然后又被其他更耀眼、更刺激的东西所取代。这是美国生活中一个极其重要而又诱人的现象——人们总是想要什么就立即去买来，根本不管那东西对他们有无好处。这种无止境的自我满足，这种对本能的不断投合，令人深深为之忧虑，是不负责任的可怕行为。

你们想逃掉自己千千万万的国税吗，就算冒着削弱教育的危险？

"哦，想啊！"人们叫道。

你们想看专门制造愚蠢眼泪的电视剧吗？

"想啊，请吧！"

我们要不要纵情享受有史以来规模最大的消费狂欢？

"听起来好极了！咱们快去吧！"

整个全球经济是以满足全球2%人口的欲望为根基的。如果美国人突然停止放纵自己，或者用完了储藏室的空间，这世界恐怕就要土崩瓦解。你若问我对此作何感想，我要说，他们简直是疯了。

我得声明，我这些话并不是在说哈尔和露西娅。他们都是好人，生活负责而又适度。他们的储藏室并没有塞满潜水装备和很少使用的网球拍，而是装满了水桶、橡胶鞋、保暖耳套和去污粉这样的寻常物品。我知道这千真万确，因为当深夜所有人都睡着时，我蹑手蹑脚地爬下床，到那儿好好看了一下。

清晨，我到闹市区——错了，应该是中心城——哈尔的办公室看了看。早晨开车穿过费尔蒙特公园和黄昏时一样醉人。我认为，所有的城市都应该拥有像费尔蒙特这样的公园。哈尔告诉我几件费城的趣事：费城花在公共教育上的钱比其他任何美国城市都要多——是城市总预算的1%啊——却有40%的文盲率。他告诉我，费尔蒙特公园中间那个富丽堂皇的费城艺术博物馆，之所以成为本市最吸引人的旅游景点，不是因为它收藏的50万幅画作，而是因为在《洛奇》一片中，西尔威斯特·史泰龙曾经在它的台阶上跳来跳去。还真有人乘公共汽车来到博物馆，只看看它的台阶，甚至连门都不进就转身离去。哈尔还向我介绍了一个电台聊天节目，由一个叫霍华德·斯特恩的男人主持，而他是这个节目的狂热拥趸。霍华德·斯特恩对性有浓厚兴趣，总是对参与者单刀直入。"早上好，玛里琳，"他会对一个打进电话的人说，"你穿着内裤吗？"咱们得承认，这一招将绝大部分清晨谈话节目轻松击败。霍华德以咄咄逼人的直率和色情的方式质问节目参与者，这一套我以前在美国广播中还从未见识过呢。

不幸的是，离开哈尔没多久我就找不着那个台了，接下来的整个早晨我都在找它，但始终找不到，最后只好凑合听一个竞赛类的热线电话节目。节目特别报道了一个女人，说她是治疗狗肠蠕虫的专家。其主要方法就是给狗喂一些能毒死蠕虫的药片，所以没听多久我就觉得自己也有点儿像个专家了。一个早晨就这么消磨过去了。

我驱车前往葛底斯堡，1863年7月，美国独立战争的决定性战役在那儿打了三天多，人员伤亡超过5万。我把车停在游客中心，然后走了进去。里面有个又小又暗的博物馆，玻璃柜里装着子弹、黄铜纽扣、腰带扣诸如此类的东西。每一件旁边都用黄字加了说明，比如"来自田纳西登山者第十三兵团军装上的腰带扣，由当地农民费斯特斯·T.斯科若宾斯发现，他的女儿马里内特·斯通佩夫人捐献"，能让你认识战争本身的东西极其稀有，这展览更像是一次寻宝的拾遗。

有个关于葛底斯堡演讲的展示柜很有趣，我看了才知道，原来林肯是事后才被邀请演讲的，而且他答应时每个人都大吃一惊。演说只有十句话长，只用两分钟就说完了。我进一步了解到，他是在战后好几个月才发表演说的。我原来一直以为他差不多是仗刚打完就演讲了，那时候战场上还是尸横遍野，远处房子的废墟上还升腾着稀薄的青烟，像斯特斯·T.斯科若宾斯这样的人还在抽搐的伤员中间窜来窜去，看看还能榨取点儿什么有用的纪念品。真相，就像生活中常遇到的那样，总是令人失望的。

我到外面去看了一下昔日的战场，它绵延3500英亩，多半是平坦的乡野，边上就是有加油站和汽车旅馆的葛底斯堡镇。这片战场具有所有历史战场共同的巨大缺憾：它只是一片乡野。这一片延伸的空地和另一片之间并无太大差别。你只能听信他们的描述，想象一场伟大的战役曾在那儿打响。当然了，我得承认，周围散落着许多大炮；还有，沿着这条路，还能通向皮基特的指挥地，在他带领下，南方部队发动的进攻扭转了北方占优的战争态势；许多军团都建立了自己的方尖塔和纪念碑，有些还非常雄伟。此刻我正漫步向那儿走去。透过爸爸的老双筒望远镜，我能清楚地看到，皮基特的部队是如何从小镇北面大约一英里处向前挺进，横扫过汉堡王停车场，绕过塔斯提·迪莱特兔下车电影院，然后在鸡零狗碎蜡像馆和礼品店外面重新集结。想起这一切，着实令人难过，一万名士兵在一小时内全部倒在那里，每三个邦联士兵中有两个没能回到自己的出发地。可惜啊——简直就是犯罪——葛底斯堡镇上那么多东西都被穿梭如织的旅游者给毁了，而这一切从战场上看来是如此历历在目。

我很小的时候，爸爸给我买了一顶联邦部队士兵戴的帽子，还有一把玩具手枪，让我到这片战场上撒欢儿。我差点儿没高兴死。一整天我都冲来突去，蹲伏在树后面，向"恶魔洞"和"小圆顶"冲锋，向一伙脖子上挂着相机的肥胖游客们开火。我父亲也高兴得不行，因为这里是免费的，还有差不多几百个历史匾额供他拜读。可是现在呢，我发现此地已很难再唤起我一丁点儿真正的兴奋。

我正打算离开，心中颇感愧疚，因为直到目前，我只想起了过去的某些经历，并无任何新的收获。就在这时，我在游客中心看到一个指向艾森豪威尔故居的指示牌。我竟然忘了，艾克和玛米·艾森豪威尔就住在葛底斯堡城外的一个农场。他们的故居现在成了国家历史纪念馆，花2.5美元就可以游览。想都没想，我就买了张票走到外面，一辆观光车正要开动，它将载着我们六个人，沿着一条乡间小路前往四五英里之外的那个农场。

嘿，这里真是好极了！我不记得曾在哪个共和党人家中玩儿得这么愉快过。在门口，有位胸口插着朵菊花的芳香女士欢迎你，她会大致介绍一下这座房子，告诉你艾克和玛米多么喜欢无所事事地坐着看电视和打桥牌，然后她会给你一本描述各个房间的小册子，让你自己去逛，这样你就可以任你所愿地小步细品或者大步浏览。每个房间门口都用一块有机玻璃封了起来，不过你可以趴上去把里面看个究竟。整个房子一丝不苟地按照艾森豪威尔夫妇居住时的样子保护，就好像他们只是出去随便走走（在最后那几年，两个人都颇善此道），却再也没有回来似的。装饰风格是最典型的20世纪60年代早期共和党人式。在我小时候，我们家有几个富裕的共和党人邻居，而这座房子几乎就是他们房子的一件复制品。大落地电视柜镶嵌在红木壁橱里；台灯用一块块漂流木拼装而成；一个真皮衬垫的鸡尾酒吧台；每个房间都配备着法式电话；书架上摆着大约12本书（通常是成套的3套书），要不然就是摆满了大个儿镶金边的华丽瓷器，就是那些同性恋的法国贵族所钟情的那种。

当艾森豪威尔夫妇在1950年买下这块地时，这里屹立着一座200年的农舍。可惜在暴风雨的夜晚，它四处透风、咯吱作响，于是他们拆掉它，用现在这栋房子代替。它看上去很像一座有200年之久的农舍。你不觉得这很了不起吗？不觉得这恰恰是共和党人的风格吗？我完全被迷住啦。每个房间都保存着我已多年未见的东西——20世纪60年代的厨房用具、《生活杂志》的旧期刊、四四方方的黑白便携电视、金属闹钟。楼上的卧室就按艾克和玛米生前的样子布置，玛米的随身物品就放在她的床头柜上——她的日记本、放大镜、安眠药片——而且我敢说，如果你趴下看看床底，一定会发现她所有旧杜松子酒瓶的。

艾克的房间里摆放着他的睡衣和拖鞋，他去世那天正读的那本书，依然打开着放在床边的椅子上。那本书是——我请你暂且记住，此人是本世纪最重要的人物之一，一个在二战和冷战大部分时期将世界命运掌控在自己手中的人，一个被哥伦比亚大学选为校长的人，一个被共和党人崇敬了两代的人，一个在我整个童年都掌控"核按钮"的人——赞恩·格雷[1]的《佩科斯河的西边》。

我从葛底斯堡出发，沿美国15号公路朝北奔向布卢姆堡，我哥和他一家最近刚搬到那儿去。多年来，他们一直住在夏威夷气候温和的海滩附近，热带天空和窃窃私语的棕榈树下，一栋有游泳池的房子里。而现在呢，当我到美国来旅行，可以到我想去的任何地方时，他们却搬到"生锈带"[2]来了。不过事实证明，布卢姆堡其实非常可爱——就是少了温和的沙滩和扭着屁股跳草裙舞的少女，虽然如此，它仍然很可爱。

这儿是个大学城，有种明显让人昏昏欲睡的氛围。你顿时觉得似乎应该穿双拖鞋披件睡衣才协调。主街繁荣而又整洁，周围的街区则满是又大又旧的房子，坐落在宽阔的草坪上。树丛中间不时会有一些教堂的尖顶冒出来。这是个相当好的理想小镇——是美国罕见的不需要汽车的地方之一。几乎从城里的任何一座房子漫步到图书馆、邮局或商店，都路途短暂而又令人愉快。我哥嫂告诉我，开发商将在城外建一座庞大的购物中心，大多数较大的店铺都会搬过去。这样看来，人们似乎并不想漫步去购物。他们是想爬进汽车，开到城边上，然后停好车，穿过平坦的、光秃秃的停车场，走上一段和在市内购物相同的距离。大多数美国人就是这么购物的，这里

1　美国西部杰出的小说家。
2　指美国中西部诸州，东起俄亥俄州，西至艾奥瓦州，北至密歇根州。这些地区曾经是美国传统制造业中心，后来这些旧工业逐渐衰退，所以叫"生锈带"（Rust Belt）。

的人显然也想成为其中一员。所以现在的布卢姆堡市区很可能会变成一个废弃的地方，又一个美丽的小镇即将消失不再。这个世界就是这么进步的。

不管怎么说，你也能想象到，见到我哥和他的一家总是令人愉快的。我做了看亲戚时会做的所有事情——吃他们的食物；用他们的睡衣、洗衣机和电话；当他们寻找备用毯子并和蛮横的沙发床扭打时，在一旁毫无用处地站着；当然还在深夜所有人都睡着时，蹑手蹑脚从房间爬出来，把他们的储藏室看了个够。

因为是周末，他们有点儿空闲，我哥嫂决定带我到兰开斯特郡去看看阿米什村，有两个小时的路程。在途中，我哥指给我看哈里斯堡[1]的三里岛核反应堆，数年前，几个粗心的雇员差那么一点儿就把整个东海岸给辐射了。又走了40英里之后，我们经过了桃底核电站（Peach Bottom），那儿最近有17名雇员被解雇，因为经调查发现，他们在上班时间睡觉、吸毒、用橡皮圈打架，还玩电子游戏。据调查者反映，有时候车间里的每个人都在打瞌睡！我认为，允许宾州的公用事业公司经营核电站，简直就像让菲利普王子飞越伦敦领空一般。无论如何，我心中暗自铭记，下次来宾夕法尼亚州，一定要带件防辐射服。

兰开斯特郡是宾夕法尼亚荷兰人、阿米什人以及门诺派教徒[2]的家乡。门诺派教徒因一个著名的速粘除臭剂而得名。这不是真的，

1　美国宾夕法尼亚州首府。
2　16世纪起源于荷兰的基督教新派，反对婴儿洗礼、服兵役，主张生活俭朴等。阿米什人是门诺派教徒的一支。

只是我编的罢了。他们得名于早期的一个领导人门诺·西蒙。在欧洲，他们被称为再洗礼派教徒。250年前，他们来到了兰开斯特郡。现在全郡有1.25万个阿米什人，几乎全部是最初那30对夫妇的后裔。阿米什派1693年从门诺派中分离而出，从那以后整个教派出现了无法计数的分支，但有一件事是统一的：他们都穿简朴的衣服，躲避现代科技发明。麻烦在于，大约从1860年开始，对于躲避现代发明应该多么严格，他们进行了无休无止的争论。每次有人发明出新东西，他们都要争论其是否虔诚，那拨不喜欢它的人就分离出去，组成一个新教派。最初，他们争论应该在马车上装钢轮圈还是橡胶轮圈，然后争论是否该用拖拉机，再之后为用电和电视机争论。现在嘛，极有可能，他们在争论该不该用一台无霜电冰箱，或者速溶咖啡应该要粉末还是冻干的吧。

　　阿米什人最杰出的地方，就是他们为自己小镇起的名字。美国其他地方的小镇，不是以第一个到那儿的白人命名，就是以最后一个离去的印第安人命名。而阿米什人显然在小镇命名上费了一些心思，他们用那些撩人的、别提有多刺激的名称——篮球（Blue Ball）、掌中鸟（Bird in Hand）、因特考斯（Intercourse，意为性交）——为自己的集体增光添彩。因特考斯靠着吸引我这样的过路者，生活过得蛮不错。我觉得，给朋友和同事们寄几张"因特考斯"邮戳的明信片，背后再潦草地写些滑稽煽情的致辞，大家肯定会乐翻天的。

　　许多人对阿米什的生活方式心醉神迷，一想到他们生活在200年前，几百万的人都跑到这儿来观看。我们赶到时，已经有成百上千的游客群集在因特考斯，小汽车和公共汽车把进城的公路塞得水泄不通。每个人都盼望着看到真正的阿米什人并且拍照留念。每年有多达500万人到这个郡来参观，非阿米什裔的商人已经建起了大量的纪念品宫殿、复制的阿米什农庄、蜡像馆、自助餐厅和礼品店，每年要吸纳观光者心甘情愿花掉的3.5亿美元。现在的这些小镇，几乎已没有任何阿米什人自己要买的东西，所以他们都不再出现，游客们除了互相拍照，已无一事可做。

许多游记和像《证人》[1]这样的电影通常都掩盖了事情的另一面，实际上兰开斯特郡现在已经成了美国最糟糕的地方之一，尤其是在周末，交通堵塞有时会绵延几英里。许多阿米什人都放弃了这里，搬到了艾奥瓦和密歇根北部这种没人打扰的地方。不过在乡间，尤其是在回去的路上，你有时仍能看到穿着黑衣服的阿米什人，或在田里劳作，或是驾着他们与众不同的黑色马车走高速公路，后面则有一长串观光者的汽车慢吞吞地爬行着。观光客们怒气冲冲，因为道路不通，而他们真正想做的，是去"掌中鸟"镇，这样就可以再买些螺式蛋糕、果味冰霜卷，也许还能买个熟铁酒架或者带风向标的邮筒，带回到"狗屎镇"的家中呢。如果10年后这个郡将不再有一个真正的阿米什人，我可一点儿也不会惊讶。这可真是太丢脸了。他们本应该得到安宁的。

晚上，我们来到一个谷仓一般的家庭式宾夕法尼亚荷兰饭馆，这样的饭馆有很多，散布在该郡各处。停车场上塞满了公共汽车和

---

1 又名《目击者》，彼德·威尔导演、哈里森·福特主演的一部影片，影片中曾涉及"阿米什"这一奇特的人群。

小汽车，无论餐馆内外，到处都是等位的人。进了餐馆，拿到一张写着621的票，我们来到另一伙人刚腾出来的一块巴掌大的地方。每隔几分钟便有一个男人走到门口，叫喊一串儿比我们低得可笑的数字——220、221、222——然后就有十个人跟着他进了餐厅。我们正讨论着要走，旁边一伙胖子却告诉我们不要放弃，因为就算我们得等到11点，也绝对值得。这些家伙显然是有点儿经验的，他们说，这儿的东西好吃极了。嗯，他们是对的。我们的号码终于被叫到了，我们被领进餐厅，和九个陌生人一起坐在一张大搁板桌旁。

房间里肯定还有其他50张这样的桌子，每一张都有十几个人坐在周围。喧嚣和忙乱已达白热化。女招待端着特大号的盘子匆忙来去，到处看到的都是人们在往嘴里铲东西，胳膊肘起伏波动，就好像他们都一星期没吃东西似的。我们的女招待让大家相互介绍一下，每个人都觉得这个建议有点儿蠢，于是她就开始给我们上菜，菜都盛在大浅盘和大碗里——大厚片的火腿、堆成山的炸鸡块、成桶的土豆泥，还有各种各样的蔬菜、面包卷、汤和色拉。真令人难以置信啊！大家自己动手，两只手将大盘子高高举起，和旁边的人摩肩接踵。你想吃多少就吃多少——一只碗空了，女招待立刻端上另一只来，简直像在命令你把它吃光。

我从来没见过这么多食物，我的视线都越不过盘子顶部。所有东西都美味可口，大家很快互相熟悉起来，共同度过了一段美好的时光。我吃了那么多，连胳肢窝都感觉到胀，可食物依然源源不断地送上来。就在我觉得非得叫个轮椅才能把我送上车的时候，女招待撤走了所有的盘子和碗，开始上餐后甜点——苹果馅饼、巧克力蛋糕、大碗的手工冰激凌、油酥面皮、果酱饼以及天知道的其他什么东西。

我继续猛吃。太好吃了，没法儿拒绝。衬衫上的扣子砰砰跌落，裤子也要爆开。我几乎都没有力气举起勺子，却依然不停地往嘴里塞东西。这一切简直太可笑了。食物开始从我耳朵里往外漏，而我依然在吃，我一晚上就吃掉了莱索托[1]的国民生产总值。最后，女招待终于仁慈地把我们手中的勺子拿走，端走了甜点，而我们也终于能东倒西歪像僵尸一般走进夜色之中。

我们钻进汽车，都撑得不能说话，朝着远处冒绿光的三里岛开去。我躺在车后面的座位上，脚跷在空中，轻轻地呻吟着。我发誓这辈子再也不吃一口饭，我可是当真的！然而两小时后，当我们回到哥哥家里，痛苦已经减轻，我哥和我又可以开始新一轮的大吃大嚼了。我们先从他家厨房拿来一捆12瓶装的啤酒和一桶脆饼干，凌晨时分，又在2号公路的一个通宵小餐馆，以一盘洋葱圈和汁多料足的两英尺长潜水艇三明治结束了战斗。

多么伟大的国家啊！

1　非洲南部一王国，首都马塞卢（Maseru）。

第十四章

现在是早晨7点差10分，天很冷。我站在布卢姆斯堡公共汽车站外边，看得到自己的呼吸。只有寥寥几辆汽车出现，后面都拖了一条蒸汽云。我宿醉未消，几分钟后就要爬上一辆公共汽车，坐上五个小时去纽约。哎，我还不如去吃猫食算了。

是我哥建议我坐公共汽车的，因为这就省得在曼哈顿找地方停车了。他说我可以把车留给他，一两天之后再回来取。在凌晨两点，喝了许多啤酒之后，这个打算似乎蛮精明的。可现在，站在清早的冷风之中，我发现我真是犯了一个严重的错误。在美国，只有既坐不起飞机又——这在美国可真算是穷到家了——买不起汽车时，你才会去坐长途汽车。在美国，买不起汽车的人距离大塑料袋子的生活只有一步之遥啦。所以，长途公共汽车乘客主要由下述人构成：活动期的精神分裂症患者、危险的持枪者、处于吸毒昏迷状态的瘾君子、刚从监狱里放出来的人，要不就是修女。偶尔还能看到一对挪威学生，之所以能认出他们来，是因为他们的脸红扑扑的，看起来是那么健康，脚上还穿着蓝色小短袜和凉鞋。但是总的来说，在美国坐长途汽车，综合了监狱生活和越洋运兵船生活的大多数毛病。

所以，当公共汽车停在我面前，发出一声长长的叹息，车门打开时，我颇带疑惧地上了车。那司机本身看上去就不太可靠，他的头发让他看上去好像刚玩儿过通电电线一般。车上大约还有另外六个乘客，不过只有两个看起来像是患了严重精神病的，有一个正在自言自语。我挑了个后面的位置，坐定了准备睡觉。昨天晚上，我和我哥喝了太多的啤酒，而且不妙的是，潜水艇三明治里的香辣调料这会儿也开始在肚子里扩散，就像熔岩一样在里面冲来滚去，过不了多久，不是从这头就是从那头，就要开始往外渗啦。

我感到后面有只手放在我肩膀上。透过座位的间隙，我看到那是一个印度人[1]——我的意思是说那是一个从印度来的人，而不是一个美国印第安人。"我可以在这个车上吸烟吗？"他问我。

"我不知道，"我说，"我已经戒烟了，所以对这种事没怎么在意。"

"但是你认为我能在车上吸烟吗？"

"我真的不知道。"

他安静了一会儿，又把他的手放在了我的肩上，不是轻叩几下而是搭在了上面。"我连一个烟灰缸都没发现。"他说。

"别逗了。"我机智地应答，没睁开眼。

"你认为这是不是意味着不准吸烟？"

---

1 原文为Indian man，既可指印度人，又可指印第安人，故后文作者予以解释。

"我不知道，我也不在乎。"

"但是你认为那意思是不是不准吸烟？"

"你要还不把你的手从我肩膀上拿开，我就要往上面呕吐了。"我说。

他迅速移开了手，沉默了大概有一分钟，又接着说："你能帮我找个烟灰缸吗？"

这才早上七点钟，而且我还极不舒服。"你能不能别来烦我？"我厉声喝道，其实只想开个野蛮的玩笑而已。两排座位后面的一对挪威学生看上去被震呆了。我瞟了他们一眼，似乎在说："你们这些健康的小屁蛋，也别想造次！"然后又跌进座位里。今天将是难熬的一天。

我断断续续地睡着，处于一种令人不满的半睡半醒状态，把发生在自己周围的事都杂糅进自己的梦中——齿轮的碾磨声，孩子的哭泣声，这辆汽车在来回横穿马路时的疯狂转弯声，那是司机伸手摸索掉落的香烟或者一时陷入精神恍惚造成的。大部分时间我梦到公共汽车朝悬崖猛冲过去，驶向空中。在梦里，我们跌落了数英里，在云层中静静地翻着跟头，只听到外面空气呼啸的声音。然后是那个印度人对我说话的声音："你认为我现在可以吸烟了吗？"

醒来后，我发现肩膀上有一摊口水，对面还来了一个新乘客。那是一个面容憔悴、头发稀疏灰白的妇女，她一根接一根地抽烟，还打着惊人的饱嗝儿，就是孩子们用来逗乐的那种——味道醇厚、低沉饱满、余音绕梁的饱嗝儿。对此，那女人竟然完全处之泰然。她就那么看着我，张开嘴，一个饱嗝儿便滚了出来，这就够惊人的了吧，然而还不够，她会吸一口烟，并在打嗝儿时喷出一大团烟雾，此举更加惊人。我往后扫了一眼，发现那个印度人还在那儿，看起来非常痛苦。一看到我，他就想探过来再问一个问题，但我举起一根手指阻止了他，他只好坐了回去。我盯着窗户外面，感觉糟透了，为了打发时间，我试着想象比这儿更不舒服的环境，可是除了濒临死亡或者身处比基斯[1]的音乐会之外，我实在想不起其他的。

我们于下午到达纽约。我在时代广场附近的旅馆里找了个房间，这个房间一晚上要110美元，却那么小，以至于我必须走到走廊里才能转过身来。我还从来没住过一下子能触到四壁的房间。我做了你在旅馆房间也会做的所有事情——摆弄灯光和电视，顺便查看一下抽屉，把所有毛巾和烟灰缸放进我的行李箱——然后我就溜达出去，去看看这个城市。

我上一次来到纽约是在16岁时，我和我的朋友斯坦登门拜访我哥哥和嫂子。他们那时住在昆斯区一个古怪又恐怖的社区，叫莱福瑞克城。这儿群集着大约12栋高高的公寓楼，周围是一连串孤独的方形广场，广场上遍地坑坑洼洼，坑里的雨水总要好几个星期才干涸，花圃里还丢满超市手推车。估计有5万人住在此地，真没想到，竟然有这么多人挤在一个地方。我搞不明白，在美国这样一个广大而又开放的国度，人们为什么会选择住在那种地方？但是对这儿的所有住户来说，这里就是他们的家。在他们的生活中，永远没有自己的后院，永远不吃烧烤野餐，永远不会在午夜时分，走出后门到

1　摇滚乐坛20世纪70年代的老牌迪斯科乐队。

灌木丛中嘘嘘顺便数星星。他们的孩子在成长过程中，会以为超市手推车是野生的，就像野草一样。

晚上，我哥和嫂子出去时，斯坦和我就会拿着双筒望远镜，坐下来扫视旁边楼的窗户。我们有几百个窗户可以选择，每一个里面都有一缕电视发出的幽光。我们寻找些什么呢？当然是裸体女人——可喜的是我们还真看到了几个，不过这通常会导致我俩为了争夺双筒望远镜控制权而激烈扭打，等我们再回到那扇窗前时，那女人早就穿好衣服出门了。然而大部分时候，我们只能看到另一个男人在用双筒望远镜扫视我们的窗户。

我记忆特别深刻的是走出大楼后体验到的威胁感。一群群身穿皮夹克、无处可去的半大小子，坐在公寓楼周围的墙上，注视着每个经过的人。我一直以为，我们一过去，他们就会跳下来，抢走我们的钱，还用他们在监狱工厂做的刀子刺我们。可是他们却从来没打扰过我们，他们只是盯着看看而已。即便如此也够吓人的啦，因为我们毕竟只是从艾奥瓦来的毛头小孩嘛。

现在的纽约仍然吓坏了我。当我向时代广场走去的时候，又体会到了同样的威胁感。多年以来，我读了那么多关于谋杀和街头犯罪的报道，以至于现在我对每一个不来打扰我的人都感激涕零。我真想给他们分发卡片，上面写着："多谢不杀之恩。"

不过，唯一骚扰我的是那些街头乞丐。纽约大约有3.6万名流浪者，在这两天的闲逛之中，他们中的每一个都向我要钱，其中一部分还要了两次。纽约人恐怕只有去加尔各答，才能从无所不在的乞讨中解脱出来吧。我开始深感遗憾，我没能生在一个绅士可以用手杖打这种人的时代。有一个家伙——是我最喜欢的——上来问我能不能借给他一美元。此话令我绝倒。我本想对他说："借一美元？没问题。最要紧的，是不是说好收1%利息，然后星期四再到这儿碰头结算呢？"我不会给他一美元的，毫无疑问——就是最亲密的朋友我也不会给他一美元——但我还是往他的脏手套里塞了10美分，并向他眨眨眼，揭穿了他的花招。

时代广场真是不可思议。从没见过那样的灯光，那样的拥挤喧闹。每栋大楼的整整一面都让位给了闪烁、跳动、飘摇的广告，仿佛电波海洋上的风暴。大概有40个巨大的广告引诱你去花钱和消费，除了其中两个，所有广告都是为日本公司做的——美达影印、佳能、松下、索尼。我强大的祖国却只有柯达和百事可乐做代表。"战争已经结束了呀，美国狗！"我郁闷地想道。

纽约最让人着迷的地方，就是这里什么事情都可能发生。就在一星期前，一个妇女被电梯吃掉了。你受得了这种事吗？她在上班的路上，正盘算着自己的事情，脚下的扶梯突然塌陷，她一头扎进了机器内部，掉进那些正在嗞嗞作响的齿轮和传动装置里，结果呢？自然是可想而知。你要是那座大楼的清洁工，会怎么样呢？（"伯尼，你今天晚上能早点儿来吗？听着，你最好带个钢丝刷，多带些阿佳克斯清洁剂来。"）在纽约，惊人而又难以预料的事情总是层出不穷。《纽约邮报》头版有一则报道，说的是一个有艾滋病的性变态因为强奸小男孩进了监狱。你能相信吗？"这是一个什么城市啊！"我想，"真是一个疯人院！"整整两天，我一边走，一边看，一边惊讶地咕咕哝哝。在第八大街，一个高大的黑人从门口蹒跚而出，看起来极不正常，他对我说："我一直在吸冰！一大碗一大碗的冰！"虽然他什么都没要，我还是立即塞给他25美分硬币，然后迅速离开。在第五大街，我走进特朗普大厦（Trump Tower），一座新建的摩天大楼。一个叫唐纳德·特朗普的家伙，是个开发商，正在慢慢地接管纽约，在城市各处建造以自己命名的摩天大楼。这栋大楼拥有我所见过的最没品位的大厅——所有那些黄铜色的、铬黄色的、斑红色的以及白色的大理石，看起来就像是你在人行道上一见到就会绕开的那种东西，而这里却到处都是——地板上，墙上，天花板上，真好似站在一个刚吃完比萨的人的胃里。"不可思议！"我咕哝着继续往前走。隔壁就是一个卖色情录像带的商店，就在第五大街上哦。我最喜欢的是《犹太人色情艺术》第二部。在这里面你可能会看到——脱掉裤子的拉比，淫荡的女人们四仰八叉地躺着，说道："你已经想干了吗？""棒极了，真不可思议。"我咕哝着，又缓慢向前。

晚上，当我再次沿着时代广场往回走的时候，眼球被一个艳舞俱乐部所吸引，俱乐部窗口有脱衣舞娘们的照片。舞娘们都是漂亮的女孩，其中一张照片是萨曼塔·福克斯的。福克斯女士现在给《太阳报》这样的英国报纸服务，向读者展示她标致的乳房，每年酬金大约25万美元。难道她还会在时代广场一个烟雾缭绕的地下室，给陌生人表演脱衣舞吗？至少我觉得是不可能的。实际上，我扯这么远是想说明这个俱乐部有一点儿欺诈性质。这是一个要弄好色之徒的低劣骗术。

他们总是在艾奥瓦的州展览会上跟你玩这套把戏。在车辆后面，脱衣舞娘的帐篷上，会覆盖着一些令人想入非非的色情画，画上是你曾见过的最美丽的、有着丝一般柔滑头发、丰满的胸脯以及柔软身躯的女人——她们噘起的湿润嘴唇似乎在说："我想要你——对，就是你，长脓包、戴眼镜的那个。快来满足我，小鬼。"年方十四又因性欲而发狂的你，会用整整一颗心及周围许多器官去相信这些画。你会递上皱巴巴的一美元走进去，走进一个脏兮兮的、充满马粪和按摩醇味道的帐篷，发现舞台上那个疲倦的脱衣舞娘和你自己的母亲没有什么不同。那是一种你永远也无法真正释怀的失望。而现在，我的心转到了那些孤独的水手和日本影印机推销员那里，他们坐在下面喝着又甜又热的鸡尾酒，正享受着这索价过高的失望夜晚。"吃一堑，长一智。"带着悔恨的微笑，我明智地评论着自己，然后叫一个乞丐滚开。

我回到自己的房间，庆幸自己没被抢劫，更为自己没被谋杀而高兴。电视机上有一张卡片，上面说只要花6.5美元，就可以看场室内电影。我记得，一共有四部供我选择——《黑色星期五》第19集，里面有个人格混乱的男人用刀子、短柄斧、餐叉和吹雪机，一连串杀了许多正准备沐浴的女人；《猛龙怪客II》，查尔斯·布朗森在里面追踪并杀害了迈克尔·温纳；《辣手娇娃》，西尔维斯特·史泰龙饰演的兰博在里面做了个变性手术，然后炸死了许多东方人。此外还有成人频道播出的《我的小裤裤湿答答》，是一部关于丹麦后现代时期人际关系和社会冲突的敏感作品，作为额外的添头，还穿插了许多火热的性交场景。看一点儿最后这部如何？我把玩了一会儿这个念头——就像新教教派说的那样，只是放松一下嘛——不过我太抠门儿了，实在舍不得花掉6.5美元，而且说到底，我一直怀疑，我若真的按下那个必需的按钮（我可以告诉你，它已经被磨成片片了），明天就会有一个侍者拿着一张电脑打印单站在我面前，告诉我说，如果我不给他50美元，他就把我房间收据的副本寄给我母亲，上面用红笔圈出"各样杂费：德芬特·波尔诺的电影，6.5美元"。所以我就此打住，躺在床上看普通电视台。里面正在重播20世纪60年代的一部喜剧，叫作《艾德先生》，主人公艾德是一匹会说话的马。从那些笑话的性质上判断，我猜出该剧是艾德先生自己亲自撰写的。但是最起码，里面没有任何能敲诈我的东西。

就这样，我结束了我在纽约——世界上最激动人心又令人蠢蠢欲动的城市——的时光。我禁不住反思道，我根本没有理由觉得自己比20层楼下艳舞俱乐部里那些孤寂的兄弟高明。我正像他们一样寂寞孤单。确实，毫无疑问，在这个巨大又无情的城市的各个角落，有成千上万和我一样孤独又无依无靠的人。想到这里，是多么令人忧郁啊！

"可我怀疑，他们有几个能这样干呢？"我一边自言自语，一边把双手双脚同时伸了出去，一下子就碰上了房间四面所有的墙。

第十五章

　　今天是哥伦布日[1]的周末，路上非常拥挤。像美国这么一个酷爱成功的国家，竟会选择把哥伦布当作英雄，这让我总感觉有点儿怪，因为他是个无趣的失败者嘛。想想看，这家伙四次远涉重洋到美洲，却从来没有意识到自己到达的并不是亚洲，也从来没发现过什么有价值的东西。别的探险者返回家门时，都会带回许多诸如土豆、烟草以及尼龙袜之类的刺激玩意儿，而哥伦布发现并带回的却只是几个满脸困惑的印第安人，他还认为他们是日本人呢："快点儿，小子，露几手相扑让咱们瞧瞧！"

　　但最大的缺憾在于，哥伦布可能从来没有真正看到过后来成为美国国土的那片土地。对那些坚信不疑他到过美国的人来说，这一点当然很不可思议，他们想象他脚踏佛罗里达大地说："你们知道，这里会成为美丽的旅游胜地。"其实，哥伦布的旅程仅仅局限于加勒比海地区，大都在沼泽遍地、臭虫滋生的中美洲海岸转来转去。

1　哥伦布日，为10月12日或10月的第二个星期一，以纪念哥伦布于1492年首次登上美洲大陆，是美国的联邦假日。

要让我说，我觉得北欧海盗更有资格被称为美国的英雄。至少，他们真的发现了美国，更重要的是，他们男子气十足，拿头盖骨当酒杯，跟谁打交道都不吃亏。而这，才是美国作风嘛。

我还住在美国的时候，哥伦布日是那些半调子的假日之一，它们的存在，只对那些拥有强大工会的公共事业职员有利。在哥伦布日，是无法邮寄邮件的。假如你对此茫然无知，还一路驱车急行到城东的艾奥瓦州驾照中心去更新驾照，你就会发现大门紧锁，窗户上挂着一个布告牌，上写："庆祝哥伦布日休假。你丫太粗心了。"但是除此之外，这一天就和别的日子没什么不同了。话是这么说，但现在看来这个节日似乎颇为流行。公路上到处是汽车和旅行拖车，电台主播一直在谈论诸如"哥伦布日周末"预期的厄运数之类的东西——他们究竟是怎么知道这些事的？难道厄运还有什么神秘的定额不成？因为很想欣赏秋色，所以我一直盼着到新英格兰去。此外，新英格兰各州面积较小，景色富于变化，就不会像美国其他各州（哪怕是最吸引人的那些州）那样单调沉闷得可怕。但我错了，确确实实错了。新英格兰各州确实都很小——康涅狄格州只有8英里宽，罗德岛州比伦敦还小，但全都挤满了汽车、人和城市。貌似康涅狄格州郊区，有条202号国道在地图上被标注为观光路线，我就沿着这条国道驶向利奇菲尔德，一路上的景致着实比真正的郊区要丰富些，但其中也没有什么太吸引人的。

或许我的期望值太高了。在20世纪40年代的电影中，人们总是到康涅狄格州过周末，电影中的康涅狄格绿草如茵，乡村味道十足，到处是空旷的公路和浓荫笼罩的小石屋。但现在这里也只能算是半郊区式的：因为这里的平房都带有可以容纳三辆车的车库，草坪上还有旋转洒水器，每六个街区就有一个购物中心。作为新英格兰小镇的精华所在，利奇菲尔德本身是很美的，拥有一家古老的法院以及一片绿草如茵的长长的斜坡，斜坡上还矗立着一门大炮和一座烈士纪念碑。草坡一边是几家外观整洁的商店，另一边则是一座高大的白色尖顶教堂，在10月的阳光下熠熠闪亮。这才叫色彩呢——草是绿的，周围的树木则是金黄色和柠檬色的，这才像它本来应有的模样。

把车停在麦当劳药房前，我轻轻踏着落叶走过那片草地。漫步在住宅区的大街上，只见宽敞的草坪上到处都是宽大的房子，每座房子都是同一个调调（不规则墙板上装着黑色百叶窗）不同程度的翻版。很多房子都钉上木牌，木牌上诉说着各自的历史——"奥利弗·博德曼，1785""1830，科尔·韦伯"。仅仅闲逛了一圈，就耗费了我一个多小时，这可真是个适于闲逛的可爱小镇啊。

之后我继续上车东行，走的一直都是很偏僻的公路。很快，我相继经过哈特福德郊区、哈特福德市区，然后是另一处郊区，再之后就到了罗德岛。在一个写着"欢迎来到罗得岛"的指示牌前停下车后，我立刻在地图上极力搜寻，啊，难道康涅狄格州就到此为止了吗？我甚至考虑要不要掉过头再重新走上一遍，再走一遍看到的定会比之前多点儿什么吧，但天色渐渐昏暗，我只能继续向前行进。之后我竟然闯入了一片幽深而更有韵味的松树林，最后好不容易才从松林中出来，就罗德岛这么个小地方来说，光是找出路简直就像耗费了好几年之久。抵达纳拉干湾（一个拥有众多小岛的海湾，面积几乎占了这小州的四分之一）时，天几乎全黑了，沿岸的小村庄纷纷亮起了一眨一眨闪烁的灯。

在普拉姆岬，一座长桥横跨通向科南尼卡岛的海峡，它就那么又低又暗地横在水面上，就像一具浮尸。过了桥，我又在岛四周开车转了一圈，但此时天色昏暗，什么都看不清。在一处紧贴公路的海岸，我停下了车，漫步走到海滩。这是个没有月亮的夜晚，还没看到大海就听到了海浪声，轻柔的、有节奏的呼呼声扑面而来。我走过去站在水边，看海浪一波接一波跌撞到岸上，就像筋疲力尽的泳者。海风掀动我的外衣，掠过喜怒无常的大海，我长久地凝望着远方，漆黑广阔的大西洋，一切生命都已匍匐在它那可怕的、原始的、风暴汹涌的深海中，将来的某一天，人类也会回归到这个世界。我的脑海中突然涌入了一个念头："我能干掉整个汉堡！"

第二天一早，我驱车到了纽波特（Newport）。纽波特是美国顶尖的游艇区，也是"美国杯"游艇赛的赛场。从外观上看，小镇的老城区近些年整修过。大街两旁排列着各种商铺，商铺上挂着木牌，上面写着它们形形色色的名字，名字还都挺时髦，大都跟海有关，如"飞行之船""海岸之物"等。海港美极了，到处点缀着白色的游艇和高高的、在空中摆动的桅杆，天空中一只只海鸥在飞舞盘旋。但市区周围尽是些模样丑陋的停车场，一条车水马龙的四车道公路（不像城市街道，倒更像高速公路）分隔了码头与市区。沿途排列着一棵棵又细又长的树，就像是瘦骨嶙峋的回忆似的。往前有个叫派罗特的小公园，公园建造后不久，由于无人照料，弄得到处是信笔涂鸦。要知道美国城市和小镇大都是一尘不染的，我还从来没见过这样敷衍了事的情形。尤其是考虑到旅游业在纽波特至关重要的地位，这种情形就更让人吃惊了。我沿泰晤士大街继续往前，那里伫立着几座精致漂亮的老船长宅邸，现在却沦落到要和垃圾、狗屎、加油站和汽车传输站作战，而且在这场战争中渐趋下风。这让人很是伤感，这里的人好像根本无所谓（也可能只是没注意到），他们已经把这个地方糟蹋得不成样子。这不禁让人联想起伦敦的命运。

驱车穿过海湾，就到了亚当斯堡州立公园。站在那儿往纽波特看，纽波特像是变成了另一个城镇——郁郁葱葱的公园树林中，耸立着教堂针形的尖顶和维多利亚式屋顶，景致很是迷人。海湾在阳光下闪着粼粼波光，一艘艘帆船在轻柔的海浪中起起落落，这一切太美了。沿着岸边公路继续往前，经过布雷顿角，就上了贝尔维尤大道，最好的夏日别墅多建在这条路两边，还有一些则三三两两地分布在远处的街道边。

大约在1890年到1905年间，范德比尔特家族、阿斯特家族、贝尔蒙特家族以及很多其他家族，这些美国豪门都争先恐后地建造豪宅（他们把这些豪宅坚持称为农庄），就跟比赛似的。这些豪宅都建在那条半英里长的壮丽悬崖上，绝大多数都仿造法国别墅的样子，里面塞满了花巨额价钱从欧洲远渡重洋运来的家具、大理石和挂毯。在大致6周至8周的一个娱乐季，女主人的娱乐花费通常会达到或超过30万美元。大约有四十年的时间，这里是世界上最穷奢极欲的地方。

现在这些房子大都成了博物馆，入门费高得要你一只胳膊和一条腿，尽管如此，在这些房子外面通常依然排起长龙（切记，这可是哥伦布日周末）。从大街上你可看不到什么——主人们坐在草坪上数钱的时候，可不想让普通人盯着，所以他们设置了密实的树丛和高墙——但是我却偶然发现，这个城镇沿着悬崖边铺了一条沥青小路。从那儿，能够看到那些豪华公寓的背面，也能够欣赏到下方极低处惊涛拍岸的壮丽景观。这条路几乎为我一人所独享，我是在无声的惊叹中，一路张着嘴走过的。我从没见过这么多一幢接一幢的豪宅，如此毫无节制的建筑，每座房子看起来都像是结婚蛋糕和州议会大厦的混合。我知道，其中最壮观的是范德比尔特家建的"开拓者"。一路走来，我一次又一次推测："哦，这一定是它""现在这栋铁定是它"，然而，之后的下一栋往往更让人咋舌。最后，我终于走到了"开拓者"跟前，这栋建筑的的确确巨大无比，那简直就是一座带窗户的大山！看着它，你不可能不产生这样一个想法：没有人（也许除了自己）配得上这样庞大的财富。

在栅栏另一面的草坪和露台上，挤满了身穿百慕大短裤、头上戴着可笑帽子的矮胖子游客，他们在房子里进进出出，互相大拍特拍着照片，脚下随意践踏着秋海棠。不知道科尼利厄斯·范德比尔特[1]——那个长着一张狗脸的老无赖，对此会作何反响。

我开始驱车前往科德角（Cape Cod），这是又一个我从没去过又一心向往的地方。此处景色优美如画，有盐盒似的老房子，有古玩店和木屋旅店，还有美丽的乡村。每一个乡村都拥有一个有趣的名字，如酋长、三明治、谷仓马厩、石港，但游人们却用一辆辆超

1　美国铁路大王。

载的汽车和旅行汽车把这里堵得水泄不通。天哪，我恨死这些移动房子了！尤其是在像科德角这样拥挤的半岛上，它们既堵路，又挡视线——只为了某人和他的白痴老婆可以不停车就能吃午饭和清空膀胱。

路上堵车严重，汽车行驶的速度慢得像爬行，直到快把汽油烧光我才勉强到达"西谷仓马厩"外一个加油站那里。加油站很小，只有两个加油泵。开加油站的是个至少有97岁高龄的老头儿，长得高高瘦瘦，动作干净利落。我从来没见过这么浪费油的人：他先是把油在我车门边洒了不少，然后开始异乎寻常地关心我是何方神圣："艾奥瓦，呃？艾奥瓦到我们这里的人不多，我想你是今年第一个吧。现在这阵儿艾奥瓦的天气咋样啊？"眼看油箱已满，眼看汽油开始往外溢，眼看溢出的汽油在我们脚边迅速聚成了油池子，我不得不开口提醒他。老头儿抽出喷嘴，这一过程中又在我的汽车、他的裤子和鞋子上洒了半加仑汽油，最后把喷嘴扔回油泵，回归油泵的喷嘴又不停地滴滴答答了好一阵子。

老头儿嘴角边一直叼着小半截香烟，我着实有些胆战心惊，真怕他会点烟。怕什么来什么，他还真准备点啦，我眼见他掏出一捆皱巴巴的火柴，开始摆弄其中的一根，作势要划火柴。我吓得动弹不得，脑海里立刻跳出这样一则电视新闻："今天在西谷仓马厩发生了一起加油站爆炸事件，一名来自艾奥瓦的游客，全身大面积遭到三级烧伤，面积达到98%。据消防部门报告，这位游客看起来就像是一片在烤架上烤得过久的面包片一样。加油站老板则尚未找到。"然而，幸运的是，没有发生爆炸。那一小截烟头点燃后，老头儿吸了一口，喷出了一大团浓烟，然后用手指头掐灭了火柴。之所以这么幸运，我想可能是由于几十年加油工作干下来，老头儿变得有点儿不可燃了，就像那些驯蛇的人会对蛇毒免疫一样。当然，这一理论我可不想费尽心思地去验证，于是赶紧掏钱走人。我开车直接冲到了公路上，为了躲避我，一辆长达40英尺的旅行拖车不得不来了个急刹车，开车那男的把芥末都滴到了大腿上，把他弄得大为光火。"度假还带座房子，这就是教训。"我毫不同情地咕哝着，真希望有什么东西重重地在他老婆背上砸上一下子。

科德角是个狭长的半岛，它从马萨诸塞州的底部伸出来，向海伸出大约20英里，然后又自己折了回来。模样看起来就像一只为突显肌肉而弯曲起来的胳膊，其实，看起来它倒挺像我的胳膊，因为上面几乎没有肌肉。半岛较低的地方有三条路：一条沿北岸，一条沿南岸，另外一条在二者之间。在半岛的手肘处即石港所在的部位，半岛变得狭窄，又突然转为向北延伸，三条路就在这里交会。再往前只有一条长长的，像是一条上臂一般的公路，通往像是坐落在指尖处的普罗温斯敦（Provincetown）。普罗温斯敦挤满了游人，该镇只有两条路，一条路进，一条路出。小镇人口只有几百，但在夏季和像现在这样的假日周末，短短一天就会蜂拥而来5万名观光客。镇内不准停车，这里到处都是恶狠狠的拖车警告，我只好掏了几块钱，让我的车和其他几百辆车作伴，留在了某个冷冷清清的地方，只身走了很长一段路才进了小镇。

普罗温斯敦建在沙子上，周围全是滚动的沙丘，偶尔会有几丛焦黄色的野草破土而出，诸如"风脊汽车旅馆""强风礼品店"等名儿，都在暗示着本地的特色——风。果然，飞扬的沙尘从路上扬起，在旅馆、商铺门口聚成堆儿，只要劲风袭来，沙尘就会飞进你的眼睛，拍打你的脸，播撒到你正大快朵颐的东西上。这一定是最恶劣的生存环境，如果普罗温斯敦能在美化自个儿这方面多花点儿心思，我也许还会少厌恶它点儿。但事与愿违，我从来没见过还有哪个地方像它这样一心一意、心无旁骛地从游客身上捞钱：遍地都是冷饮室、礼品店，以及卖T恤衫、风筝、海滩随身用具的店铺。

我四处走了一会儿，吃了一个带芥末和沙子的热狗，喝了一杯加了奶油和沙子的咖啡，透过一个房地产公司的窗户往里看了看，不禁大吃一惊：一个靠海滩的普通两居室竟然索价19万！当然啦，这个两居室拥有一个壁炉，以及足够你吃个饱的沙子。海滩看起来极为漂亮，但除此之外，我在这里就再没看到任何一样真正吸引人的东西。

普罗温斯敦是1620年清教徒在美国领土上最早落脚的地方。小镇中央，就有一座纪念此事件的钟楼式高塔。令人好奇的是，那些清教徒原本并没打算在科德角登陆，而是要去弗吉尼亚州的詹姆斯敦，只是最后因为600英里的距离偏离了目标，误打误撞到了这里。这成就可够了不起的，可不是吗？还有一桩怪事，那就是他们竟连一张犁、一匹马、一头牛甚至一条鱼线都没带。你不觉得他们蠢了点儿吗？我的意思是，如果你要到一个那么遥远的大陆去开始新生活，难道你不得多少想想到了那儿该怎么养活自己吗？不管怎样，抛开作为规划蓝图者的种种不足，清教徒们至少没有在普罗温斯敦多作停留（这一点他们倒是很有见识），一有机会就向马萨诸塞州挺进。我也如此。

　　我原本打算去海恩尼斯港口，那儿有肯尼迪家族的避暑住宅，但是车流太慢，尤其在伍兹霍尔周围（那儿是通往马撒葡萄园渡轮的出发地），车走得更慢了，我就放弃了原来的打算。沿途经过的每一家汽车旅馆（得有几百个）都写着"客满"。上了93号州际公路，我打算走出科德角几英里后再找旅馆，但没想到我竟懵懵懂懂地来到了波士顿，一下子陷入了夜晚最拥堵的交通高峰。波士顿的高速公路系统简直像发了疯，摆明了是某个小时候爱砸玩具火车的人设计的。我发现每隔几百码，我车轮子下面的车道就会消失，别的车道则从右边或左边并入，有时还是同时并入。这哪是什么公路系统啊，叫发狂系统还差不多。每个人都是一副忧心忡忡的样子，我还没见过人们为了避免相撞而如此劳心伤神呢。而这还是周六——上帝才晓得平常会是什么光景。

　　波士顿是个大城市，城区外的郊区连绵不绝，一直延伸到新罕布什尔州。因此，我还搞不清楚自己到底是怎么来到这儿的，就已经是深夜了。我突然发现自己正置身于州际公路岔口旁的某个不知名地方——一处亮着淡紫色灯光的无名孤岛，周围有旅馆、加油站、购物中心和快餐店——灯光亮如白昼，即便远在外太空也一定能看得到这里吧，这个地方位于黑弗里尔区。我在六号旅馆里弄了个房间，之后到对面的丹尼饭店吃了盘油腻腻的炸鸡和软塌塌的薯条。今天过得相当不顺，但我并没有气馁，顺着这条路再走几英里就是新罕布什尔州了，那里是真正的新英格兰起点，一切会越来越好的。

第十六章

我一直认为新英格兰就是枫树、白色教堂，以及一些穿花格子衬衫的老家伙坐在乡下杂货铺的铁炉边大吹牛皮，往饼干桶里吐唾沫什么的。但是如果认为低地新罕布什尔州尚可一游，那么显然这一认识有误，这里只有现代化商业的渣滓——购物中心、加油站、汽车旅馆等等。每隔一段路，会出现一个白色教堂或钉上护墙板的旅馆，它们不搭调地耸立在汉堡王和得克萨斯加油站之间，不但没有缓和，反而更加强化了其丑陋之处，它们时刻提醒着你为了方便汉堡和便宜汽油而舍弃了什么。

在索尔兹伯里，我驱车上了旧1号公路，打算沿着这条公路穿越缅因州海岸。如名字所暗示的那样，1号公路是美国公路的开山之作，也是第一条联邦公路。它从加拿大边界延伸到佛罗里达州，全长2500英里。在长达40年的时间里，它是东海岸的主干道，把诸如波士顿、纽约、费城、巴尔的摩、华盛顿等这些北方大城市和南方的海岸及柑橘林连接了起来。在20世纪30年代和40年代，如果从缅因州开车到佛罗里达度假，那一定会妙不可言。因为沿途会穿越那些顶尖大都市，穿越弗吉尼亚的丘陵和卡罗来纳州的翠绿山峦，气候也会越走越暖和。但到了20世纪60年代，1号公路由于太过拥挤而失去了实用价值（美国人口的1/3都居住在这条路沿线20英里之内），于是又建了95号州际公路，车辆得以更迅速地在海岸上来来往往，但能得到的就只是那种风景迅速变换的飞驰感了。如今1号公路仍然还在，但想要走完全程的话你得花上好几个星期。它现在仅仅是一条地方公路，一条没有尽头的市区街道，沿途是数量惊人的一长列购物中心。

我原来还想着新英格兰乡间会保留一些昔日的魅力，但似乎并没有。穿行在清晨冰冷的细雨中，我很想知道究竟还能不能找到那个真正的新英格兰。在朴次茅斯（一个让人转眼即忘的小镇），一越过一座坐落在灰色皮斯卡塔奎河上的铁桥，就进入了缅因州。透过刮水器有节奏的来回摆动，我一眼就觉得缅因州也不会有什么别的惊喜，不过是更多的购物中心和一堆乱七八糟的大兴土木罢了。

过了肯纳邦克港，郊区终于让位给了森林，到处都有巨大的棕色岩石从地表上冒出来，就像是地下的生物上来透气似的。偶尔能瞥见大海，灰茫茫的一大片，又冷又暗淡。我一直把车往前开呀开，寻思现在随时都可能遇到那个传说中的缅因州了，那个龙虾满锅、惊涛拍岸和灯塔兀立在花岗岩上的缅因州。但是经过的每一个城镇都是又脏乱又单调沉闷，乡村大都只有枝繁叶茂的大树，没有什么值得给记忆增光添彩的材料。有那么一刻，就在法尔茅斯郊外，1英里左右的路程经过了一个银色海湾，一座长桥低低地悬在上面，在群山掩映中几座农舍乍隐乍现，这番景致让我大为兴奋，以为前方大有妙处呢。结果不过是白高兴一场，前面的景观很快又变得枯燥无趣。之后，那个真正的缅因州始终对我避而不见，它似乎一直存在于遥不可及的地方，就像以前爸爸经常错过的游乐园似的。

到了威斯卡希特（位于通向新不伦瑞克路段的1/3处）的海岸，我一下子兴致全无。威斯卡希特在自己的边界立了告示，宣称这里是缅因州最美丽的乡村，言下之意就是该州其他地方都不需要看了。我并不是说威斯卡希特糟透了，因为它还没那么糟。它有陡峭的主街，街边林立着工艺品商店和其他雅皮士商场，这条主街斜伸向一个宁静的大西洋小港，两条老旧的木船停靠在岸上。似乎还不错，只是不值得巴巴地驱车四个小时而已。

我突然起了一个念头，决定放弃1号公路，改向北走，从缅因州中部浓密的松林中穿过去。于是，我开始沿着一条不规则的路线朝白山（White Mountains）方向走，路面起伏不平，起了又落，落了又起，好像一条皱巴巴的地毯。刚走几英里，就开始感觉出大气的变化。云层很低，形状未明，天色暗淡，冬天显然正在逼近。这个地方离加拿大只有70英里左右，这里的冬天又长又冷，这一点显现在破败的道路和伫立在每座孤零零的木屋外的柴火垛上。烟囱们冒着冷冷的白烟，才不过是10月，但是这块土地上已经弥漫着冬天般的寒冷，显得了无生气，这种氛围让你不由得就想竖起衣领跑回家去。

一过吉利厄德，就进入了新罕布什尔州，风景也逐渐变得有趣些了。白山就在我面前耸立着，又大又圆，颜色犹如木头的灰烬，没准它们就得名于覆盖其上的白桦林呢。我继续沿空旷的道路往前行进，穿过树叶飘零的树林，天空依然扁平低沉，天气非常寒冷，但这里至少摆脱了缅因州森林的单调乏味。道路起起落落，掠过一条鹅卵石密布的小溪边沿。景色比先前不知要美多少，只是仍然没有什么吸引人的色彩，没有那种我一直期待的秋天的金黄和鲜红。从地面到天空，一切都是那种单调的死尸一样的灰色。

开车越过华盛顿山，这是美国东北部的最高峰（给正做笔记的人说明一下：它高达6288英尺），但它真正赖以成名之处，则是风——这里是美国最多风的地方。当然，这跟……呃，跟风刮的方式有关。不管怎样，地球上迄今测到的最高风速，就是1934年4月在华盛顿山顶上测得的，当时阵风（做笔记的笔准备好了吗？）以每小时231英里的速度呼啸而过。对于当时正在那儿测速的气象学家来说，那一定是一次非比寻常的经历。想象一下，你会怎样向别人描绘那阵风？"呃，它确实，你知道，真的……很大。我是说，确实非常大。你知道我说的是什么意思吗？"拥有这样一种真正独一无二的（独特到无人可以理解）经历，一定是非常让人沮丧的。

一过华盛顿山，就到了布雷顿森林。我一直把这个地方想象为一个宁静的小镇，但事实上根本就没有镇，只有一家旅馆和滑雪缆车。旅馆很大，形状像中世纪堡垒，屋顶却是鲜红的，看起来像蒙特卡西诺赌场和比萨屋的混合体。就在这儿，1944年，来自28个国家的经济学家和政治家济济一堂，达成了建立国际货币基金组织和世界银行的协议。它看起来确实是个创造经济历史的好地方，就像约翰·梅纳德·凯恩斯当时在给他哥哥米尔顿的信中所说的那样："这是最令人满意的一周。谈判热忱诚恳，食物美味至极，女服务员也美丽绝伦。"

我在利特尔顿（Littleton）停下过夜，就像其名字所暗示的，这是个小镇，离佛蒙特州很近。我把车开进了主街上的利特尔顿汽车旅馆，发现办公室门上有块牌子，上写："如果你需要冰块或者建议，请在六点半之前过来。我要携妻去吃晚饭。（也该是时候了！——妻）。"办公室里有个拄双拐的老头儿，跟我说，你运气真好，因为只剩一间空房了，加上税金，一晚上共42美元。看到我被价钱吓得摇摇晃晃快要昏倒在地，他又赶着补充说："房间相当不错，有崭新的电视机，超棒的毛毯，还有漂亮的浴室。镇上数我们的房间最干净，我们以此闻名。"他伸臂一挥，示意我欣赏柜台玻璃下面的旅客留言，尽是些精挑细选出来的表示满意的证词：

"我们的房间一定是城镇里最干净的！"

——A.K.奥德瓦克·福尔斯，Ky

"好家伙，我们的房间这么干净！地毯这么漂亮！"

——J.F.斯波特沃尔德先生和太太，俄亥俄。

都是诸如此类的东西。

我有点儿怀疑这些宣言的真实性，但是我累得没办法再返回来时的征途，因此只能叹口气说好吧，然后登记入住。拿了房间的钥匙以及一桶冰（花了加税42美元的价钱，我打算享受能得到的一切），便跟着他们去了我的房间。天哪！它可真是小镇最干净的房间。电视是全新的，毯子是长毛绒的，床舒服极了，而浴室也真是漂亮。我立刻为自己感到羞耻，并收回自己对店老板所有的坏念头，打算回头在留言簿上写上一笔：

"我竟然怀疑你，真是个自大的卑鄙小人。"

——B.B.先生，艾奥瓦，得梅因。

我吃了14块冰块，看了晚间新闻。之后电视里开始播放《盖里甘岛》的一段老故事，这是电视台给脑子还没坏掉的观众特意加上的，以刺激你赶快站起来做点别的更有用的事儿。我遵照行事，走到外面四处看了看。之所以选择在利特尔顿停车过夜，是因为我随身带的一本书提到这里景色如画。其实，如果利特尔顿能找出什么特色的话，便是非常非常不风景如画。这个城镇主要包括一条长街，街上大多是一些毫不起眼的房子，街中间有个超市的停车场，再过去几扇门，则是一家废弃加油站的空壳。这些，我想我们都会同意，都构不成风景如画。让人高兴的是，这个城镇还有别的优点。首先，这是我见到的最友好的小地方。当时，我去了一家名为"小镇主题"的饭馆，店里的客人们看到我都微笑着致意，收银小姐指给我放外套的地方，而女服务员（一位丰满的脸上有酒窝的小个子女士）则把我招呼得无微不至，所有人都坦然自若得好像集体服食了某种绝妙的镇静剂一样。

女服务员给我拿了张菜单，我犯了个错误：对她说了声谢谢。"不客气。"她说。一旦开了这么个头那可就没完没了了。她过来用一块湿抹布擦桌子。"谢谢。"我说。"不客气。"她回答。她又给我拿来一些裹在餐巾纸里的餐具，这次我犹豫了一下，但是仍然无法停下来。"谢谢。"我说。"不必客气。"她回答。然后她又送来了写有"小镇主题"字样的餐具垫，然后是一杯水，然后是一个干净的烟灰缸，然后是一小篮包着玻璃纸的咸饼干，而每次我们都互相交换了礼貌的问答。我点了份炸鸡特餐，等菜的时候，我不安地意识到邻桌的客人在盯着我，而且冲我笑得有点儿让我发毛。女服务员站在厨房门边也在看着我，这都让我心慌意乱。每隔不久，她就过来给我加满冰水，并跟我说我的饭菜马上就好。

"谢谢。"我会说。

"不客气。"她会回答。

终于，她端着一个桌面一般大小的盘子从厨房里走过来，开始把一盘盘的食物在我面前摆好——汤、沙拉、一大盘鸡、一篮热气腾腾的面包卷，看起来都美味无比，我突然间感到了自己已经饥肠辘辘。

"您还要点儿别的吗？"她问。

"不用了，这些就好，谢谢。"我回答，手握刀叉，正准备对食物发起猛攻。

"您还要点儿番茄酱吗？"

"不用，谢谢。"

"要不要再淋点儿沙拉酱？"

"不用，谢谢。"

"您的肉汤够吗？"

这儿有足够淹死一匹马的肉汤。"是的，肉汤很够了，谢谢。"

"来杯咖啡怎么样？"

"真的不需要了，这就很好了。"

"您确定不需要什么了吗？"

"呃，你只须马上滚一边去，让我好好吃我的晚饭。"我想这样说，但是当然没有。我只是甜甜地对她笑了笑，说："不用了，谢谢。"过了一会儿她便退下了。但是整顿饭，她都拿着一个盛冰水的水罐待在附近盯着我。我每喝一口水，她就会过来再把杯子加满。有一次我伸手去拿胡椒粉，她误解了我的意图，赶紧拿着水罐过来，之后又不得不退回去。此后，无论我的手因何离开了餐具，我都会向她用手势大致说明一下我要做什么——"现在我只是想给我的面包卷抹点儿黄油"——以免她再冲过来给我添水。自始至终，邻桌客人一直带着鼓励的微笑看我吃，让我真恨不得马上走就走。

最后，我终于吃完了，女服务员过来给我上甜点："来个馅饼怎么样？我们这儿有蓝莓、黑莓、覆盆子莓、波森莓、大越橘莓、小越橘莓、樱桃莓、绒毛莓、球球莓和甜甜莓。"

"天哪！不用了，谢谢，我太饱了。"我把手放在肚子上说，那里看上去就像是在衬衫下面塞了个枕头似的。

"那，来点儿冰激凌怎样？我们有巧克力丁、巧克力软糖、巧克力螺旋软糖、巧克力香草味软糖、巧克力坚果软糖、巧克力药葵蜜饯味螺旋软糖、巧克力薄荷加软糖丁、加或不加巧克力丁的两种奶油坚果。"

"你们有没有只是纯巧克力的？"

"没有，这种口味的很少有人点。"

"那我就不需要什么了。"

"那，来块蛋糕怎样？我们有——"

"真的不需要，谢谢。"

"来杯咖啡？"

"不，谢谢。"

"真的不要吗？"

"是的，谢谢。"

"好吧，我就给您再倒点儿水吧。"于是，我还没来得及让她给我拿账单，她就去拿水罐了。邻桌客人兴致盎然地看着这一切，笑容里好像在说："我们已经完全崩溃了。你怎么样？"

后来，我在镇子里走了走——就是说，从街道一边走过去，然后再从另一边走回来。就其规模而言，小镇能建成这样已经不错了，镇里有两家书店、一家画廊、一家礼品店和一家电影院。我走过时，人行道上的人都会冲我微笑。这让我开始担心起来，没有人——哪怕是在美国——如此友好。他们想从我这里得到什么？远远的大街尽头，有一家英国石油公司的服务站，这是我在美国看到的第一个跟英国有关的地方。我不知不觉有些想念英国，便走进去看了看，却看到里面没什么特别有英国味的东西，这让我很失望。柜台后的那个家伙甚至连小礼帽都没戴。他看见我往窗户里看，便冲我露出那种同样怪异、同样令人不安的笑容。我突然意识到那是什么了——这是外太空人的表情，就是B级电影里，某种外太空生物悄悄占领了一个偏远小镇，将其作为……"地球统治者"的第一块跳板时，就会露出这种怪异的、显然还带点儿邪恶的笑容。我知道这似乎难以置信，但是更疯狂的事已经发生了——老天！看看谁在当白宫的主人吧。我慢慢地闲逛回旅馆，一路上对所有擦肩而过的人都投以同样怪异的微笑，心想我应该和他们保持一致，以防万一嘛。"你永远不会知道，"我低声自语，"假如将来他们真的攻占了这个星球，会不会对一个如你这样才智的人网开一面？"

清晨，我很早就起床了，天色预示着这将是很美好的一天。我透过旅馆的窗子向外望，粉红的曙光已弥漫了天空。我迅速穿好衣服，赶在利特尔顿众声喧哗之前就上了路。出镇几英里，就越过了州界。总的说来，佛蒙特州比新罕布什尔州更葱绿、更整洁。山丘更为圆润柔软，颇像沉睡的动物。分散四处的农场看起来更加繁茂，草地蜿蜒曲折，一直延伸到起伏不平的山丘顶端，为那些柔美的山丘增添了某种高山的风味。太阳很快升上了高空，四周变得暖融融的。在一个俯瞰朦胧山丘的山脊上，经过一个写着"皮查姆，1776年建"的指示牌，前方便出现了一个村庄。我在一家红色的杂货店旁边停下车，走出车外四处看了看，附近没有一个人，可能是利特尔顿人夜间来到这里，把他们都弄到佐格星球去了吧。

走过皮查姆客栈（只有白色的墙板、绿色的百叶窗，没有任何生命的迹象），我信步往一座山丘走去，途中经过一座白色的公理会教堂和几幢睡意正浓的舒适房子。山顶有一片宽阔的绿地，其上立着一座方尖碑和一根旗杆，旁边则是一个旧公墓。微风袭来，旗杆上的旗子随之飘动。小山下面，是个宽阔的山谷，山谷过去，便是一连串苍绿色和棕褐色的山丘，像大海的波浪一般重重叠叠涌向地平线。山下，一座教堂的钟正在鸣响报时，除此之外则万籁俱寂。这是我见到的最完美的景点。我看了看那个方尖碑，上面写着

"皮查姆军人纪念塔，1869年"，下面刻着名字，都是标准的新英格兰名字，如伊利安·W.沙詹特、洛厄尔·斯特恩、霍勒斯·罗。一共有45个名字，对于一个丘陵上的小村庄来说，这当然太多了。绿地旁的那个公墓，相较于小镇的规模来说，也显得太大了。它占据了整个山坡，很多纪念碑都建得非常雄伟，暗示这里曾经的富庶。

走过公墓大门，我四处看了看，一座特别漂亮的石碑吸引了我的视线，那是一座立在花岗岩石球上的八边形大理石柱，柱上记录赫德家族及其近亲的逝世，从1818年的内森·赫德到1889年的弗朗西丝·H.贝门特。碑后还有块小牌，上面写着：

内森·H，1852年7月24日逝世，年仅4岁零1个月；

乔舒亚·F，1852年7月31日逝世，年仅1岁零11个月；

J.皮特金和C.皮特金夫妇之子。

究竟发生了什么事，我很困惑，什么事故让这两个小兄弟仅仅相隔一周便都离开了人世。发烧吗？在7月似乎不太可能。事故吗？一个当场死去，另一个则拖了一段时间？还是两件无关的事分别带走了这两个孩子？我想象着那对父母蹲伏在乔舒亚·F的床边，看着他的生命一点点儿地消逝，祈求上帝不要把他也带走，但希望仍然破灭了。造化真他妈的弄人啊！可不是嘛，举目四顾，看到的尽是失望与悲伤铭刻在石碑上："约瑟夫，伊弗里姆和莎拉·卡特之子，1846年3月18日逝世，年仅18岁""阿尔玛·福斯特，扎多克和汉纳·理查森之女，1847年5月22日逝世，年仅17岁"。这么多年轻的生命消逝了，独自走在这几百个沉寂的灵魂、耗尽的生命、一排排中止的梦想中，我感受到一种无法形容的忧伤。多令人伤感的地方啊！站在10月温暖的阳光下，我为这些不幸的人以及他们失去的生命深感悲哀，又不由得阴郁地想到人必死的命运，以及远在英国的我无比珍视的亲爱的家。当然我随后又想："好吧，去他妈的。"便下山回到车上去了。

向西穿过佛蒙特州，便进了格林山脉。山脉郁郁苍苍，呈圆形，山谷的土地看上去很肥沃。这里的光线似乎更柔和，更令人昏昏欲睡，也更有秋天的味道。这里到处色彩斑斓——有芥末黄加铁锈色的树，金黄加油绿的草场，还有巨大的白色谷仓和湛蓝的湖泊。路边不时冒出堆满南瓜、西葫芦和其他秋季瓜果的摊子，一路行来就好像是去往天堂的白日旅行。我在乡间路上到处闲逛，看到的小房子数量多得让人吃惊，有些房子比窝棚好不了多少。我觉得，在佛蒙特这样的地方，不大可能有多少工作机会。该州几乎没有什么城镇或者工业，最大的城市伯林顿，人口也不过才3.7万而已。在格罗顿郊外，我在一个路边咖啡馆停下来喝咖啡，一个年轻的胖女人带着三个脏兮兮的小孩，正在向柜台后面的女人大声抱怨自己的经济问题，我和其他三位顾客也有幸聆听了这番抱怨："我现在一小时才挣4美元。"她滔滔不绝地说着，"哈维，他已经在菲伯兹公司干了三年了，才刚刚获得第一次加薪，你知道他现在挣多少吗？一小时4美元65美分。不惨吗？我跟他说过了，我说：'哈维，他们根本就是在榨你的油。'但他对这个却一点儿都不在乎。"说到这里她停了一下，拿手背杵了杵其中一个孩子的脸。"我跟你说过多少次了，我说话的时候不要烦我？"她语调铿锵地质问小家伙，然后又以平静的语调，转过身对咖啡女士继续坦露了一长串哈维的其他缺点，那可是没完没了的。

仅仅一天之前，我在缅因州的一家麦当劳招工启事上看到，新招工人底薪是一小时5美元。哈维一定智力贫乏或者技能欠缺，没准两者兼有，才会连一个16岁的麦当劳汉堡小厮都比不上。可怜的家伙！更甚的是，他还找了这么一个邋遢粗野、屁股大如谷仓门的女人做老婆。我希望老哈维能够理性地欣赏上帝赋予他家乡的一切不可思议的美景，因为上帝好像并没有赋予哈维太多，连他的孩子们也丑得像罪恶本身。走出店门时，我几乎忍不住想用手给他们一下，那肮脏的小脸上有点儿什么东西，让你心痒难耐，禁不住想要揍他。

驱车继续向前，路上我不由得想到，美国真正美丽的地方，比如雾峰、阿巴拉契亚山以及现在的佛蒙特等，住的总是最穷、最没有文化的人，这实在是有点儿反讽意味。然而，接下来我到了斯托，意识到单就刚才的归纳总结来说，我简直是个白痴。斯托绝对不穷，这是个富庶的小镇，挤满了时髦的服装店和昂贵的滑雪度假小屋。事实上，这天剩下的大部分时间，我在格林山滑雪度假区四处参观时，几乎只看到财富和美丽——富有的人、富丽堂皇的房子、价格高昂的轿车、昂贵的休闲地、美丽的风景。我开着车在周围尽兴逛了一番，被这一切深深震撼，之后漫游到尚普兰湖（也是个漂亮至极的地方），就在刚越过纽约州边界的地方，悠然驶过该州的西部边界。

尚普兰湖下面，地形变得更为开阔，更少起伏，像是拉平床单的皱褶那样，一只奇妙的大手从边缘把那些丘陵一一给拉平了。有的小镇和乡村美得惊人，比如多塞特，是个非常精致可爱的小巧地方，周围环绕着一片椭圆形的绿地，到处是加了白色护墙板的漂亮房子，还有一个夏季游乐场、一座老教堂和一家特别大的客栈。然而，我觉得，这些地方唯一的问题在于，它们太完美，太富有，太雅皮士了。在多塞特，有间画廊叫"多塞特装裱"。这条路往前一点儿的本宁顿，还有一个叫"酒店房餐厅"的地方。每家客栈和旅馆的名字都很别致，可以说是生动如画：黑知了客栈、乡下佬之家、蓝莓客栈、老牛肉客栈，这些建筑外面的招牌还专门做成木头的，一切都煞费苦心地弄成古色古香的味道，总觉得有些矫揉造作。没过多久，我便开始觉得有种奇怪的压迫感，渴望看到闪亮的霓虹灯和带有古老家族姓氏的餐厅，比如厄尼排骨屋、齐威格纽约烧烤之类，橱窗上挂着几个闪亮的啤酒招牌，再有个保龄球馆或者露天电影院就更好了。其实一切可以显得更真实一点儿，但现在这样，使这地方看起来像是在曼哈顿设计好又用卡车运来的一样。

途中我还碰到这样一个村子，村子里大概有四家商店，其中一家是拉尔夫·劳伦精品店。我想象不出比住在这儿更糟的事情了，想想吧，在这里你能买到一件200美元的毛线衫，却买不到一罐烤豆。当然，其实我还能想象出很多更糟的事，比如患脑癌，一集接一集看琼·柯林斯主演的肥皂剧，每年必须到"主厨汉堡"至少吃两次饭，午夜喝水时发现喝下去的是奶奶泡假牙的水，诸如此类。但我想你能明白我的意思。

第十七章

　　我在纽约州卡茨基尔山北边的科布尔斯基尔（Cobleskill）度过了一夜，第二天早上就驱车赶到奥齐戈湖的一个小度假胜地库柏斯敦（Cooperstown）。库柏斯敦是詹姆斯·芬尼莫尔·库柏的家乡，小镇因库柏家族而得名。这是一个美丽的小镇，跟我在新英格兰见到的其他小镇一样美，且秋色更丰富多彩。主街两旁是方顶的砖砌房屋、古老的银行、一家电影院和几家家族式商店。我吃早饭的库柏斯敦餐馆，生意兴隆，店员亲切有礼，食物价格低廉，总之，餐馆该有的它都应有尽有。饭后，我决定到住宅区的街道上散散步，于是双手插兜，优哉游哉地踏着干枯的落叶走向湖边。镇上的房子看起来既古朴又可爱，很多大房子被改建成了客栈或高档的家庭式旅馆。清晨的阳光穿过树枝、树叶，在草坪和人行道上洒下点点光影。这个小镇和我在旅途中路遇的其他漂亮小镇一样，差不多可以说是理想镇典型。

　　库柏斯敦的唯一缺憾就是人太多了，到处都是熙熙攘攘的游人。把这些游人吸引到这个地方的是该镇最著名的机构——棒球名人纪念馆，纪念馆就坐落在小镇主街尽头那座浓荫匝地的公园旁边。我现在也到了这里，付了8.5美元的门票钱，得以进入大教堂般的大厅。对诸如我这样的棒球迷和不可知论者来说，踏进名人纪念馆，可能是我们最接近宗教经验的经历了。我静静地走过它那安静的、光线柔和的大厅，欣赏着那些神圣的球衣和在全美联赛中获得的纪念品。这里，完美地保存在玻璃柜中的，是"沃伦·斯班第305次获胜时穿的汗衫，当时他与埃迪·普兰克同为最杰出的左投手"。走廊对面则是"萨尔·马格利在1958年9月25日使用的手套，对阵菲利斯队缔造无安打纪录"。每个展柜前都有人在虔诚地注视或低声交谈。

有间屋子是画廊，里面陈列着纪念棒球史上每个重大时刻的画作。其中一幅作品画的是第一场在人造光源照明下进行的夜间职业赛，这场比赛于1930年5月2日在艾奥瓦的得梅因举行。这让我大为振奋，我还不知道得梅因在棒球史和光学史上曾经扮演过这么重要的一个角色呢。我在画上细细搜寻，看那位艺术家是否把坐在新闻记者席上的爸爸画了进去，但我立刻意识到，那时父亲只有15岁，正待在温菲尔德呢。这可有些遗憾。

在楼上的一个房间里，我差点儿抑制不住要大声欢呼：竟然有整整一柜子的棒球卡片！我和哥哥曾经很用心地搜集过这类卡片，还仔细地做过卡片目录。而爸妈在刚萌芽的阿尔茨海默病作祟下，在1981年进行阁楼大扫除时把这些卡片都给扫进了垃圾堆。我们曾经有保存得崭新的1959年发行的全套卡片（它现在大概值1500美元），我们有米奇·曼特尔和尤吉·贝拉还是新人时的卡片，泰德·威廉斯最后一年打击率达四成的卡片，还有纽约洋基队1956年至1962年历年的卡片。全部收藏品现在绝对能值8000美元——够了，不管怎样，这些钱足够让爸妈到阿尔茨海默病治疗所接受短期治疗了。但是没关系！我们都会犯错。正是因为每个人都把这些卡片给扔了，所以它们才会变得这么值钱。毕竟只有少数幸运儿，他们的爸妈没有把退休时间花在扔掉整个工作生涯中积累的东西。不管怎么说，再次看到这些旧卡片都是种幸福，恍如到医院看望老朋友一般。

名人纪念馆大得出奇，比在外面路上看起来大得多，显得极为壮观。我心满意足地漫步在这座纪念馆里，仔细阅读每一块解说牌，在每项展品前流连忘返，追忆着我的青春岁月，沉浸在幸福的怀旧中。等到重新回到主街时，我看了看表，惊异地发现已经过去了三个小时！

名人纪念馆隔壁有家商店，出售极棒的棒球纪念品。我们那个时代，能得到的只有锦旗和棒球卡片，以及球棒形状的劣质原子笔——通常用它第二次签下自己名字的时候，它就坏掉了。但是现在，孩子们能够得到带球队标志的任何东西——灯、毛巾、钟表、围毯、杯子、床单，甚至还有圣诞树装饰品，当然还得加上锦旗、棒球卡片以及第二次使用时就坏掉的钢笔。看到这些，我想我还从来没有为渴望重返少年而如此悲痛过呢。别的先不说，那意味着我能重新拿回棒球卡片，把它们藏到一个父母找不到的安全地方，等到了现在这个年纪，就能买一辆保时捷了。

这些纪念品把我迷得七荤八素，弄得我开始一件件往怀里塞，但接着就注意到商店里到处都有"请勿触摸"的标志，收银台上还贴着一张告示："不要靠在玻璃上——一旦打破，赔偿50美元。"在告示上写这种东西真是愚蠢，怎么可能指望孩子们来到这样一个到处都是好东西的地方，而不去碰碰它们？这让我大为光火，就把本来要买的东西都放到柜台上，跟那个女孩说我根本就不想要。没准儿这也挺好，我还真不能确定老婆是否会想要圣路易斯红雀队的枕头套呢。

名人纪念馆门票还包括位于小镇旁边的"农夫博物馆"的入门费，那里有几打老房子（一间校舍、一家酒馆、一座教堂以及类似的其他东西）伫立在一大片空地上。有趣的程度大概跟听起来一样吧，但既然已经买了票，我觉得就有义务去看看。不为其他，徜徉在下午的阳光中也是一种享受嘛。后来嘛，我得说能够开上车再次起程那可真是如释重负啊。我离开小镇时已经是下午四点多，花了好几个小时才穿越纽约州，穿过风景迷人的萨斯奎汉那山谷。山谷非常迷人，尤其是在一年中这一天的这个时候，西瓜形状的小山，金黄色的树林，宁静的小镇，都沐浴在这秋日下午柔和的光线之下。为了补偿我在库柏斯敦度过的漫漫长日，我便比平时停车更晚。在埃尔迈拉郊区一家旅馆停下来过夜时，已经是晚上九点多了。

我直接出去吃晚饭，但几乎每个地方都关门了，最后只能在一家保龄球馆的附属餐厅解决。这明显违背了"布莱森陌生城镇吃饭守则"第三条，虽然一般来说，我并不主张事事遵循原则（这也是我的一种原则），但是我确实给自己定下了公共场所就餐六大守则，而且力图贯彻始终，它们是：

1. 绝不在展示食物照片的饭店吃饭。（但如果你非要去，就绝不要相信那些照片。）

2. 绝不在贴厚墙纸的饭店吃饭。

3. 绝不在保龄球场的附属餐厅吃饭。

4. 绝不在能听到厨房谈话声的饭店吃饭。

5. 绝不在有现场表演且名字中有汉克、节奏、摇摆、三人组、爵士乐团、夏威夷及波尔卡等字眼的饭店吃饭。

6. 绝不在墙上有血迹的饭店吃饭。

不管怎样，这个保龄球馆餐厅还算可以接受。隔着墙壁，我能听到保龄球瓶倒地的辘辘碰撞声，以及本镇美发师和一群油头小子的晚间嬉闹声。我是这家饭店唯一的顾客，事实上，我显然也是阻隔女服务员们回家的唯一路障。我还在等着上菜时，她们就清理了其余的桌子，拿走了烟灰缸、糖碗和桌布。于是过了一会儿，我发现自己竟独自一人待在一个大房间里进餐，独自一人对着一块白色的桌布和一支在小红碗里摇曳的蜡烛，周围则是一大片单调的塑料桌面。

女服务员们都靠墙站着，盯着我咀嚼。过了一会儿，她们开始窃窃私语，并开始偷笑，而且仍旧盯着我。坦白说，我真觉得浑身不自在。也许只是我的想象，但我确实感觉有人正一点点转动关灯旋钮，以至于房间里最后几乎没了亮光。吃到最后的时候，我几乎只能靠触觉和把头低得差不多挨着盘子才能发挥作用的嗅觉找到饭菜了。最后，用餐快要结束的时候，我想喝点儿水，但就在我只是停下来去摸摇曳的蜡烛旁边的冰水杯时，女服务员把盘子一把抽走，迅速把账单放在了我面前。

"还要点儿别的吗？"那语气暗示我最好别要。"不了，谢谢。"我礼貌地回答，用桌布擦了擦嘴——餐巾早不知道掉到什么昏暗的地方了，于是我的守则上又加上了第七条：绝不在饭店只剩10分钟就要打烊时去吃饭。其实，我从来不会真正介意饭店服务太差，服务差才好啊，不给小费就不会于心不安了。

早上我醒得很早，情绪很是消沉。当你一睁开眼就意识到眼前不会有琐屑简单的日常生活带来的心满意足，而是得面对没有丝毫喜悦感的一天——驾车越过俄亥俄州，低沉的情绪立刻就会压倒你。

我叹口气起床了，像老头儿似的在房间里蹒跚挪步，收拾东西、洗漱、穿衣，然后毫无热情地上了路。向西穿越了阿勒格尼山脉，然后进入宾夕法尼亚州的一个古怪小角落。在纽约州和宾夕法尼亚州之间，有200多英里的边界呈直线，但在西北角，就是我现在所在的地方，却突然向北凸出，好像绘图人的胳膊被撞了一下似的。这点儿小小的不规则起初是为了让宾夕法尼亚州有通伊利湖的出口，这样它就不必经由纽约州了。200年后的今天，它成了一种遗迹，提醒我们那时候各州对联邦发挥职能是多么不信任，其实联邦是很了不起的成就，只是如今通常不为人所认可罢了。

在宾夕法尼亚州边界内，我车轮下的公路与第90号州际公路合而为一，成为横穿美国北部的主干道。从波士顿到西雅图共有3016英里，一路上碰到很多长途旅客。你永远可以一眼认出长途旅客，因为他们看起来像是好几个星期都没下过汽车似的。只需要在他们经过时瞟上一眼，就足以看见他们已经开始把车厢当家了——车厢后面挂着几件洗过的衣物，窗户上残留着外卖饭菜的痕迹，到处散落着书、杂志和枕头。前面车座上总会有个胖女人大张着嘴酣睡，后面则有一群发着狂的孩子。两车交错时，你可以和那当爸爸的交换下沉闷中不乏同情的眼神，互相看看车牌照，比较一下各自离家的远近，感受下羡慕或同情。我甚至看到了一辆挂着阿拉斯加牌照的汽车，简直难以置信。以前我从没看到过来自阿拉斯加的车，那人肯定开了4500英里以上，相当于从伦敦开到了赞比亚。这辆车的司机是我平生所见模样最为孤苦之人，车子内外不见一丝一毫妻子儿女的痕迹。现在想来，没准是他把她们都给杀了，然后把尸体藏在了后备厢里。

半空中飘着蒙蒙细雨，在州际公路上开车经常会精神恍惚，而我，现在就正处于这种状态。过了一会儿，伊利湖在车身右边出现了。像所有的大湖一样，它的面积巨大，与其说是湖，不如说更像一个内陆海。从西到东长达200英里，宽约40英里，25年前就已宣称是个死湖了。沿着湖南岸行驶，看着眼前浩瀚无边的灰白色，这景象也实在是非同寻常。人这么渺小的东西，居然能毁掉大湖这样的庞然大物，似乎是根本不可能的事。但我们确实把它毁掉了，仅仅花了差不多100年的时间。这得感谢那些漏洞百出的企业法，以及克利夫兰、野牛城、托莱多、桑达斯基之类的煤灰、沙尘中心，它们对自然的过度贪婪，使伊利湖仅仅历经三代就从一汪碧水变成了一个大便池。克利夫兰是罪魁祸首，它有一条河叫凯霍加河，其实可以说是由化学物质和半分解的固体构成的缓慢流动的稠浆。看起来简直就像燃料，有一次果真着了火，大火一发不可收拾，足足烧了四天。我想这也称得上是非同寻常的成就了。据说现在情况有所改善，根据《克利夫兰自由报》的一则新闻特写（我在阿什特比拉附近停下来喝咖啡时看到了它），说是一个叫作"五大湖水质管理委员会国际联合调查组"的官方组织（名字可够长的），刚刚发布了关于伊利湖水质的检查报告，宣称与上一次检测时的1000多种化学物质相比，这次在湖水中仅仅发现了362种。但在我看来，这个数字仍然大得可怕。太令人诧异了，我看到竟然有一对垂钓者站在岸边，他们在细雨中弯下腰，用长长的钓竿将钓鱼线甩到绿色的墨黑湖面，可能他们是在钓化学物质吧！

在令人心烦的雨丝中，我开车穿过了克利夫兰的远郊，沿途看到许多城镇的牌子，名字都叫什么什么高地：里士满高地、梅普尔高地、加菲尔德高地、夏克尔高地、尤尼弗西蒂高地、瓦伦斯韦尔高地和帕尔马高地。令人好奇的是，周围地形的显著特征却正是缺乏高度。显然，克利弗兰认为的高，在其他地方看来根本不值一提。不知为什么，我对此丝毫不觉得奇怪。再往前走一会儿，90号州际公路变成了克利弗兰纪念海滨公路，路线随弯曲的海湾而蜿蜒起伏。雪佛兰的雨刷催眠似的摆动着，其他汽车嗖嗖经过时溅起了水花，车窗外面，伊利湖变得大而模糊，渐渐隐没在远方朦胧之中。前方渐渐出现了克利夫兰市区高大的建筑，就像被超市里自动传送带传送那样，这些建筑向着我徐徐而来。

克利夫兰一向有外观丑陋、脏乱无趣的名声，虽然他们说现在已经好多了。我说的"他们"，是指像《华尔街期刊》《财富》

《纽约时代周刊》等严肃刊物的记者。"他们"每五年到这里一次，然后刊出长篇报道，标题就像《克利夫兰卷土重来》《克利夫兰的新生》之类。没人读这些文章，我更不读，因此无法判断克利夫兰比过去好的说法是对还是错。这些说法不太可信，而且结论主要来源于今昔对比。我能说的是沿高速公路越过凯霍加河时看到的景象，那里到处是冒着黑烟的工厂，看起来怎么也说不上干净或者漂亮。我也不能说该市别的地方也同样是这样引人注目。克利夫兰的境况可能有所改观，但所谓"新生"云云，则显然是夸大其词。不知为什么，我不禁猜想，如果德·乌比诺公爵活过来，被丢到克利夫兰闹区，他没准会说："天啊，我被抛进了15世纪佛罗伦萨的梦里了，这里有好多财宝啊。"

接着，很突然地，我就出了克利夫兰，开上了詹姆斯·W.肖克尼西俄亥俄收税公路，四周是克利夫兰和托莱多之间绵延起伏的空旷乡村荒野，此时公路恍惚症又悄悄侵入，为了缓解沉闷，我打开了收音机。其实我整天都在把它开了关，关了开，听一小会儿，又绝望地放弃。除非你曾亲身感受，否则你很难想象那种在三小时内第14次听到老鹰乐队的《加州旅馆》所带来的绝望感觉，你能感觉到脑细胞正一个个哔波哔波地死去，而那些DJ更让人难以忍受，还有比他们更愚蠢、更招人厌恶的人种吗？南美洲有种叫雅那玛诺斯的印第安部落，他们落后得甚至不能数到三，其计数方法是："一、二……噢，天哪，一大堆。"显而易见，DJ们有更高的穿衣打扮能力，有更多的社交技巧，但我想就智力水平来说，二者真是半斤八两。

我再三地在电波中搜寻，希望找到点儿可听的东西，可什么也找不到。并非我要求太高，我只是想找一个电台，里面不会一直播放快乐的还不到青春期的女孩演唱的歌曲，不会雇每六秒钟就得"嘿——"一次以上的DJ，也不会一直告诉我耶稣有多爱我。但是这样的电台根本就不存在，即便是找到了些凑合能听的，开出10到12英里之后声音就渐渐微弱了，我正愉悦地静听的披头士老歌也就逐渐被一个半疯狂男人的声音所取代，那声音正大谈《圣经》，告诉我主是我的朋友。

美国有很多广播电台，特别是在穷乡僻壤之地的，简直又小又简陋得可笑。之所以知道这个，是因为我十几岁时曾在得梅因的KCBC电台帮过忙。KCBC电台拿到了转播艾奥瓦橡树队职业棒球联赛的合约，但各啬得不肯派体育解说员（一个叫作史蒂夫·夏农的可爱小伙子）随队采访。所以，每次橡树队职业棒球联赛在丹佛或俄克拉何马市或不管哪里比赛，我和夏农就得赶到KCBC的播音室（其实只是一个简陋的锡皮屋，在得梅因东南部某块农田里的一座高耸的发射塔旁边）。就是在那里，夏农假装正在奥马哈现场向听众播报赛事。古怪透顶。每两三个回合，球场上就会有人给我打电话，对比赛的概况简单描述一下，我就把它潦草地写在记分簿上，然后递给夏农，以这个作底，他就能说上两小时。

那可真是非同寻常的经历，在热得冒烟的8月的夜晚，坐在一间没有窗户的小屋里，听着外面蟋蟀的叫声，看着一个男人对着麦克风侃大山，吹嘘着类似这样的话："噢，这是奥马哈的一个凉爽的夜晚，从密苏里河那头吹来了阵阵清风。今天晚上有一位特别来宾——沃伦·特·莱格雷斯州长，我看见他和他年轻漂亮的妻子——博比·雷坐在一起，就在我们记者席下面的一个包厢里。"
夏农在这方面是个天才。我记得，有一次球场那边没有打来电话
（那家伙被锁在厕所里或是出了别的什么意外），夏农没有东西可
以提供给听众，所以他便用一场突如其来的倾盆大雨推迟了比赛，
尽管上一刻他还在说那是一个美好无云的夜晚。接着他一边播放音
乐，一边打电话给球场，哀求某人告诉他赛场情况。还真是有趣，
我后来从什么地方看到，说是罗纳德·里根年轻时也在得梅因当过
体育播报员，也发生过一模一样的情况。里根当时的处理，是让打
击手一个劲儿干些非常难以置信的蠢事——在超过半小时的时间里
一再击球犯规——还假装这没有什么难以置信的。根据这些，你可
以联想一下，作为总统他是如何治理国家的。

　　傍晚，我碰巧听到了一则俄亥俄州的克鲁巴基特或某个类似电
台播报的新闻。美国电台的新闻通常长约30秒，内容与此类似："克
鲁巴基特的一对年轻夫妇——德韦恩及旺达·德雷里——和他们的
七个孩子——罗尼、朗尼、康妮、唐尼、邦妮、约翰尼和塔米，在
一场大火中丧生，起因是一架轻型飞机在他们的房子里坠毁并爆炸
起火。消防队长沃尔特·恩伯斯称，还不能排除纵火的可能性。在
华尔街，股市出现了有史以来的单日最大跌幅，下跌了508点。克
鲁巴基特地区天气预测：晴天，降水概率为2%。你正在收听的是
KRUD广播电台。更多摇滚，更少废话。"接着就响起老鹰乐队的
《加州旅馆》。

　　我盯着收音机，怀疑刚才的第二条消息是否听错了。股票有史
以来的最大单日跌幅？美国经济的崩溃？我调了调收音机，找到了

另一段新闻："……但参议员蓬坦否认他使用四辆凯迪拉克和到夏威夷旅游与建设新机场的1.2亿美元合约有任何关联。在华尔街，股市遭遇了历史上最大的单日跌幅，仅在短短三个小时内就下跌了508点。克鲁巴基特地区的气象预测是阴天，降水概率为98%。接下来是来自老鹰乐队的更多音乐。"

美国经济正在土崩瓦解，我能得到的却只有老鹰乐队的歌曲。我把旋钮转了又转，心想什么地方一定会有人对这新一轮大萧条的序曲进行专题报道，而不只是顺口一提，确实有人，谢天谢地，是CBC（加拿大电台，它有一个发人深思的好节目叫《时事追踪》），整个晚上都在谈论华尔街的崩溃。我要让你们——读者们——想想这对美国公民是多大的讽刺：在自己国家旅行，却得转到一个外国电台，才能听得到国内年度最重要新闻的细节。为公平起见，我还得说，我后来被告知，美国公共广播网（可能是发达国家中经费最短缺的广播机构）也对该崩溃作了长时间的专题报道。我猜测很可能是坐在农田里的锡皮屋内的某人，照潦草地记在纸上的记录念出来的吧。

在托莱多，我上了75号州际公路，向北驶进密歇根州，朝迪尔伯恩（Dearborn）驶去。它是底特律市的一个郊区小镇，我准备在那儿过夜。刚做好决定，几乎同一时间，我就发现自己陷进了一团杂乱，到处是仓库、铁路线和通向远处汽车工厂的巨型停车场。这些停车场面积巨大，挤满了车，我几乎认为那些工厂生产汽车的目的没准就只是要把停车场装满呢，这样也就顾不上顾客的需要了。巨大的停车场之间，交错其中的是高耸的高压电力塔。如果你看到世界各国的电力塔像外星人的入侵军队一样向地平线进军，于是很想知道它们结局如何的话，答案就是它们全都聚集在托莱多北方的平原上了，在这里把装载的电流都装进了一大群电力变压器、二极管和其他装置里，这些东西看起来都像是电视机的内部机件，只不过规模当然要大得多。开车经过的时候我感觉地面在颤抖，觉得简直像有静电扫过汽车，搞得我脖颈后面的毛发都在轻轻颤动，接着在我的腋窝里留下一种奇怪的满足感。我几乎想在下一个十字路口掉转车头，返回去再嗑一次药。可是天色已晚，只能继续赶路。有那么几分钟，我觉着似乎闻到了肉的焦煳味，于是一个劲儿地摸自己的头，这可能是一个人在车里面待得太久的结果吧。

在托莱多和底特律中途的小镇门罗，路边竖了一个大标志牌：欢迎来到门罗——卡斯特将军的家乡。再过1英里或者更长一点儿的路程，又有一个更大的标志牌，写着"门罗，密歇根——懒小子家具之乡"。天啊，我想，难道刺激的事永没有尽头吗？但它结束了，接下来的旅程中再没有任何戏剧性事件了。

第十八章

留在迪尔伯恩过夜有两个原因。首先，它意味着我不必在底特律——全国凶杀案发生率最高的城市——过夜。1987年，该市有635名杀人犯，比例为每10万人中就有58.2名杀人犯，是全国平均数的8倍。仅仅青少年犯罪部分，就有365起枪击案的枪手和受害人都不满16岁。我们正谈论的，是个残暴的城市——但仍然非常富裕。一旦哪天美国的汽车工业崩溃，简直不敢想象迪尔伯恩会变成什么样子，大家恐怕都得扛着火箭炮自保了。

我来迪尔伯恩的第二个、也是更迫切的原因是，我想看看亨利·福特博物馆。小时候父亲曾带我们来过，至今仍然难忘。吃过早饭后，我就直接去了那里。亨利·福特把晚年都耗费在购买重要的美国文物上，他一车一车地买进，又一箱一箱运到自己的博物馆，博物馆就在福特汽车公司烤漆装配工厂旁边。博物馆外面的停车场很大——足以把前一天我看到的那些工厂的停车场比下去，但在这个季节，却只停了少数几辆车，大部分还是日本车。

我走进去，不出所料，门票贵得吓人：成人15美元，儿童7.5

美元，美国人显然很舍得为娱乐花大钱。我不情愿地付了入场费，然后走进去。但几乎从踏入门口的那一刻起，我就被迷住了。其一，它的规模几乎让人难以呼吸，你发现自己置身在一个占地12英亩的厂棚里，里面摆满了各种最难以形容的东西：机械、火车、电冰箱、亚伯拉罕·林肯的摇椅、约翰·F.肯尼迪遇刺时乘坐的轿车（不，汽车地板上一点儿脑浆都没有）、乔治·华盛顿的竞选箱、汤姆·森姆将军华丽的迷你台球桌、装有托马斯·爱迪生最后一口气的瓶子。我觉得最后一件物品尤其让人难以忘怀，除了有点儿可笑的病态和感伤之外，他们怎么知道哪次呼吸是爱迪生的最后一口气呢？我脑补出这样一幅画面：亨利·福特站在临终床边，一次又一次把瓶子放在爱迪生的脸上，不停地问："是这口吗？"

这一度是史密斯博物馆的做事方式，应该也是——储藏间和旧货铺的混合物。就好像哪个清扫天才将所有国民的记忆细细整理了一遍，将美国生活中所有显赫的、美好的以及值得喜爱的东西都送到了这里。这里有可能找到我年少时的每样东西：旧漫画书、饭盒、泡泡糖卡片、《迪克与简》读本，还有一个热点牌炉灶，就像我妈妈用过的那一个，一台汽水销售机，就像曾经摆在温菲尔德台球馆前面的那台。

那里甚至还有一组牛奶瓶，与莫里西先生（一个耳聋的送奶工人）以前每天早上送到我们家的那些十分相像。莫里西先生是美国最吵闹的送奶工人，他大概有60岁，戴着一个很大的助听器，总是带着他忠实的狗——斯基伯，他们会像时钟一样在黎明前到达，你知道，牛奶必须趁早送，因为在中西部地区，太阳一出来，牛奶很快就会变质。你永远知道什么时候是早上5点30分，因为莫里斯先生会在此时到达，全力以赴地吹着口哨，叫醒附近街区所有的狗，这让斯基伯变得非常兴奋，一个劲儿狂吠不止。因为耳聋，莫里斯先生好像注意不到自己的声音，但你能听到他抱着装牛奶瓶的箱子在你家后阳台叮叮当当地走动，对斯基伯说着："哦，不知道布莱森家今天要什么！咱们来看看……四夸脱的脱脂牛奶，还要点儿乡村乳酪。噢，斯基伯，你他妈的相信吗？我把乡村乳酪忘在那该死的卡车上了！"然后你就从窗口看出去，赫然看到斯基伯正在你的自行车上撒尿，附近的房子纷纷亮起了灯。没人想让莫里斯先生失业，因为他是个不幸的残疾人，但是当弗林牛奶场在1960年左右由于经济因素停止送货上门时，我们是市里少数没有强烈抗议的街区之一。

走在博物馆里，我突然对亨利·福特和他搜罗一切的本能深感敬慕。他可能是暴徒和反犹分子，但他也的确建了一座极好的博物馆。我很高兴在诸多纪念物中待了几个小时，但厂棚还只是博物馆的一小部分，外面有一整座村庄——一个小镇——包括80位美国名人的家，都是真实的，不是复制品。福特走遍全国，搜罗到他最钦佩的人的住宅和操作间——包括托马斯·爱迪生、哈维·费尔斯通[1]、卢瑟·伯班克[2]、莱特兄弟，当然还有他自己。他把这些都装箱运回迪尔伯恩，建造了这个占地250英亩的梦幻之地——一个精华版的美国小镇，一个优美如画、没有开始也没有结束的社区，每栋建筑里都住着一个天才（差不多都是白种人、基督徒、来自中西部

1　美国第二大轮胎和橡胶公司创始人。
2　美国著名园艺培育专家。

的男性天才）。在这个有着宽广的绿地、可爱的店铺和教堂的完美地方，幸运的居民可以打电话给奥维尔和威尔伯·莱特兄弟要副自行车内胎，去费尔斯通农场买牛奶和鸡蛋（还不能去买橡皮——哈维还在研究它呢！），向诺亚·韦伯斯特[1]借本书，打电话向亚伯拉罕·林肯咨询法律问题，假如他没有忙着为查理·斯坦梅茨申请专利或是忙着解放住在街对面小屋里的乔治·华盛顿·卡弗的话。

它确实相当迷人。首先，像爱迪生的操作间和员工宿舍这样的地方，都被小心翼翼地保存着，这样你就能确确实实地明白那些人是如何工作和生活的。再者，把这些房子集中在一起，也确实有着不可否认的便利。否则，百万年后谁会到俄亥俄州的哥伦比亚那儿去看哈维·费尔斯通的出生地，或者到代顿看莱特兄弟的生活地呢？反正我不会，老兄。最重要的是，将这些场地放到一起，让你意识到美国发展过程中曾经拥有多么难以置信的创造力，因为现实的商业开创力而产生了多少天才（常常带来巨大到无法比拟的财富）。现代生活中有多少舒适和愉悦是从美国中西部诸小镇诞生的啊！这让我颇感自豪。

我先向北，再向西，穿越了密歇根州，一路上仍沉浸在博物馆带来的愉悦回味中。经过兰辛和大急流城，进入马尼斯蒂国家森林，几乎走了100英里远，我才知道进入了森林。密歇根州的形状像一只隔热手套，让人兴奋的程度也跟这个比喻差不多。马尼斯蒂森林既茂密又单调——尽是无穷无尽的整齐划一的松树——横贯其间

1　美国辞典学家，《韦氏词典》的创始人。

的公路也是又平又直。偶尔能在林中看到间小屋或是一片小小的湖面，而这都只是在树丛中一掠而过，大部分路段都没有什么特别之处。城镇非常少，而且大都又破又脏——只有稀稀落落的住宅和丑陋的组合式建筑，人们在城镇里建造和出售丑陋的组合式小屋，使得大家都能买下一点儿丑陋，然后带到森林中去。

过了鲍德温，道路变得更宽，路面更空旷，商业更萧条。在马尼斯蒂，公路朝着密歇根湖延伸而去，然后沿湖岸时远时近地蜿蜒几英里，穿越了一些可爱的小社区，大都是些已经用木板挡住门窗的夏日别墅——皮尔伯特、阿卡迪亚、埃尔伯特（"出色之地"）、法兰克福。在恩派尔，我停下车来欣赏密歇根湖。天气出奇地冷，大风从70英里外的威斯康星州吹来，掠过银灰色的湖水，掀起了白色的浪花和涟漪。我试图散散步，但仅仅在外面待了大约5分钟，咆哮的风就迫使我又钻回了汽车。

于是我继续向前开，到了特拉弗斯城（Traverse City），这里的天气稍稍温和了一些，可能是因为这个地方比较隐蔽吧。特拉弗斯城看起来像一座美丽的老城，好像1948年以来就没有丝毫变化似的。小城里有一家古老的伍尔沃斯连锁店，一家J.C.彭尼连锁店，一家名叫"国家"的老电影院，还有一家老餐厅——"悉尼"，有黑色的高背座和一个长长的冷饮柜。这样的地方你再也看不到了。我在老餐厅里喝了咖啡，感觉很不错，很高兴拥有这段经历。随后，我继续沿路北上，车轮下的路先是沿着大特拉弗斯湾的一边往上，然后又沿着另一边向下，因此你一直能看到要去的地方和刚离开的地方，有时路往里拐，经过几英里的农庄和樱桃园，然后又移回水边。下午时光慢慢消逝，风逐渐停息，太阳露出脸来——一开始还犹抱琵琶半遮面，有如一位害羞的客人，接着就久留下来，波光粼粼的湖面闪着蓝色的亮光。远处的水面上（大概20英里之外），乌云裹挟着大雨开始向湖面倾泻，就像天空中落下了一幅灰白色的帷幕。再往上看，一弯朦胧的彩虹横在天边，美得无法形容。我看呆了，一路就在这种痴迷中前行。

刚入夜，我就到达了麦基诺城（Mackinaw City）。该城在隔热手套的指尖，也是密歇根湖南岸和北岸合拢在一起，形成麦基诺海峡之处。麦基诺海峡将密歇根湖与休伦湖分隔开来，一座长达5英里的大桥又将二者连接起来。麦基诺城——这个词构成得相当随意——是个零落而不显眼的小镇，挤满了礼品店、汽车旅馆、冰激凌店、比萨屋、停车场以及经营往返麦基诺岛渡轮的公司。几乎全部商家，包括旅馆，都由于冬天之故而关门停业。看着休伦湖岸边的"假日酒店"似乎还在开门营业，于是我走了进去，按了桌铃。走出来一个年轻小子，对有客人造访显得相当意外。"我们正打算歇业过冬呢，"他说，"事实上，大家都出去吃晚餐庆贺去了。不过，如果你需要，我们还有房间。"

"多少钱？"我问。

他看起来像从半空中抓了个数字似的。"20美元吧？"他说。

"听起来还不错。"我说，接着登记住宿。房间小而整洁，而且有暖气，真是不错。我走出门转了一圈，想要找些东西吃。才刚刚七点多一点儿，但天已经黑了，寒冷的空气让人感觉是在12月而不是10月。我能看见自己呼出的气息。待在这样一个有这么多房子却这么死气沉沉的地方，真是感觉很怪异。就连麦当劳也停止营业了，橱窗里还挂着个牌子，祝我冬日愉快。

我朝着谢普勒渡口（其实只是一个带棚的大型停泊场）走过去，看看早上到麦基诺岛的航班几点启程，这正是我在这儿停留的原因所在。11点有班船。我站在码头旁边，脸迎向风，朝休伦湖远处凝视许久。麦基诺岛在休伦湖中几英里远处，就像一艘发光的游船。近处，还有座更大的，但没有灯光的博伊布朗克岛，圆圆的，黑乎乎的一片。左边，横跨海峡的麦基诺大桥光华灿烂，亮得如同圣诞节的装饰灯，灯光照亮了水面的每个角落。好奇怪，这么一个一无所有的小镇，却有着如此美妙的景观。

我在一家空荡荡的餐馆吃了晚餐，然后在一家门可罗雀的酒吧喝了点儿啤酒。这两个地方都开了暖气，感觉很棒、很舒适，外面的风击打着窗上的玻璃，发出呜啪呜啪的声音。我喜欢这个安静的酒吧。美国的许多酒吧大都灯光昏暗，挤满了忧郁的人——人们独自喝着酒，盯着前方，丝毫没有欧洲酒吧里那种惬意的咖啡屋气氛。通常来说，美国的酒吧只是一个能灌醉自己的昏暗的地方。我不太喜欢这种地方，但这家还可以，舒适、安静，灯光恰到好处，我还可以坐下来读点儿东西。没过多久，我自己真的开始飘飘然起来，但这也还可以。

次日早上我早早醒来，用手擦了擦满是水汽的窗户，看看外面是什么天气。答案是：不是好天气。满世界都是夹冰的雪，像一场白色虫灾，在风中四处飞舞。我打开电视，爬回温暖的床上。本地的PBS电视台开始播放了，PBS是公共广播系统，以前我们称之为教育电视台。它本应该播放一些高质量的节目，但囿于经费，所以播出的大都是BBC制作的由苏珊·汉普夏尔主演的情节剧和本地大概花费12美元制作的节目，诸如烹调示范、宗教讨论以及本地中学摔跤比赛之类。大部分时间都没什么可看的，且每况愈下。事实上，我看的这个台正在播放募款节目。两个着装随意的中年男人坐在转椅上，正在请求大家慷慨解囊，两人之间的桌子上摆着两部电话。他们试图让自己看起来自信而愉快，但眼睛里却流露着绝望。

"如果你的孩子再也没有《芝麻街》可看，这不是太悲惨了吗？"其中一人对着镜头说，"所以来吧，爸爸妈妈们，给我们打个电话吧，现在就捐款吧。"但是没人打电话。这两个人就彼此大谈PBS所有的精彩节目，这样的交谈明显已经进行一段时间了。过了一会儿，其中一人接了个电话。"我刚接了第一拨电话，"放下电话时他说，"电话是特拉弗斯城的梅兰妮·比托斯基打来的，今天是她的四岁生日。生日快乐，亲爱的。但下次你或者别的小朋友打电话的时候，请你们的爸爸或妈妈资助一些钱好不好，甜心？"这两个人明显是在为自己的饭碗哀告，但整个北部密歇根都对他们的哀求听而不闻。

我一边洗澡、穿衣服、收拾行囊，一边还注意着电视屏幕，看看有没有人捐款，一个都没有。我关电视时，其中一人正带着一丝恼怒说："现在，来吧，我不相信没有人在看我们这个节目，一定有人已经醒了，一定有人想要维护高质量的公共电视，为他们自己，也为他们的孩子。"但是，他错了。

我在前一晚吃饭的地方吃了顿丰盛的早餐，看看已完全无事可做，我就去了码头，站在那儿等渡船。风已经停息，最后的几片雪落到地上就融化了，不久就完全停了。到处是滴答滴答的滴水声，从屋顶上，从树枝上，从我身上，都在往下滴水。才10点钟，码头上毫无动静，只有我那辆雪佛兰披着一层冻雪，孤零零地伫立在偌大的停车场里。我开始信步走动，先是走过那个古老的麦基诺堡垒遗址，然后走过住宅区的街道，街两边没有树，只是草坪和只有一层的低矮平房。大概40分钟后，我回到码头，雪佛兰已经有了些同伴，一大群人——至少二三十人——已经上了渡船。

我们排排坐在一个小仓房里。水翼发动了，发出类似真空吸尘器一样的噪声，渡轮转弯滑向休伦湖那片暗绿色的水面。休伦湖上波涛起伏，就像是一锅水在低温加热下翻滚，但是航行很平稳。我周围的人都莫名地兴奋起来，他们一直站着照相，还指这指那地彼此欣赏，我不由得想到，也许他们中很多人从没上过渡船，甚至连岛屿都没见过吧，至少没见过大得能住人的岛，怪不得这么兴奋呢！我也很兴奋，但原因不同。

我曾经来过麦基诺岛。大概四岁时，爸爸带我们来过，我一直珍视着这段记忆。事实上，那可能是我最早的清晰记忆。我记得它有一家白色的旅馆，有着长长的走廊，成片的花，在7月的阳光下，让人眼花缭乱；我还记得山上有座大堡垒，岛上没有汽车，只有马车，岛上到处都是马粪，我还踩到了一些，热乎乎、黏糊糊的，妈妈一边刻意保持沉默，一边用小树枝和克里内克丝面巾纸替我擦净了鞋。她刚把鞋套回我脚上，我往后一退，结果另一只鞋踩到了更多的马粪，即便这样她也没有发脾气。我妈妈从不发脾气，你知道，她也从来没有快乐到翻跟头的程度。但她从不大声叫喊、厉声说话或看起来像在拼命压制中风的样子，而我自己却经常那样——比如说当孩子们踩到什么热乎乎、黏糊糊的东西（他们老干这种事）的时候。而我妈妈当时只是有那么一刻流露出一点儿倦容，随后就对我笑笑说，还好她爱我，那倒是真的。我妈妈，她是个圣人，尤其是在事关马粪时。

麦基诺岛只不过是个小岛——大约5英里长、3英里宽——但像大部分岛一样，当你置身其上的时候，它看起来要大一些。1901年之后，任何汽车或机动车辆都不允许上岛，于是，当你迈出渡船走到主街上，你会发现街头候着一溜儿马车——精致漂亮的马车是载客到格兰德酒店的，敞篷的四轮马车是载客进行昂贵的环岛游的，还有一种雪橇是运送行李和货物的。麦基诺村和我记忆中一样完美无瑕，陡峭的主街旁，是一列白色的维多利亚式房屋；通往麦基诺堡垒的陡坡上，一些舒适的小木屋沿坡而建。麦基诺堡垒是在1780年为保卫海峡而建造的，现在仍屹立在那里保卫着小镇。

在小镇四周漫游，你得不停地在一堆堆的马粪中找路。没有了汽车的喧嚣，小镇被铺天盖地的寂静笼罩。整个小岛就像是正处于6个月昏迷期的边缘，主街两边的商店和餐馆都因季节之故而停止了营业。我寻思，到了夏日，当这里挤满成千上万短途游客时，那情形一定很可怕。我从港口随手拿了一本小册子，上面光礼品店就列出了60家，还有30多家餐馆、冰激凌店、比萨屋和甜饼摊。但是，现在这个季节，一切都显得既宁静又安详，且美得不可思议。

有段时间，麦基诺岛是新大陆最大的贸易站——约翰·雅各·阿斯特的毛皮贸易公司总部就在这里——但是它真正的黄金时期要追溯到19世纪末，那时芝加哥和底特律的富翁们为了躲避城市的酷热，享受带有免费花粉的空气，而纷纷跑到这里。美国最大、历史最悠久的度假酒店——格兰德酒店，就是在那时建成的。当时全国最富有的工业家们，都争先恐后地在俯瞰麦基诺村和休伦湖的断崖上建造华丽的夏日别墅。现在，我就来到了这里，湖上风光绚丽多彩，而那些别墅却简直让人忘掉了呼吸。都是些最壮观、最精致的木头房子，有的房子卧室达20多间，大都保持着维多利亚时代风格的各种装饰——穹顶、高塔、圆屋顶、老虎窗、山墙、角楼和大得可以骑自行车的前廊，有些穹顶上面还有穹顶。这些别墅都壮观得不可思议，且数量众多，一座接一座地耸立在麦基诺堡垒旁的断崖上。如果能重新变成孩子，在这些房子里玩儿捉迷藏，在高塔里拥有个卧室，躺在床上就能欣赏美妙的湖上风光，在没有汽车的路上骑着自行车于沙滩上和隐秘的小峡谷中玩耍，尤其是可以到覆盖了岛屿3/4面积的山毛榉和白桦林中探幽览胜，那该多美妙啊。

我现在已经在林中了，幽暗的林中有很多铺砌的小路，我正在沿着其中一条漫步林中，感觉自己像个正在进行伟大冒险的七岁顽童。道路的每个转弯处都会带来奇特的惊喜："剥头皮洞。"旁边有提示，注明是1763年一个英国毛皮商人逃开印第安人的地方；霍姆斯要塞，是英国人在岛上最高点建造的古堡垒，高出休伦湖湖面325英尺；在一片荒地上还有两座青苔密布的老墓地，一座是天主教徒的，一座是新教徒的。相对于这样一座小岛，两座墓地都大得离谱。墓地中的坟墓差不多刻着同样的几个姓氏——特拉斯科特家族、盖布尔家族、索耶家族。信步游逛了三个小时而没有看到一个人影，没听到任何人类的声音，可真让我高兴，这还只是岛上的一点儿好处而已，要我在这儿待上几天毫无问题。随后，我决定取道格兰德酒店回村子，那家酒店可真算得上是我毕生遇到的最华美也最可憎的傲慢机构。这座宽广的白色木房子拥有世界上最大的门廊（660英尺），漂亮得炫目，贵得高不可攀，当时一个单间每晚要价135美元。街上竖着一个指向酒店的招牌，上面写着：在格兰德酒店和酒店大街上，须着装得体。下午6点以后，男士须着外套系领带，女士不得着裤装。这可能是世界上唯一告诉你走在街上该穿什么服装的地方了。另一块招牌则宣称凡须进店一观，必须支付一定费用。很诚实。我猜他们与一日游的游人之间一定有很多摩擦。我悄悄地走过通往酒店的路，生怕会碰到这样的招牌："任何着花格子裤或白鞋的人，若从此处经过必遭逮捕。"万幸没有。我很想把头伸进前门，只是想看看有钱人是如何生活的，但一个身着制服的门卫在站岗，我只好撤退。

我搭乘下午的渡船回到大陆，随后驾车通过麦基诺大桥，驶向密歇根人称为"上半岛"的那片土地。这座桥建于1957年，在此之前，这片土地几乎和本州其他地方完全隔绝，成为互不相干的两个部分。即使这会儿，我也觉得有种难以消除的隔绝感。这是一座荒凉而多沙的半岛，150英里长，跻身于三大湖泊——苏必利尔湖、休伦湖和密歇根湖——之间。我又一次差点儿进入加拿大境内，苏圣玛丽运河就在北边，它巨大的闸口连接了休伦湖和苏必利尔湖。这条运河是世界上最繁忙的闸口，航运总吨数比苏伊士运河和巴拿马运河加起来都多，信不信由你。

我上了2号路，这条路的全程，大部分都贴着密歇根湖的北岸。大湖区大得离谱，怎么形容都不会过分，包括五大湖：伊利湖、休伦湖、密歇根湖、苏必利尔湖和安大略湖，从上到下有700英里，从东至西更达900英里，面积9.45万平方英里，几乎就和英国一样大，它们共同构成了地球上最大的淡水区。

远方的湖面上，可怕的风暴正在肆虐，但这里却是干干的。离岸约20英里处有一群小岛——海獭岛、高岛、威士忌岛、猪岛以及其他的一些岛屿。海岛一度曾为一个称作"大卫之家"的教派所拥有，其成员都留有胡须，而且擅长（如果你能相信的话）打棒球。20世纪二三十年代，他们巡回全国，与各地球队比赛，我想几乎是所向披靡。高岛据说是那个教派的流放地，都是些犯下重大过失——被杀出局太过频繁之类——的人。据说，被送到那里的人从此就杳无音信了。现在，除了海獭岛之外，其他岛都已杳无人迹。我感到一种遗憾的刺痛，因为不能上去探险了。事实上，整个湖区都对我有种奇特的蛊惑力，只是当时我还没开始理解。有些想法是很诱人的，比如说想到一个巨大的内海，比如说如果你有一条船就可以经年累月地在五大湖之间游弋，从芝加哥到野牛城，从密尔奥基到蒙特利尔，途中还不妨停下来探察一番那些名字奇奇怪怪的岛屿、海湾和小镇什么的，如死人点、蛋港、夏季岛，这一幕幕场景真是让人心向往之。我猜，很多人这么干——买条船就此消失。我知道这是为什么。

走遍整个半岛，不时看到路边有架着巨大招牌的路边摊，上面都写着"馅饼"。它们大都已经关门且用木板封上了门窗,但我在梅诺米尼(Menominee,到威斯康星州前路遇的最后一个小镇)经过了一家开门营业的店,于是冲动地掉头拐过去,我要弄明白他们卖的究竟是正宗的英国科尼什馅饼还是其他名字雷同的什么东西。经营小店的那个家伙见到一个正宗的英国人光顾,兴奋得不得了。他做了30年的馅饼,但从没见过一个正宗的英国科尼什馅饼,也没见过一个正宗的英国人。我实在不忍心告诉他,其实我来自艾奥瓦,就是隔壁的那个州。没有人会为见到一个艾奥瓦人而兴奋。馅饼是真的英国科尼什馅饼,19世纪有科尼什人来本地的矿场工作,也把这种馅饼带到了密歇根州这个偏僻的角落。"我们这儿上半岛的每个人都把它吃得干干净净,"店主告诉我,"可是没人听说过其他地方有,过了这个州的州界,到只有一河之隔的威斯康星州,人们就不知道它是什么玩意儿了,真有些奇怪。"

店主把馅饼包在纸袋里递给我,我带着它出了店门走向汽车。它看起来的确像是正宗的英国科尼什馅饼,只是大如足球。老板还附上了泡沫盘、塑料叉和几包番茄酱。我迫不及待地吃了起来,别的不说,我也实在饿极了。

太难吃了。确切地说,也没什么不妥的地方——真的是馅饼,每个细节都准确无误——只不过在吃了一个多月的美国垃圾食品之后,它尝起来平淡无味得难以形容,就像块温温的纸板。"肉在哪里呢?"我想,"融奶酪和煎鸡汁呢?而且,巧克力软糖在哪里啊?"只有肉和土豆,只有那种粗朴的、没有加以改良的原味。"怪不得它没有从那个地方发扬光大呢。"我一面发着牢骚,一面把它扔回袋子里。

　　我发动汽车，继续驶向威斯康星州，一路还寻觅着旅馆和饭店，以期弄到点儿货真价实的食物——一口咬下去汤汁四溢又顺着下巴流下来的食物。当然，那才是食物应该的样子。

第十九章

"北威斯康星综合医院，圆您生儿育女之梦。"收音机里面传出这样的话。噢，天啊，我想，医院广告的降临，这是自我离开之后美国的又一项新进步了。如今无论到什么地方，你都能遭遇医院广告。给谁听呢？一个家伙被车撞了，他会说："快，把我送到密歇根综合医院去，那里有磁共振成像机。"我搞不明白。当然，事关美国医疗保障方面的一切，我都搞不懂。

就在开始这段旅程之前，我得知一位朋友住在得梅因的仁爱医院，我就在电话簿中找医院的电话，然而，在仁爱医院名下共列了94个电话号码，按字母排列顺序从"住院处"开始，接着是"生化室""癌症热线""性无能治疗计划处""婴儿窒息热线""骨质疏松症治疗计划处""公共关系室""睡眠咨询服务"，一个叫作"共享医疗公司"的什么东西，以及"戒烟班"，等等，不一而足。美国的医疗保障现在已经成了一个完整的工业体系，且已完全失控。

我要去探望的那个病人，是我们家的老朋友，她也是刚知道自己患了卵巢癌，而且还有并发症——肺炎。正如你能想象到的，她看上去非常衰弱。我正在陪她的时候，一个社工走了进来，温文尔雅地向她说明治疗中的收费问题。举例来说，我朋友可以服用A药，一剂药为5美元，但一天要服用4次；也可以换用B药，一剂药为18美元，但一天只须服用一次。这就是社工的工作：充当医生、病人和保险公司的桥梁，确保病人不会收到太多保险公司拒绝支付的账单，当然，我朋友得为这种服务支付账单。这一切让人觉得那么疯狂、虚幻，病人从氧气面罩里艰难地呼吸着，已经濒于奄奄一息了，却还要根据自己的支付能力，用微弱的点头或摇头为那些事关自己能否延续生命的问题作选择。

与国外通常的看法相反，在美国，到县立医院接受免费治疗并不是不可能的，相反还是非常容易的。那当然不是让人欢欣鼓舞的地方，事实上还相当郁闷，但也不比任何一家英国国家健康服务网的医院更差。没法儿不提供免费医疗，因为4000万美国人没有医疗保险。但是，假如你在银行里有存款，却还想溜进县立医院揩点儿免费治疗的油，那让上帝保佑你吧。我在得梅因的县立医院工作过一年，因此我能告诉你，那里有一大批律师和讨债人，唯一的工作就是摸清那些使用他们设备的人的背景，以确认他们是否真的跟声称的一样穷。

不管美国的私立医疗保障体系怎样不合理，但其治疗品质居世界第一也不可否认。我朋友得到了高超且无微不至的治疗（他们把她的癌症和肺炎都治愈了，而且绝不是误打误撞的），她住着一个单间，房间里有独立的盥洗室，有带遥控器的电视机，有录像机，还有自己的电话。整个医院都铺着地毯，到处点缀着异国风情的棕槐树和赏心悦目的绘画。在英国的公立医院，你能找到地毯或彩色电视的地方只有护士长休息室。几年前我在一家英国国家健康服务网的医院工作过，有天深夜，我溜进护士长休息室想一睹究竟，好家伙，那简直就像女王的起居室，到处都是天鹅绒的家具和吃了一半的盒装牛奶巧克力。

与此同时，病人们却在光秃秃的灯泡下睡在寒冷的荡着回音的大厅里，白天就用至少丢了1/5的拼图打发时间，等候着每两星期一次约20秒钟的检查——那些负责检查的医生与见习生一个个还都是来去匆匆。当然，这都是英国国家健康服务网医院旧日的美好时光了，现在已经没那么美好了。

抱歉，我好像有点儿跑题了。我本来该引导读者你走过威斯康星州，给你讲述一些这一美国的主要产奶州的趣闻轶事来着，结果离题太远，对英国和美国的医疗保障做起缺乏建设性的评论来，这很不得当。

不管怎么说吧，威斯康星州是美国的首要产奶州，生产了全国干酪和奶制品的17%，老天！尽管如此，在高低起伏的美景中穿越时，我倒也没有被大群的奶牛所震撼。我已经行驶了很久，向南经过格林湾、阿普尔顿和奥什科什之后，开始拐弯向西朝艾奥瓦驶去。这是个典型的中西部农业区，到处是深浅不一的焦黄，有矮树覆盖的山、光秃秃的树、干枯的牧场和摇摇欲坠的玉米，有一种静穆的美。四处分散的农场都很大，看上去都是一派欣欣向荣的景象。差不多每隔半英里就会经过一座外表非常温暖舒适的农舍，有前廊环绕，还有栽满树的院子，附近总会有红色的谷仓，有圆圆的屋顶和高耸的粮库。到处都是快被撑破的玉米仓库。候鸟飞满了灰白的天空，田里的玉米看上去已经干枯，不时可以看到大型收割机，它们正一行行地将玉米吞下去，然后吐出金黄耀眼的玉米穗。

在午后淡淡的光线中，我在偏僻的路上穿行，就好像要没完没了地在这个州穿行似的，但我毫不介意，因为这里的景色是如此动人与安详。这种季节、这种白日、这种冬天正一步步走近的感觉，都有种不同寻常的魅力。到下午4点，白昼已渐渐远去；到5点，太阳在云层后坠落，渐渐隐没在远处的山峦中，就像一枚硬币投进小猪存钱罐似的。在一个叫作费里维尔的地方，我突然与密西西比河不期而遇。它就那么一平如砥地待在那儿，那么浩瀚、那么美丽、那么庄严，一瞬间我简直停止了呼吸。夕阳下，密西西比河就像一块液态的不锈钢。

大约1英里远的对岸，就是艾奥瓦，我的家。我受到一种兴奋感的奇特压迫，迫使我更低地俯下身子、更紧地握牢方向盘。我沿着河东岸行驶了20英里，一路凝望着艾奥瓦州那侧高耸的昏黑的峭壁。在普雷里德欣[1]，从一座到处都是支架和横梁的铁桥过了河，这就到了艾奥瓦了。我真真切切地感到了心跳在加速。到家了，这是我的州，我的车牌和其他人的都一样了，再没有人会露出一副好像在说"你在这儿干什么"的神色看我，我属于这里。

在渐渐衰弱的光线中，我几乎完全随性地在艾奥瓦东北部信步游荡。每两三英里就会碰到开着拖拉机的农夫，拖拉机轰隆隆地强

1　美国威斯康星州西南部城市。

烈震动着，载着归心似箭的农夫们回家吃饭，他们的家就在密西西比河岸边树木葱茏的小山上。这天是周五，是农夫们一周中的重大日子之一。他们会洗洗胳膊和脖子，和家人团团围坐在摆满大碗大碗食物的餐桌旁，全家一起祈祷感恩。晚饭之后，全家会开车到胡特维尔去，坐在10月寒冷的空气中，透过自己呼出的寒气，观看胡特维尔高级蓝魔鬼队在橄榄球赛中以28：7的比分大败克劳特城队。农夫之子小默尔会拿到三次触地得分，老默尔就会到埃德酒馆庆祝一番（两瓶啤酒，绝不会更多），接受社区居民对他儿子的道贺，之后回家倒头就睡。第二天在有霜的清晨早早醒来，和最好的朋友埃德、阿特和沃利一道，踏过黄色的田野，享受着纯净的空气和纯朴的友情，去猎捕野鹿。我对这些人和他们简单宁静的生活深感羡慕，想来，生活在一个安全的时光几乎停止的地方一定很惬意，你认识所有的人，每个人也认识你，大家可以互相信赖。我羡慕他们的亲密无间，羡慕他们的足球赛，羡慕他们的实物交易，羡慕他们的教堂活动。我为对他们的嘲弄而深感羞愧，他们可都是好人哪。

在无边的黑暗中，我经过了米尔维尔、新维也纳、喀斯喀特、斯科奇格罗夫等。每隔一会儿就会看到在远方显现的农舍，窗户里亮着黄色的灯光，温暖而好客。偶尔也会出现大一点儿的城镇，在黑暗中划出更大的光圈——那里是中学足球场，正在举行周赛。这些足球场把整个黑夜都点亮了，几英里之外就可以看到它们。我从每个城镇驶过时，发现大街上空无一人，显然每个人都去观看比赛了。只有一个孤零零的十几岁女孩，站在当地一家"牛奶皇后"的柜台后，等待着赛后人潮，而其他人都去了比赛现场。在艾奥瓦州举办中学足球赛时，你简直可以带队货车开进去把整个小镇都搬个一干二净，也可以用炸药炸开银行用手推车将钱运走，而不被任何人看到。但是当然了，没人会想到这样的事情，因为艾奥瓦州乡间是没有犯罪存身之处的。在这样的地方，所谓的犯罪可能就是错过周五的足球赛，比这更糟糕的事情只存在于电视和报纸上，存在于那种叫作"大城市"的半神话式的远方。

我原打算继续驱车前往得梅因，但心血来潮地又在艾奥瓦市区停下了车。这是个大学城，是艾奥瓦大学的所在地，我还有几个朋友住在这里——他们来这里上大学，之后就找不到离开的理由了。我到达时已近晚上10点，但大街上挤满了出来狂欢的学生。我在一个街角给老朋友约翰·霍纳打了个电话，他叫我到菲茨帕特里克的酒吧去找他。我拦住一个经过的学生，向他询问到酒吧的路线，但他醉醺醺地说不成话，只是木然地盯着我，这小子看起来才不过大约14岁而已。我又拦住一群几乎同样醉醺醺的女孩，问她们是否知道到酒吧的路线。她们都说知道，但是分别指着不同的方向，然后就叽叽咯咯笑得简直要疯掉，还能站着已经是很难得了，她们在我面前摇来摇去，就像在波涛汹涌的海上坐船，这些女孩子看起来也不超过14岁。

"你们总这样狂欢吗？"我问。

"只有在返校节才这样。"其中一人回答。

啊，这就解释了一切。返校节，这是大学里的重大社交事件。在美国的大学里，与返校庆典相关的仪式有三段：一、喝得烂醉；二、在公共场所呕吐；三、醒来时反穿内裤，不知道身处何方或者如何来至彼处。好像我来到此处的时间介于第一阶段和第二阶段，事实上有几个更投入的学子已经致力于向水沟翻肠倒肚了。我在艾奥瓦闹市区穿梭如织的人群中左冲右突，不时抓住个什么人询问到菲茨帕特里克酒吧的路，似乎没人听说过它——但当时遇到的很多人恐怕用一屋子镜子也认不出自个儿了。最终，我自己撞见了酒吧。像艾奥瓦周五晚上所有的酒吧一样，人多得都快到屋椽上了。每个人看起来都只有14岁，只有一个人——我朋友约翰·霍纳——除外，站在吧台后的他从头到脚都显示着他35岁的高龄，没有任何地方比大学城让你感觉比实际年龄更老了。我走过去跟霍纳一起站在吧台后。他变化不大，现在是一位药剂师，在这个社区颇有名望，虽然眼睛里仍旧闪烁着带点儿野性的光芒。当年他曾是社区里最投入的吸毒者之一，实际上，尽管他总是极力否认，但所有人都知道，他学药理学的动机就是想要制造一种更奇特的迷幻剂。至少从小学一年级起，我们差不多就是朋友。互致了灿烂的笑容和亲热的握手，我们开始试着说话。但周围人声鼎沸，音乐又震耳欲聋，以致我俩只能看到彼此嘴巴开合，于是就放弃了谈话，而是喝着啤酒相对傻笑——通常我们遇见多年不见的老朋友就那样，边傻笑边扫视着周围的人。他们看起来是那么年轻，那么精力充沛，这让我简直无法忍受。他们从头到脚都是簇新闪亮的（衣服、脸和身体都是），没有一丝一毫的沧桑。喝完啤酒，我和霍纳就出了门走到街上，一起走向他的汽车。清新的空气感觉很棒，到处都有人斜倚着房子呕吐。"你这辈子见过这么多讨厌的小笨蛋吗？"霍纳很讲究修辞地问。

"而且他们都不过才14岁。"我补充说。

"生理上他们是14岁，"他纠正我，"但在情感和智力上他们还不到8岁呢。"

"我们在他们的年龄时也这样吗？"

"我以前也这样疑惑过，但我想不是。我以前可能是那么蠢，但绝不会那么无知。这些孩子穿着领尖有纽扣的衬衣和休闲鞋，看起来像是要去听奥斯蒙德音乐会似的。而且他们什么都不懂，在酒吧里跟他们聊，他们甚至不知道谁在竞选总统，也从没听说过尼加拉瓜。这可真让人揪心。"

我们边走边担忧着。"但是还有更糟糕的事，"他补充说。此时已经在他车旁了，我越过车顶看着他。"是什么？"我问。

"他们不吸大麻，你能相信吗？"

噢，我不能。艾奥瓦大学的学生不吸大麻，这种想法……哦，完全无法想象。到艾奥瓦大学念书的原因中，吸大麻至少排在前五条中的头两条。"那他们到这里干吗？"

"他们在接受教育，"霍纳用一种怀疑的口吻说，"你能相信吗？他们想成为保险推销员和计算机程序师，这就是他们生活的梦想。他们想赚很多很多钱，这样就能买更多休闲鞋和麦当娜签名纪念册。有时候这真把我吓着了。"

我们钻进他的汽车，驶过黑暗的街道去他家里，霍纳一路向我解释这一切变化是怎么开始的。我离开美国到英国时，艾奥瓦城里到处都是嬉皮。可能这很难让人相信，可是位于片片玉米地之间的艾奥瓦多年以来就是全国最激进的大学之一，巅峰时期只稍逊于伯克利大学和哥伦比亚大学。那时候，每个人都是嬉皮，学生是，教授也是。他们不只是吸大麻和经常暴动，而且都思想开放、智力发达，都关心政治、环境和世界的走向等诸如此类的事情。而现在，从霍纳的话中可以感觉得出，人们好像都在罗纳德·麦克唐纳的精神调整研究院里洗过脑了似的。

"那么是发生了什么事？"当我们在霍纳家里坐下来喝啤酒时我问他，"是什么改变了所有的人？"

"我也不太明白，"他说，"我猜，主要是因为里根政府对毒品各种管制，而他们又不区分致瘾毒品和软性毒品。如果你是一个毒贩，带着大麻被抓，你会受到跟卖海洛因一样的惩罚，所以现在没有人卖大麻了。以前卖大麻的人现在都改卖海洛因了，因为冒的风险不会更大，但收益更好。"

"听起来真疯狂。"我说。

"当然疯狂！"霍纳回答，一时有些激动，然后又平静下来，"实际上许多人只是不碰大麻了。你还记得弗兰克·多特梅尔吗？"

弗兰克·多特梅尔过去是个毒瘾极大的家伙，给他一点点儿机会，他就会用花园里的水龙软管来吸可卡因。"当然记得。"我说。

"我以前常常在他那里买大麻。后来政府颁布了一项法律，说如果你在一所公立学校1000码范围内被抓到卖麻醉药品，就把你永远投进监狱。哪怕你只是卖给自己妈妈一点儿大麻卷烟，他们也仍然会把你关上一辈子，就好像你是站在学校台阶上，把大麻塞进了经过的每个流鼻涕的娃娃的喉咙里似的。他们一颁布这项法律，多特梅尔就开始犯愁，因为他住的街过去一点儿就有所学校。所以他就在一个黑漆漆的夜晚，带了条100英尺的卷尺测量他家到学校的距离，他妈的，竟然只有977码。所以他就不再卖大麻了，就这么着。"霍纳悲哀地喝了口啤酒，"真够泄气的，我的意思是，你试过不吸大麻看美国电视吗？"

"那一定很糟。"我随声附和。

"多特梅尔把他供货人的名字告诉了我，于是我就自己去买。哦，那家伙竟然在堪萨斯城，我本来还不知道这个呢。开着车巴巴地赶到那里，就只是买几盎司大麻，简直是疯了。房间里到处都是枪，那家伙从窗户里一直看着我，好像一直在想警察会在外面叫他举起手走出来，他几乎认为我是个秘密的缉毒警呢。我的意思是，现在我这样——一个35岁的有家男人，有大学学历和体面的工作，驱车180英里来到那么个地方，寻思自己会不会被枪打得稀巴烂，这一切都只是想得到点儿东西帮我熬过电视上《爱之船》的重播，这对我来说太疯狂了。在这样的情况下——自己毒瘾奇大又没脑子——就需要一个像多特梅尔这样的人。"霍纳在耳边摇了摇啤酒罐，确定已经空无一物，然后看着我，"你没有这么凑巧身上正好带着大麻吧？"他问。

"真抱歉没有，约翰。"我说。

"真遗憾。"他说，然后到厨房拿来更多啤酒。

那天晚上，我在霍纳家的空房留宿。第二天早上，我、他，还有他可爱的妻子，一起站在厨房里边喝咖啡边聊天，孩子们则绕着我们的腿在转圈。我想，生活可真是奇怪。对霍纳来说，居然会有老婆、孩子、大腹便便、抵押贷款，并像我一样——正在接近中年的悬崖，这似乎很奇怪。我们在一起做了那么久的小男孩，有时我简直认为那种状况永远不会改变。我有点儿恐惧地意识到，下次见面时，没准我们谈论的就是胆结石手术和不同牌子护窗的优点了。这种想法一时间让我很是伤感，直到我从闹市停车场取回车再回到公路上，这种情绪还一直难以排遣。

我沿着老6号路行驶，这条路曾经是往返芝加哥的主干线，但如今，由于在它南边3英里就是80号州际公路，它差不多已经被遗忘了，一路行来我几乎没看到一个人影。脑袋空空地开了一个半小时车，我急切地只想回到家里，想看看我妈妈、想洗个澡，渴望很长很长一段时间不再摸方向盘。

在早晨的阳光下，得梅因看起来棒极了。州议会大楼的圆顶在阳光下熠熠生辉，树木仍然颜色浓郁。市区已经被改造得面目全非，闹市区现在到处是摩天大楼和泡沫飞溅的喷泉，现在只要到那儿，我就只能靠路牌确定我的位置了。即便如此，我仍感觉这里才是家。我想会一直这样，希望如此。开车穿过市区时，我真高兴到了这里，也自豪于自己是它的一分子。

在州长公馆附近的格兰特大街上，我意识到我妈妈正开着车行驶在我前方。她显然开着我姐姐的汽车。我之所以认得出她，是因为她在街上往前开时，右转灯一直在毫无意义地闪烁。我妈妈总是一把车开出车库就打开转向灯，然后就让它在剩余的时间里一直亮着。我以前跟她说过这个，但随后就意识到这实际上是件好事，因为它会提醒其他开车者正在接近一位可能还没完全学会开车的人。

我就在后面一路跟着她。在31街，正要朝家的方向转弯时，我妈妈的右转灯跳成了左转灯（我倒忘了她喜欢时不时把转向旋钮扭来扭去），最后1英里左转灯一直在快活地眨眼。下了31街后我们又上了榆木路。

我不得不在离家尚远时停车，然后，不顾孩子气地极想见到母亲的渴望，花一分钟把此行的最后一些细节记录在随身携带的笔记本上。这总让我感受到一种奇特的重要感和专业感，就像大型喷气式客机的飞行员结束了横跨大西洋的航程一样。此时正是上午10点38分，我已经行驶了6842英里，离家34天。我在这个数字上画了个圈，然后下了车，从后备厢抓出行李包，轻快地朝家走去。我妈妈已经到家里了，隔着后窗能看见她正在厨房里走来走去，一面放杂货，一面哼着歌——她总是哼着歌。我打开后门，丢下包，喊出那几个全美国最通用的词："嘿！妈，我回来了！"

看起来她真的很高兴看到我。"喂，亲爱的！"她快乐地说，给了我一个大大的拥抱，"我正在想什么时候才能再见到你呢。要三明治吗？"

"太好了！"我说，其实并不饿。

回家真好。

第二十章

　　到内布拉斯加去。看到这儿，有句话你会冲口而出，而且说多少次都嫌不够：内布拉斯加最没意思了。跟它比起来，艾奥瓦就是天堂。最起码，艾奥瓦是绿油油的，肥沃的，它甚至还拥有一座小山呢。而内布拉斯加呢，简直就像一块光秃秃的方圆7500平方英里的大补丁！这块补丁的中心，流淌着一条名为普拉特的小河，一年里有时宽达2到3英里。这倒也没什么，可是如果你意识到其水深仅仅只有大约4英寸，你还能不印象深刻吗？那简直是坐着轮椅都能过去。要是把它画进一幅风景画，任何曲线或者凹陷都无法形象地勾勒出这条河。它就那么待着，其状就像泼溅在桌面上的一摊水。这条河可以说是内布拉斯加州最激动人心的东西了。

　　小时候，我总是奇怪，内布拉斯加怎么竟会有人居住呢？我的意思是，那些早期拓荒者在驾着有篷马车吱吱嘎嘎地横穿美洲进行这场远征时，肯定会经过那块绿油油的、肥沃的并且还矗立着一座小山（正像我所说的）的艾奥瓦，却没有留在那儿，也没有继续往前进入同样绿油油的、肥沃的还盘踞着一溜山脉的科罗拉多，反倒在这么一块扁平的、焦黄的到处都是草茬和犬鼠的地方落下脚来。这哪是过脑子的做法？知道这些人用什么造房子吗？干泥巴。知道每年雨季来临时这些泥巴房子会怎么样吗？对了，它们都直接流进了普拉特河。

有很长时间我都无法断定这些内布拉斯加的早期拓荒者究竟是疯子还是蠢蛋，后来，有一个星期六，我看到了内布拉斯加大学的球迷们在一个大运动场中的所作所为，这个问题的答案找到了——他们二者兼备。我大约有10年没来过这儿了，我走那会儿，内布拉斯加大学与其说是每周举行一次足球比赛，倒不如说是进行一场祭神屠杀。他们总是以比分58：3这样的绝对优势把不幸的对手打得一败涂地。大多数学校一旦在比赛中得了个好彩头儿，就会替换上一队瘦得皮包骨的新手，让他们在场上也跑上几圈，把一尘不染的运动装弄得脏兮兮的。总之，要让失败的对手把比分追上些，弄得体面点儿，这就叫作公平比赛。

内布拉斯加可不这样。相反，要是能得到允许的话，内布拉斯加大学恨不得把喷火器派到场上。每星期观看内布拉斯加足球赛就像目睹豺狗撕碎一只瞪羚一样惨烈。那场面很不体面，很没有体育精神。当然，球迷们对此仍然意犹未尽。坐在他们中间看到比分已经是66：0，而他们仍然狂吹喇叭渴求更血腥的战斗，这无疑让人泄气。尤其当你想到这里的很多人就在奥马哈空军战略指挥中心工作的话，心情更会沮丧。万一哪天艾奥瓦招惹了内布拉斯加，他们要是对艾奥瓦发动轰炸，我可一点儿都不意外。在这个特殊的早晨，诸如这样的一些想法相继掠过我的脑海，坦白说，让我很是不安。

我又回到了大路上。此时是早晨七点半多点儿，4月的一个星期一，天气晴朗，但仍然冷飕飕的。出了得梅因，沿着80号州际公路向西而行，我准备穿越艾奥瓦西半部挺进内布拉斯加。但是我仍然无法直面内布拉斯加，尤其是在上午这么早的时候。于是在得梅因西部15英里的德索托，我驱车离开了州际公路，转向一条偏僻的路。过了几分钟我就迷路了。对这个我可一点儿都不吃惊。要知道，迷路是我们家人的特性嘛。

　　我爸爸，只要往方向盘后面一坐，就会或多或少保持在迷路状态。大多数时候他只是有点儿摸不准，但是越是接近全力寻找的目标，他越是彻底地晕头转向。一般总要经过大约一个小时，他才能意识到自己已经从第一阶段步入了第二阶段。他就那么在陌生的城市里横冲直撞，要么毫无预兆地来个紧急转弯，要么沿着街道单行线逆向行驶，要么停在闹市区中心犹疑不定，弄得周围的汽车喇叭一片轰鸣。这时我妈妈会小心翼翼地建议他把车停下来问问路。爸爸会假装没听到她的话，仍然半着魔似的乱闯乱撞，比天下所有的父亲面对逆境时的状态都有过之而无不及。

　　就这样沿着同一条单行线反反复复逆向行驶很多回之后，一些店铺老板开始站在门口观看，最后，爸爸会停下车来庄严地宣布："好吧，看来我们应该问问路了。"那声调好像是说他一直就有这种想法来着。

　　事态好像是逐渐向好的方向发展，但事实上这只不过是另一个转折罢了。接着，要么是妈妈跨出车门在街上拦住一个明显不合适的人（通常是诸如一个哥斯达黎加云游而来的修女之类）问路，结果是更分不清东南西北；要么就是爸爸下车问路，结果是一去不回。原因就在于我爸爸太健谈了。对于一个特别容易迷路的人，这很不妙。他走进咖啡厅询问"到大方格斯州立公园的路怎么走"，接下来呢，他就会坐下来喝杯咖啡，然后跟个什么农场主聊天，或者这位农场主会把他拉出去参观自家新修的化粪池之类。与此同时，我们其他人只能一言不发地待在马达轰鸣的汽车里等待，浑身淌着汗水，百无聊赖、无精打采地欣赏一对苍蝇在仪表盘上交配。

很久很久之后爸爸才会重新现身，边走边擦着嘴边的饼屑，显得精神十足。"真要命，"他会斜倚在车身上隔着玻璃跟妈妈这么说，"那边那个家伙搜集假牙。他已经弄到了700多副放在地下室里。见了人他就非让人看那些东西，我也没法儿拒绝呀。然后他妻子又非要让我吃块蓝莓馅饼，欣赏他们女儿婚礼的照片。恐怕他们从来没听说过大方格斯州立公园，但是那个家伙说他的一位住在卡纳克车站交通灯旁边的哥哥可能知道这个地方。想想看，在所有东西中，这个哥哥偏偏喜欢搜集风扇带，在整个中西部北部地区，他肯定是大战前风扇带的最大收藏家了。我现在就去找他。"我们还来不及阻止，他就又走了。等到最后终于回来时，爸爸已经装了一肚子这个城市的趣闻轶事，仪表盘上的苍蝇也下了厚厚一层卵。

我终于发现自己寻找的是什么了：温特塞特——约翰·韦恩的出生地。沿着城市转了一圈后我找到了他的房子——温特塞特太小了，我只花一分钟就到了目的地——然后让车速慢下来，在车里欣赏它。房子很小，油漆也已剥落。韦恩，当时的名字是马里恩·莫里森，只在这里住过大约一年，之后他们家就搬到了加利福尼亚。

这所房子现在成了一座展览馆，但这会儿停止开放。对此也没什么可惊奇的，这个城市的很多地方都已关门歇业，而且从外观看来很大一部分都永远关门了。广场上的艾奥瓦电影院显然已经停止营业，很多店铺要么已经踪影皆无，要么已是半死不活。温特塞特是个很漂亮的小城，有乡村风味的庭院、广场，长长的街道旁林立着高大的维多利亚式房屋。我敢打赌，就像温菲尔德一样，这里在15或者20年前肯定是另一番完全不同的景象。我拨转车头回返大路，当经过一家所谓的金色快餐屋时，心头蓦然泛起一种奇异的空虚之感。

我沿途经过的每一处城镇大都是同样的情形——剥落的墙面，歇业的店铺，整个一番死气沉沉的景象。艾奥瓦西南部仍然是这个州最穷困的地区。我没有停车，因为没什么东西值得驻足观看，甚至连喝杯咖啡都找不到地方。最后，让我惊喜莫名的是，偶然拐上密苏里河上的一座桥之后我竟然到了内布拉斯加州的内布拉斯加城。感觉还不错。实际上是相当不错，比艾奥瓦好很多。承认这个真让人尴尬。这座城市看起来比较富裕，修缮得也不错，路两旁的灌木上盛开着奶油色的鲜花，有些单调但非常漂亮。单调嘛，那是免不了的，这也是内布拉斯加的一个通病。就那么重复又重复的，再好的东西也看腻了。我把车开上一条路况还算可以的大路，沿着它一直行进了好几个小时，其间经过了奥布恩、迪卡姆西、比阿特丽斯（这个小城人口仅一万人，但诞生了两位好莱坞明星：哈罗尔德·劳埃德和罗伯特·泰勒）、费尔伯里、希伯伦、德什勒尔、拉斯金。

在德什勒尔我停下来喝咖啡，哎呀，那里可真冷啊！说到天气，中西部兼具冷热两个世界的最大弊端。冬天的风就像锋利的剃刀片，它从北极呼啸而来，猛烈地穿透你的身体。它怒吼着，盘旋着，把房屋折腾得摇摇欲坠，携来成堆大雪和刺骨严寒。从11月到来年的3月，就连在室内，你也只能把身体倾斜20度走路。你的生命要么浪费在等待汽车发动机预热，要么消耗在把它从积雪中挖出来，要么就是徒劳地想把车窗上的冰刮掉——这些冰简直就像是被强力胶粘上去的一样。然后，就在某一天，春天来了。冬雪消融了，你可以把脸扬起面对太阳，甚至可以身着短袖昂首阔步了。好日子也就到此为止了，然后就是春去夏来。其更迭就好像上帝在天国里拉动一架杠杆似的。气温开始走向另一个极端，热气从远在南方的热带扑面而来，像一堵热墙一样轰然砸在你身上。在六个月的时间里，热浪铺天盖地。你的汗变成了油，你的毛孔个个龇牙咧嘴。青草变成了焦黄色，狗看起来就像要死了似的。在市区，你能感觉到热气正从你鞋底的人行道上向上升腾。可正当你热得要发疯时，秋天来了。接下来的两到三周时间里，空气开始变得温和，大自然变得友好起来。然后冬天就到了。新的一轮更替又重新开始。这两个极端的反复更迭让人难以忍受，你会禁不住下定决心："我长大了一定要走得远远的，远远地离开这里。"

在雷德克劳德，也就是威拉·凯瑟的家乡，我上了281号国道，朝南驶向堪萨斯。一过边界，就是史密斯中心——布鲁斯特·M.海格雷博士的家，他是《牧场上的家》的作词者。你不会只想知道这首歌的歌词是某个叫作布鲁斯特·M.海格雷的人写的吧？你能看见他作词的那座小木屋，但是我要去的是更好玩的地方——美国的地理中心。你得在一个叫作黎巴嫩的小城外缘驶下公路，然后沿着另外一条路走大约1英里，一路穿过麦田，就到了那里。那里是一个荒凉的小公园，有一些供人野餐的桌子，还有一个石头做的纪念碑，其顶部除了被风像鞭子一样抽打的旗帜外还有一块匾额，告诉我们这就是美国大陆的中心点。老天，可不就是嘛！公园旁边有一座汽车旅馆已经关门，更为这里添了几分凄凉。老板当初肯定是抱着这种希望——四面八方的人们会来到这里消磨一个孤独的夜晚，在这里给他们的朋友发送明信片说："猜猜看，你们永远想不到我们在哪儿。"看来，这家伙错估了行情。

我爬到一个野餐桌上，如波浪般的田野上绵延数英里的景色立刻映入眼帘。风宛如一列货车一样扑面而来。我甚至觉得自己是这些年里第一个来到这里的人，感觉自己是2.3亿美国人中在地理位置上最优越的一个，这种感觉有点儿怪怪的。就好像假如美国遭到侵略，我会最后一个被俘虏。就是这里，这就是最后的据点。爬下桌子返回汽车，我不禁心生愧疚，我这一走，就把这么个地方毫不设防地留在那里了。

开着车，我一头扎进了傍晚的昏暗中。天空中低垂的云团迅速地移动着，田野变成了白色的草海，柔美如孩子的头发。到达拉塞尔已是夜晚，天开始下雨。汽车头灯照出的一个标志牌上写着：欢迎来到鲍勃·多尔的家乡。拉塞尔是鲍勃·多尔的故乡，此人当时正在角逐共和党的总统候选人提名。我在这里找了个房间过夜，想着一旦多尔当上了总统，我就可以告诉孩子们自己曾在总统故乡待过一晚上，没准儿会让他们更加敬仰。而且，在未来四年中，只要电视中出现拉塞尔，我就能说："嘿，我就是在那儿来着。"然后把我在那儿见到的地方一一指出，搞得一屋子喋喋不休的人统统闭嘴。结果呢，两天之后多尔就在竞选中败下阵来，因为除了他的家人和拉塞尔周围的什么人之外，就没有人支持他了。而拉塞尔小城呢，唉，自然也就失去了一举成名的机会。

第二天是个让人颇为期待的好天气，阳光明媚，空气清新。小虫子们在挡风玻璃上撞得四散飞逃，就好像炸开了一团彩色的雾。这正是中西部典型的春天。阳光中的堪萨斯看起来很让人心旷神怡，我有点儿惊奇。我一直认为世上最堵心的事莫过于有人跟你说"小子，我们要把你调到堪萨斯去"了。堪萨斯自称是"小麦之州"，这差不多就概括了它的全部特征了，是不是？这确实会让你不再想去那盛产小麦的巴巴多斯，是吧？事实上堪萨斯还真不错。沿途的所有城镇都看起来又整洁又繁荣，呈现出典型的美国风味。不过，堪萨斯本来就是最典型的美国州。毕竟，它是超人和《绿野仙踪》里多萝茜成长的地方，我路经的所有城镇居民都对他们表现出一种亲密无间的、兴高采烈的、永恒的兴趣。在这样的地方看起来好像你可以让男孩子蹬着脚踏车替你运送杂货，人们仍然会发出"天哪""上帝啊""耶稣啊"之类的感叹。在一个叫作大转弯的地方，我把车停在巴顿县法院旁的广场上，然后四下看了看。时间在这里好像转了个弯，1965年以来它没有一点儿变化。克瑞斯特电影院还在营业。附近就是大转弯每日论坛报和布拉斯·巴克时装店，时装店上面有一巨大牌子，上面写着"少男少女时装屋"，上帝、耶稣啊。一男人和他的妻子与我擦肩而过时，像老朋友似的道了早安，那男人甚至还碰了下帽子。从一辆经过的汽车里传来了正义兄弟的歌声。这一切都太诡异了。我几乎能想象罗德·塞林会从某棵树后转出来说："比尔·布莱森不知道，但他刚刚驾车闯入了一个在时空中不存在的社区，他开始了一趟不能回返的旅程……在奇幻空间里。"

我瞟了下一家家庭药房和礼品店商店的橱窗，发现里面有很多有趣的不常见到的货色，包括：一辆轮椅、一袋一次性纸尿裤（除了专门供应大小便失禁顾客之需的专卖店之外，这些东西可不常见）、泰迪熊、带有健康情趣诸如世界好祖母之类图案的咖啡杯、母亲节卡片，以及各式各样的陶瓷动物。橱窗一角是一幅音乐会海报——你简直不敢相信演奏者是谁——保罗·瑞威尔和奇袭者乐团。这还不让你头晕目眩吗？他们就在那儿，仍然穿戴得好像大陆军一样，笑容可掬、神气十足，就像我中学时代见到的一样。两星期之后他们要在道奇市的室内音乐厅进行演奏。最低门票价格是10.75美元。这一切越来越让我难以承受。于是，我由衷庆幸又能回到自己的汽车前往道奇市，至少，那里的虚假是刻意而为的，让人一眼可以辨别出。

就在大转弯和道奇市之间那70英里路程的某个地方，你从中西部来到了西部。沿路的城镇居民已经不再像中西部人那样戴着棒球帽，也不再懒洋洋地拖着脚走了，而是头戴牛仔帽，脚蹬牛仔靴，走路大步流星，面带怀疑之色，斜着眼睛看人，就好像他们准备在一分钟之后就拿枪射穿你一样。西部居民动辄爱动枪。他们刚到西部时是射杀野牛。西部平原上曾经生存着7000万野牛，西部居民对它们发起冲锋之后，它们的数目就锐减下来。野牛实际就是一种脑袋很大的牛。如果你曾经凝视过牛的脸，见到过那种难以言表的甚至可以说是愚钝的极端信任，你简直难以想象西部人能毫不犹豫地追踪野牛并把它们枪击成碎片！到了1895年，只有800头野牛幸存下来，大部分都保存在动物园和西大荒巡回演出[1]中。（很多人都会告诉你不能把它们称为野牛，它们实际上应该叫北美野牛才对。他们会告诉你，野牛事实上生活在中国或者其他一些遥远的国度，是一种完全不同的动物品种。这些人和那些告诉你必须把天竺葵称为天竺葵属植物的人，完全是同一货色，甭搭理他们。）由于再没有野牛可以射杀，西部人就开始枪击印第安人。1850年到1890年的40年间，美洲印第安人的数目从200万削减到9万。

感谢上帝，如今两种生物的数量都得到了恢复。如今这里的野牛有3万多头，印第安人也有30万，当然了，西部人再也不允许枪击他们。因此，所有的西部居民只能射击路牌和互相当枪靶子了，这是他们做得最多的事情。这就是西部历史的缩影。

不玩枪的时候，西部居民就到道奇市这样的城镇中寻觅点儿社交和性交。鼎盛时期，道奇市成为最大的牛市和西部种子站，充斥街头的是些流浪汉、牲口贩子、猎捕野牛的猎人以及那种只有牛仔才会觉得迷人的女人。但这里并不那么艰难困苦和危机四伏，就像诸如《枪烟》和那些有关巴特·马斯特森和怀特·厄普的电影误导我们相信的那样。道奇市在10年中是世界上最大的牛市。仅此而已。

1　现代牛仔骑术竞技的前身，由绰号野牛比尔的印第安人科迪创始于1883年。

那些年中，只有34人葬在靴子山公墓地，大部分还都是死于积雪或其他自然原因的流浪汉。之所以对这一点这么清楚，是因为我花了2.75美元去游览了靴子山和邻近的"历史前线街"，那里被重新建造成当年的旧貌，当时道奇市还是一个边疆城市，而巴特·马斯特森和怀特·厄普正是其行政长官。尽管巴特·马斯特森和怀特·厄普两个人都是实有其人，但是得知马特·狄龙是杜撰的人物还是让我很泄气。巴特·马斯特森离开人世的时候是《纽约电讯早报》的体育新闻编辑。可真够逗的。另一个有趣的事实就是——我没有早点儿说出来是因为想抖个包袱——怀特·厄普来自于帕拉（艾奥瓦州的一个遍布风车的小城），很妙吧？

过了道奇市50英里是堪萨斯的霍尔科姆，这是个有点儿声名狼藉的城市，因一个叫杜鲁门·卡波特[1]的人在一本名为《冷血》的书中毫发必现地描绘了此地的一桩凶杀案而扬名。1959年，两个小毛贼闯进了霍尔科姆一个农场主的家，主人名叫赫伯·克拉特，他们听说这个人有一个装满钱的保险箱，实际上他根本没有。于是，这两个家伙恼羞成怒，把克拉特的妻子和两个十几岁的孩子绑在床上，把克拉特带到地下室里，然后把这家人全都杀了。他们割开了克拉特的喉管（卡波特在书中饶有趣味地描述了一番他被割破喉咙时发出的咯咯声），用近距离平射的方式射杀了其他几个人。由于克拉特是该州政坛的风云人物，《纽约时报》对这件凶杀案作了个简短报道。卡波特看到了这个故事，于是计上心头，花了5年时间约

1　美国著名南方文学作家。

见了全部主要当事人——朋友、邻居、亲戚、负责调查的警察和凶杀犯本人。这本书在1965年出版时，被认为是当时的杰作，这当然很大程度上是卡波特到处吹嘘的结果。不管怎么说吧，这本书相当有诱惑力，就像我们在大学里经常说的那样，它造成了持久的冲击力。我想，要是能重读此书，定会获益良多，之后还可以亲自到霍尔科姆进行一番调查，对美国的犯罪和暴力问题的了解定能更为深入。

我错了。我很快意识到克拉特谋杀案不具备任何犯罪的典型性，直到如今这件事仍然像当初一样让人毛骨悚然。卡波特这本书也没有任何特殊的认识价值。它仅仅是讲述了一个恐怖的耸人听闻的凶杀故事，以狡猾的伎俩迎合读者某种低劣的趣味。将要实现的霍尔科姆之行也只能给我病态的刺激——呆看一番那座很久以前一家人都被疯狂残杀的房子不过就是得到这样的刺激。然而，我对生活的要求也不过如此，至少，这比那个历史前线街更有趣些。

卡波特在书中把霍尔科姆描绘成一个宁静的、多风沙的村庄。村里的人极为高尚体面，他们不吸烟，不喝酒，不撒谎，不骂人，上教堂的日子从不缺席；在这里，婚外性关系不被宽恕，婚前性行为不可想象；在这里，十几岁的孩子周六晚上十一点一准待在家里；在这里，天主教徒和卫理公会教徒尽其所能保持距离；这里的门从不上锁，这里的孩子十一二岁就可以开车。不知怎的，我对让孩子开车的想法着实有点儿诧异。卡波特还在书中说最近的城镇是公园市，沿着公路走5英里即到。现在都变了。如今的霍尔科姆和公园市逐渐靠拢，一个加油站和快餐店的聚集地成了连接它们的枢纽。霍尔科姆仍然多风沙，但是已不再是一个村庄。城边上有一所庞大的中学，明显是新建的，周围是一些看起来也很新的廉价的小房子，里边有一些光着脚丫的墨西哥孩子在院子里追逐打闹。我没费多少事就找到了克拉特家的房子。书中交代说这所房子距城市有一定距离，就坐落在一个树荫浓密的小巷尽头。如今小巷两旁林立着很多房子。克拉特家的房子现在窗帘低垂，看起来没人居住。我犹豫了很长时间，最后还是敲了敲前门，没有得到应答，不由得松了口气。真庆幸啊。我能说什么呢？你们好，我是一个过路人，对各种耸人听闻的凶杀案有病态的兴趣，这所房子的墙上溅着好几个人的脑浆，我很想知道你们住在这里感觉怎样，比如说，你们在吃饭时想起过它吗？

我钻进车子，在周围转了一圈，看看有什么东西会跟书里说的相似，但是商店和咖啡馆好像都搬走了或者都改了名字了。我在中学前停下车，大门紧锁——此时是下午四点钟——一些田径队的学生正在操场上追逐。我走上去拦住两个学生，跟他们成品字形站立，请求跟他们就克拉特凶杀案谈一谈，然而他们根本就不明白我的意思。

"你们知道，"我提醒他们，"就是那本叫《冷血》的书，杜鲁门·卡波特写的。"

他们茫然地望着我。

"你们从来都没有听过这本书？没听过杜鲁门·卡波特？"他们没有。我简直不能相信："你们听过克拉特凶杀案吗？——住在那边水塔旁的一家人全都被杀死的案子。"

其中一个学生脸上一亮。"呃，是的。"他说，"一家人都被灭掉了。你知道，那很诡异。"

"现在有什么人住在那里吗？"

"不晓得。"这学生说，"我想以前有人住过那儿，但我想现在他们可能不住那儿了。我真不晓得。"显然，讲话可不是他最拿手的社交才能，尽管跟另一个学生比起来他已经算得上是能言善辩的西塞罗了。我还以为自己是前所未有地碰到了这么两个无知的青年呢，可是当我又拦住三个学生才知道自己错了，他们也没人听说过《冷血》。最后，在一个撑杆跳的训练坑旁我找到了一个教练，这是个和蔼可亲的社科教师，名字叫斯坦·肯尼迪。他正在监督着三个年轻运动员训练，他们轮流拿着一根长杆，先是一阵急跑，然后用脑袋和肩膀一头撞上离地约5英里的一个水平杆。假如撞击水平杆在堪萨斯被列为运动项目，这些家伙肯定能拿州冠军。我向肯尼迪询问：这么多学生竟从没听说过《冷血》，这不是有点儿奇怪吗？

"八年前，我刚来到这儿时对这种情况也很吃惊，"他说，"毕竟，那是这个镇前所未有的大事。但是你不得不意识到这里的人痛恨这本书。他们把它列为公共图书馆禁书，甚至直到现在很多人也不愿意谈到它。"

我很诧异。几个星期以前我在一本过期的《生活》杂志上看到过一篇文章，谈到小镇居民是怎样真心喜爱杜鲁门·卡波特，尽管他是个装腔作势的同性恋，讲话口齿不清，戴的帽子也很滑稽。而结果呢？事实上他们既厌恶他是个装腔作势的同性恋，也厌恶他是个从大城市来的多管闲事的、把自己的利益建筑在他们的痛苦之上的人。大多数人都想忘掉这桩不幸的事，尽可能不让孩子们对它产生兴趣。肯尼迪有一次曾想知道他教过的最聪明的班级里有多少学生看过这本书，答案是3/4的人甚至连见都没见过它。

我说我认为这很让人吃惊。如果是我长在这么一个发生了如此著名事件的地方，我肯定要看关于这事件的书。"我也是，"肯尼迪说，"我们这代人大部分都会这么做。但是如今的孩子可不这样。他们中许多人几乎不看书。你简直教不会他们任何东西，激不起任何兴趣的火花，就好像是经年累月地盯着电视让他们已经受了催眠似的。他们有些人甚至说不出一个连贯的句子。"

我们都认为这，你知道，太诡异了。

关于堪萨斯的最西端没有什么好说的，城镇都很小很分散，公路大都是空荡荡的。每10英里左右就会冒出一条岔道，而每条岔道上，都毫无例外地会有一辆小运货卡车遇红灯停车。在很远的地方你就能看到（在堪萨斯，一切都是打大老远就能看到）它们在阳光中隐约闪现。起先你还以为那卡车肯定是抛锚了或者是被丢弃了，但是等你来到距离它30或40英尺的地方，它忽然动了，一下子就横在了你面前，吓得你急忙调整车速，从每小时60英里陡降到每小时12英里，还让你时不时就得用前额测试方向盘的回弹力。这情形一而再、再而三出现，让你不由得就想细究原委，看看到底是什么人老在你正前方折腾你。于是，你加大油门超了车，就看到一个87岁的老头坐在方向盘后边，戴着一顶比他的脑袋大了三号的牛仔帽，紧紧盯着前方空旷的路面，好像正在驾驶一架轻型飞机在暴风雨中穿行一样。显然，他对你完全视而不见。堪萨斯出产这种司机比任何州都多，单纯的人口统计无法就这种现象给出答案。其他州肯定把它们的老头儿都送到了这里，没准儿条件就是送给他们一顶牛仔帽呢。

第二十一章

我本应该有更正确的看法，但科罗拉多就是山脉这个想法已经在我脑子里根深蒂固了。无论如何，我以为一离开堪萨斯就会发现自己已经来到了白雪皑皑的落基山脉，置身于毛茛属植物随风摇曳的高原草地之中，头顶是蔚蓝的天空，空气就像新鲜的芹菜一样沁人心脾，但事实与想象却是天壤之别。满眼尽是一片焦黄的平地，三三两两地散着些连名字都毫无吸引力的偏僻小镇：斯温克、奥德韦、曼兹诺拉等。与此相应，充斥小镇的净是些满脸穷相的人和在酒店与加油站门边嗅来嗅去的满脸贱相的狗。破碎的瓶子在路边沟渠里的残草乱枝中闪闪发亮，沿路的路标布满了枪击的坑坑洞洞。这确实不是约翰·丹佛一直反反复复咏唱的那个科罗拉多。

汽车以难以察觉的速度往上攀爬。沿途的每个城镇都宣告着自己的高度，每一个都比前一个高几百英尺，但是直到来到深入腹地150英里的普韦布洛，我才最终见到了山。它们突然就现身了，蓝色的山体怪石嶙峋，上面覆盖着厚厚的白雪。

我本来计划沿6号州高速公路向北到维克多和克瑞普尔港去的，

那可是两个出产金矿的老镇。这条路在地图上被标注成观光路线。我没有想到它竟然是条没有铺砌的山路,沿途要经过一座山,爬山时又必须路经一座有着不祥名字的峡谷——幽灵峡谷。我从来没见过这么荒凉又这么破旧颠簸的路,上面布满了沟沟坎坎和散碎的石块——这路折腾得汽车里的一切都在跳舞,车门也颠得大开门户。最大的问题是没办法掉头。路的一边紧靠着一堵岩石铸就的高墙,一直向上飞升,其状颇似摩天大楼;另一边又陡地落向一条汹涌澎湃的溪流。我尽量平和冷静地用爬一样的速度前进着,内心默默祈祷着磨难快点儿过去。当然了,事与愿违。路是越来越陡,越来越危险。峡谷的两边时不时相向逼来——有那么一刻我几乎被嵌进了一堵仿佛是用锤子凿出来的粗糙石壁间——然后又突然分开,蜿蜒曲折、深不见底的峡谷突然呈现在眼前,让人不禁毛骨悚然。

每每抬头,总能看到像房子那么大的乱石在针尖一样小的岩石上摇摇欲坠,其状颇像马上就要倒下来把我压成一张门前擦脚垫。滑坡显然是常发生的现象。谷底就是很多乱石的墓地。我祈祷着千万不要碰到什么对面来的车辆,那样的话可就得径直翻到谷底去了。其实我大可不必为此担心,全北美肯定不会有其他任何人如此低能,竟然在这个季节开车走幽灵峡谷,一阵突发暴雨就会把整条路都弄得泥泞不堪,车要么深陷其中长达几个月,要么一下子就从悬崖上滑落。我还没习惯直面这番动不动就能把人置于死地的景象,因此越往前走越小心翼翼。

在向山顶爬行时,我穿越了一座东倒西歪的可笑的木桥,这座桥凌空飞架在一座深深的裂谷上。电影里经常会出现这种桥,场景中总会出现一条桥板断裂，弄得女主角腋窝以下都一下子掉到了桥下，双腿悬在裂谷上无助地颤抖，于是男主角猛冲过来把她救下，与此同时，密集的长矛在他们身旁嗖嗖落下。我12岁时总搞不懂男主角干吗不利用他当时的有利地位对那位女士说："好啊，我可以救你，但你得让我看看你的裸体，行吗？"

过了桥，潮湿的雪开始四下飞舞。那些从内布拉斯加就把自己粘在挡风玻璃上的成百上千的虫子，被雪花搅和在一起（这是对生命多么无理性的浪费啊！），变成了一堆褐色的烂泥。我将洗涤液直射过去，但只是把褐色的烂泥变成了乳白色，我的视线仍然被遮挡着。于是我停下车，跳起来用袖子擦挡风玻璃，相信随时都会有野猫逮住这千载难逢的机会跳到我肩膀上，在一声如同绷带被撕开的声响中一把撕去我的头皮。我想象着失去了头皮的自己跌跌撞撞地倒在山坡上，脚后跟上还挂着一只拒不松口的野猫。这景象如此生动，吓得我立刻逃回了汽车，哪怕才只擦出了一块信封大小的长方形的可视范围。这倒很像从坦克的炮塔中向外看。

汽车却发动不起来了，当然发动不起来。我苦笑："呃，感谢上帝。"在稀薄的空气中，雪佛兰艰难地呼呼喘着气开始溢流。在等待溢流平息的当儿，我看了看地图，非常泄气地发现到目的地还有20英里的路要走。我才仅仅走了8英里，却差不多折腾了一个多小时。雪佛兰不可能顺利到达维克多和克瑞普尔港的想法开始在我脑袋里扎根。我第一次想到这条路可能从来没人光顾过，要是死在这里，那可太凄凉了。肯定很多年之后才会有什么人发现我或者雪佛兰，怎么说这也是个悲剧。不说其他，蓄电池的保质期还没过呢。

当然了，我并没有死在那儿。事实上，跟你说实话吧，我根本就不想死。汽车发动了。我开始在最后的这段高耸的道路上爬行，从那时起直到维克多再没发生事故。维克多是一个美妙的地方，四处林立着西部风味的房屋，这些建筑物不那么协调地栖息在一个美得不可胜收的绿色高地上。该镇和大路下方6英里处的克瑞普尔港一度是所有新兴小镇的翘楚。在巅峰时期，也就是1908年，曾拥有500座金矿，人口达10万人。矿工的薪水都是用金子付的。这些金矿在约25年的时间内生产了价值8亿美元的黄金，一大批人成了暴发户。杰克·登普西就住在维克多，他就是在这里开始发迹的。

如今只有寥寥几个矿坑还在从事生产，人口也几乎不到1000人。尽管维克多有石子铺砌的大街，四下气氛仍是鬼里鬼气的。金花鼠在房屋之间一闪而过，人行道的裂缝中杂草丛生。小镇里到处都是古玩店和工艺品商店，但是都关门了，显然在等夏日旺季。稀稀落落的几个旅店也都空空荡荡的，其中一家叫作琥珀旅馆的，因为不缴税已被查封——贴在窗上的一个大牌子如是说。然而邮局还开着门，还有一个咖啡店也开着，里面有很多穿工装裤的老头子和蓄着小胡子、留着马尾辫的年轻小伙子。所有人都戴着棒球帽，上边印着各种牌子的啤酒广告——科尔、巴德·赖特、奥林匹亚——而不再是各种牌子的化肥广告。

我决定驱车前往克瑞普尔港吃午饭，但接下来的遭遇让我真希望没作这样的决定。克瑞普尔港坐落在毗斯迦山和尖峰山的阴影之中，比维克多具备更多观光色彩。大部分商店都开着门，尽管没有多少生意可做。我把车停在主街上的莎莎帕瑞拉美容院前面，四下浏览了一番。在建筑方面，克瑞普尔港跟维克多很相像，只不过这儿一切都是面向游人的：礼品店、小吃店、冷饮室、一个微型高尔夫球场，甚至还有一个地方供孩子们在人工小河里用沙盘淘金。景象真够可以的，阴冷的天气更是雪上加霜。团团雪花四处盘旋，空气稀薄，天气寒冷。克瑞普尔港海拔几乎有2英里。这样的高度，如果你不习惯的话，大部分时间你都会呼吸不畅，而且会觉得身体一直莫名难受。当然了，我最不需要的就是冰激凌或者高尔夫比赛了，于是只好返回汽车继续向前开。

在24号国道路口，我向左拨转车头往西驶去。这儿的天气非常好。阳光普照，天色湛蓝。在前方，云絮像海军纵队似的仪态万方地移动着，蓬软酥松、温情款款地在山峰之间滑动。大路上铺着粉色的沥青，我就好像行驶在一块拉长的泡泡糖上似的。这条路经由威尔克森海峡，之后进入一座狭长的山谷，山谷里青草满地，溪水淙淙流淌，间或点缀着星星点点的小木屋，背景则是充满阳刚之气的大山。这番景色真有点儿像从除臭剂广告中截下来似的。太美了，而且差不多归我一人独享。邻近比尤纳维斯塔时，地面陡然戏剧性地往下倾斜，一块宽广的平原随之映入眼帘，其远处就是雄伟的、也是美国最高的山脉——教堂山，拥有11座山峰，绵延30英里，高达1400英尺以上。沿路顺着山坡向下穿越平原，一路朝着那高耸的、蓝色的、白雪覆盖的教堂山进发，那感觉颇似驶入派拉蒙电影的开场画面一样。

我本想前往阿斯本，但是在特维恩湖的转弯处发现一个白色路障，上写"经由独立峡谷去往阿斯本的公路因大雪关闭"。本来，沿这条路走20英里就能到阿斯本，而换走另一条北边的路就需要绕行150英里。大失所望之下，我只能另找投宿之处，于是开车去了莱德维尔（Leadville），对这个地方我一无所知，事实上连听都没听说过。

莱德维尔相当吸引人眼球。虽然城郊破破烂烂——科罗拉多贫穷的地方多得让人吃惊——但是主街很宽广，两侧林立着结实的维多利亚式建筑，这些建筑多为塔楼和角楼。莱德维尔这个小城也有金矿和银矿，"不沉的"莫莉·布朗[1]就是在这儿起家的，还有迈耶·格温汉姆也是。与克瑞普尔港和维克多相似，莱德维尔现在也在迎合游人——落基山脉的每个城市都在迎合游人——但是莱德维尔的这种迎合要更真诚些。这常住人口有4000人，这个数目足以摆脱游人的影响，保持一种独立的生活。

我在蒂伯莱恩旅馆弄到了一个房间，然后到城里四处闲逛了一番，在金色巴勒咖啡馆吃了顿值得称赞的饭菜——并不是这个世界上最好的食物，甚至也不太可能是这里最好的，但是，只花了6美元，我就喝到了汤，吃到了沙拉、炸鸡、马铃薯泥，还有绿豆、咖啡和馅饼，还有什么可抱怨的？然后我在月光下漫步返回旅馆，洗了个热水澡，看了会儿电视。要是生活一直这么简单宁静就好了。十点钟我就睡着了，做了个快乐的美梦。梦中我果断地对付了猛扑过来的野猫，巧妙地处理了木桥和沾满黏糊糊的虫子的挡风玻璃。电影女主角甚至让我看了她的裸体。那可真是个值得牢记的夜晚。

---

1 美国的一位女暴发户，因曾是1912年豪华客轮"泰坦尼克号"海难事件中的幸存者而名噪一时。她的故事曾在1960年被搬上舞台，剧名是《不沉的莫莉·布朗》。

第二十二章

　　早上，电视里的气象员预报说，一个"大陆冷高压系统"将会给落基山脉地区带来一场深达好几英寸的大雪。这好像让他很是兴奋，这一点从他那闪闪发光的眼睛里一览无余。天气云图上有一长溜的地方都显示出坏天气的标志，简直就像是倾泻在整个西部地区的咒语似的。"公路会封闭，"他说，嘴角向上一拉露出一丝微笑，"稍后将会进一步发布交通状况。"电视气象员为什么总显得那么恶毒呢？即便是他们尽力想显得诚恳，你仍然能看出那只是表象，这表象下面则潜藏着一个幼年时拉掉昆虫翅膀的人，一个只要看见孩子摔倒在飞驰的车轮前就忍不住偷偷发笑的人。

　　我突然决定往南行驶，去新墨西哥贫瘠的山区，云图上显示那个地方天气还算正常。我有个侄女在圣菲（Sante Fe）的一个小型专修学校念书，我已经很久没见过她了，可以肯定她会很乐于让校园里所有的朋友都能见证我的到来，见证一个难看的大胖子从一辆廉价的、满是灰尘的车里跳出来拥抱她，想到这里我决定直接就去那儿。

　　沿285号国道一路向南正好都沿着海岸线。周遭的自然景色美得不可思议，只是时不时就有人类的侵入——丑陋的活动公园啦，脏乱的庭院啦，甚至还有堆满破烂儿的垃圾场呢。城镇很大程度上成了快餐店和加油站集散地，沿路竖立着一些像车库一样大的牌子，上写露营区、汽车旅馆、筏子载运等。

再往南一点儿，景色变得越来越贫瘠，路上的牌子也渐渐消失了。过了萨奥奇之后，群山之间的广阔平原成了一片连绵起伏的鼠尾草地，上面点缀着三三两两贫瘠的棕色土地。灌木丛中偶尔冒出几片绿地，大都要求助于轮子众多的大型洒水车的威力。这些绿洲之中大都有那么一两幢整洁的农家小屋。除此之外，连绵的群山之间的景色就都像干涸的海底一样毫无特色了。在萨奥奇和蒙特维斯塔之间绵延着一条公路，这条路是美国最长最直的10到12条公路之一：在大约长达40英里的距离中没有一个弯或者任何不连贯。说起来这好像也没什么了不起的，但是一旦设身处地你就能体会到那种一望无尽之感了。一条大路渐渐往前延伸至虚无缥缈的尽头，好像你正去往虚空似的，这感觉真是无与伦比。在蒙特维斯塔，公路往左转了个弯——这让你激灵一下子，双手立刻握紧了方向盘——然后又是一段绵延20英里像尺子边一样笔直的路。它就这样一直向前延伸。一个小时之内你会有两次或三次迂回曲折地穿过某个脏兮兮的小镇——有一家加油站、三所房子、一棵树和一只狗——或者遭遇路上的某些零碎的小弯，有两分钟迫使你把方向盘向左打或向右打三厘米，这就是你那一个小时的兴奋剂。其余时间你连一块肌肉都不必移动。你的屁股变得木麻，感觉好像是别人的一样。

下午我很早就驶进了新墨西哥——这是一天中的顶点之一——

然后不由得叹息它跟科罗拉多一样无趣。我打开了电台，但这里太偏僻了，电台只能接收到一些零星的接收站的信号，都是西班牙语，播的都是那种发出"哎——咦咦"之类音节的墨西哥音乐，这种音乐大都由流浪艺人演奏，这些人老是戴着阔边帽，蓄着低垂的小胡子，总是在那种老有中学教师偕妻子庆祝结婚30周年纪念的饭馆里（就是那种为了让你印象深刻而不惜点燃你的食物的地方）表演。活了36年，我从来没有想过有什么人听墨西哥音乐是为了寻找快乐。然而，这里却有一打接收站正在闹闹嚷嚷地放送这种音乐。每首歌后就有一个DJ过来用西班牙语嘟嘟哝哝说一两分钟，那调门就好像下体刚刚被抽屉夹到了似的。接下来会插入一个广告，由一个听起来甚至更急切更兴奋的人广播——显然是下体被抽屉夹到了好几次，然后是又一首歌曲。或者，就我所能分辨的，更可能还是同一首。这真是墨西哥音乐家的不幸。他们好像只懂同一曲调。为什么他们只能待在二流餐馆演奏而很难在其他地方工作，这大概正是原因所在。

在一个叫做特里斯皮德拉斯的村庄——新墨西哥几乎所有地方都有西班牙名字——我取道64号高速公路去塔奥斯，情形开始改善。山的颜色越来越浓郁，鼠尾草也变得茂盛稠密。人们总会谈论塔奥斯的天空，它也确实让人惊异。我从来没有见过那么清澈如水、晶莹剔透的蓝天。这片荒野的空气是那么清新透亮，有时你的视线可以直达约180英里远的地方，旅行指南上就是这么写的。无论如何，你应该可以找到塔奥斯之所以总是吸引艺术家和作家的原因——或者，至少身临其境之后就会明白吧。我本以为它是个小而可爱的艺术家聚居区，活动其中的都是穿工作服、拿着画架的人，然而它却只是个观光陷阱，到处是蠕动的车辆和出售丑陋的印第安陶器、银质大皮带扣以及明信片的商店。倒也有几家有趣的杂货店，但大多又闷热又肮脏，挤满了灰白头发的嬉皮。有点儿可笑，竟然又看到了嬉皮——实际上他们现在都已经是爷爷奶奶了——但这也不值得到那里。接下来我继续前往圣菲，真担心它也会是这样。不过，并不是这样。事实上，圣菲相当漂亮，我立刻就被吸引了。

圣菲第一个好处就是多树。这里有树有草有凉荫，有种满鲜花、枝叶婆娑的广场，还有安静的、汩汩流淌的水。有了几天在西部荒凉的垃圾场里穿行的经历，再看到这样迥异的景色真是难以形容的乐事。空气又温暖又干净，圣格雷·德·克雷斯托山脉就在小城后面，尤其当各个山头沐浴在落日的余晖中时，那美景很让人浮想联翩，光线就好像是来自其内部的磷火似的。至于小城嘛，其繁荣美丽简直是难以用言语来形容。它是美国最早的居住地——建于1610年，比清教徒从普里茅斯出发到北美还早了10年——可谓历史悠久。圣菲的一切——我的意思是所有的一切——都是由土砖建造的。有伍尔沃斯商场，一个土砖制的多层露天停车场和一个土砖制的六层旅馆。刚开始碰到土砖加油站和土砖超市时，你会这样想："咳，我们还是离开这儿的好。"但是接下来你就会意识到这一切并不是在游人面前玩儿的花样。土砖只是这里土生土长的一种建筑材料，它的普及应用使得这个小城外表上呈现出其他城镇难以企及的整齐划一。此外，圣菲太富裕了，以至于一切都弄得又美又有品位。

驱车驰上山野后，我就开始四下寻找圣约翰大学——我侄女就读的那个地方。下午四点钟，大街上到处都是长长的影子。太阳逐渐向群山之中隐没，山坡上的每一座土砖房屋都沐浴在富丽堂皇的橙色光线中。圣约翰大学规模不大，就高高耸立在山顶，它以小城最开阔的视野俯视着圣菲和远处起伏的山峦。静悄悄的校园里只有三百来个学生，可我的侄女，在这个迷人的春日下午，并不在他们中间。没人知道她在哪儿，但是每个人都保证，会让她知道有一个穿着脏鞋、腋窝冒汗的丑陋的大胖子找过她，第二天早上还会再来。

我开回小城，找了个房间，洗了个痛快的热水澡，换上了干净的衣服。夜晚，顺着通往圣菲市中心的路在宁静的大街上幸福地散步，品味着夜晚温暖的空气，时不时羡慕地盯着昂贵的杂货店和时装店橱窗里的展品，把脸压在高级饭店里的窗玻璃上挑剔地审视食客们的食物，弄得他们很窘。圣塔菲的心脏是大广场，这是一个西班牙式广场，有着白色的长凳和一座高高的纪念塔，纪念瓦尔奥德战役——谁知道那是什么战役！在塔的下面有一行雕刻的碑文，把February错拼成Febuary，这着实让我乐不可支。广场上另一样逗人的东西是角落里的一所叫俄勒冈的房子，楼下是饭馆，楼上是一个酒吧，有一个开放式走廊供人落座——我还真的坐了——好几个小时静静地坐着，不停地痛饮着由一个迷人的、屁股非常漂亮的酒吧小姐送到桌上的啤酒，观赏着洒满星星的辽阔的灰蓝色天空，享受着这迷人的夜色。透过酒吧间开着的门，我还能看到那个钢琴师，这个修饰得一丝不苟的年轻人弹奏着一大串永不中止的和弦和一堆叮叮咚咚的琶音，看情形永远也不会发展成能称之为歌曲的东西了。

然而，他的手就一直在键盘上温文儒雅地游弋着，脸上带着动人的微笑和无懈可击的牙齿，我猜想那应该是出没于鸡尾酒酒吧的钢琴师的主要特色。无论如何，女士们对他的喜爱溢于言表。

我不知道自己喝了多少啤酒，但是——可以坦白地说——喝得太多了。我没想到圣菲这种山区的稀薄空气会让醉酒速度加快。不管怎么说，几个小时之后我才起身，蓦然发觉我那本来和谐相处的脑袋和双腿关系陡然破裂。更糟的是，两条腿看起来也不能和睦相处了。一条腿听了大脑的指令开始上楼梯，但是另一条犯了小性子，决定去休息室。结果，我像一个踏着高跷的人一样跟跟跄跄地穿过酒吧间，脸上挂着愚蠢的笑容好像在声明："是的，我知道我看起来像个傻瓜。很逗吧？"

在这伟大的征途中，我撞上了一群有钱的中年人聚会的桌子，撞洒了他们的饮料，只能荡漾开一脸蠢笑嘟囔着抱歉。我非常亲昵地拍拍一位女士的肩膀——喝醉之后我就是这么自来熟来着——然后，用她当跳板把自己弹向楼梯，在那里微笑着向整个房间道别——此时每个人都兴趣盎然地盯着我——然后"嗖"的一下猛然滑下了楼梯。我肯定没有跌倒，但肯定也不是走下来的。就好像是冲浪，只不过用的是鞋底，而且，我相信绝对会让人印象深刻。然而，通常我都是在酒醉之后表演这些拿手好戏的。曾经，很多年以前，在约翰·豪纳家的一次聚会中，我向后一纵就跳出了楼上的窗户，然后又一跃而起，那神乎其神的技艺至今仍然在格兰特大街南部被广泛传诵呢。

第二天早晨，饱受着宿醉的折磨，我开车驶向圣约翰大学校园，发现我侄女对我（对我的拥抱）很尴尬，甚至可以说吓了一大跳。我们到市里一家高档饭店吃早餐，她向我讲述了圣约翰大学和圣菲的一切轶闻趣事，接下来领我参观小城景色：圣弗朗西斯大教堂（非常壮丽）、总督府（很没意思，挤满了历届地区总督的文件）和洛雷托小教堂著名的楼梯。这是一个高达21英尺半的木质楼梯，一个通往唱诗班楼厢的双层螺旋形楼梯。它的最卓越之处就在于它是独自支撑的，没有其他的支撑物。看起来总像要倒下来似的。传说小教堂的修女们祈祷上帝给她们建一座楼梯，于是一个无名木匠就出现了，他花了6个月建成了一座楼梯，然后分文未取就消失了，来去都神秘莫测。在100年的时间里，修女们对这个故事翻来覆去地讲述，榨干了它所有的价值。几年前的某一天，这个小教堂突然被卖给了一家私人公司，而现在，这家公司正拿它谋利。想参观吗？掏50美元。这种事情让我颇为失望，当然了，也大大削弱了我对修女的崇敬之情。

　　一般来说——这样讲当然常会有风险——只有在历史的某个环节中能赚到钱，美国人才会对这段历史给予尊敬，但这种尊敬也并不表示愿意在没有空调、没有免费停车场和其他基本便利的条件下生活。保存历史并不是由于其本身的历史价值。没有什么地方容留感伤。有人前来向一群修女购买楼梯，修女们不会说："当然不行，此为圣地，是耶稣的一位神秘的面容慈祥亲切的信使为我们建造的。"而是说："给多少钱？"如果价钱合适她们就卖掉它，然后用这笔钱建造一座崭新的、面积更大的，有空调、停车场和游戏室的女修道院。在这一点上，我没有丝毫暗示修女比其他美国人更坏的意思。她们仅仅只是按照美国人习惯的方式行事罢了。很悲哀，怪不得美国能传承一代人以上的东西少得可怜。

我驶离了圣菲，沿40号州际公路向西而行。这条公路过去名为66号线，大家都很热爱它，有人还曾经把它谱成歌曲演唱。但是66号线只有两个车道，一点儿都不适用于这个太空时代，跟住房汽车里的人们没有任何契合的可能，而且每55英里左右就会经过一个小镇，在那些地方你可能会碰上停车牌或者交通灯——多讨厌的路啊！因此，人们就把66号线埋在了荒漠之下，然后建造了一条新的高速公路，它就像一束激光一样笔直向前，连山脉也无法阻挡。这样，又一样既美好又给人愉悦的东西永远消失了，就因为它不实用——就像客运火车、瓶装牛奶、角落里的小铺子和缅甸式刮脸招牌一样。如今这种事也发生在不列颠。人们把美好的一切统统拿走，因为它们不实用——好像这理由很充分似的——红色电话匣、招领启事、那些你可以在上面跳上跳下的开放式伦敦公共汽车，就这样统统不见了。生命中不会有任何经历比你在一辆开动着的伦敦公交车上跳上跳下显得和觉得更温文儒雅的了。但是呢，它们不实用，它们需要两个人才能运行（一个驾驶，另一个待在后边制止暴徒狠踢巴基斯坦绅士），这可不够节约，所以它们就玩完了。不久之后，也不会再有瓶装牛奶送到门前或者寂静的乡村客栈了，乡村很大程度上会变成商铺林立的购物中心和主题公园。抱歉，我并不想招人烦，但你们正把我的世界从我身边拿走，一点一滴地，有时候这实在让我火冒三丈。抱歉。

沿40号州际公路向西行，沿途大多是一片贫瘠，几乎没有什么人居住。偶尔见到的小镇也就只有些简易房屋，屋子稀稀拉拉地抛掷在路边，好像是从高空掉下来似的。它们没有院子，没有栅栏，与周围的荒野几乎毫无二致。很多这样的地方被划成了印第安人保留地。每二三十英里，我就会碰上一个孤独的搭便车人，有时是印第安人，更常见的是白种人，背着旅行包踽踽独行。在此之前我几乎从没有碰到过搭便车的人，可是这儿却有很多，男人显得险恶，女人显得疯狂。我正进入一个流浪者的家园：空想家、刑事犯、流民、疯子——在美国他们总是一窝蜂地向西部进军。他们都怀揣着毫无希望的梦想，以为到了海岸就会撞上大运，例如成为电视明星或摇滚歌手或游戏节目参赛者什么的。然后，如果不能好梦成真，他们总还可以变成连环杀人犯的。奇怪的是，这种人很少去东部，你永远不会碰到什么人搭便车去纽约追梦，疯狂地想要成为持证公共会计师或者想要通过操纵买空卖空的勾当大赚一笔。

天气更加恶劣。灰尘开始在路上弥漫。我正在驶入一场暴风雪，昨天早上的天气预报已经说过了。一过阿尔伯克基，天阴下来，雨夹着雪粒骤然落下。风滚草在荒野上、在公路上东倒西歪，每一阵风来，汽车都会猛地在路边撞一下。

我以前总以为沙漠在一年当中都是又热又干的，现在可以告诉你根本就不是这样。我想这可能是因为我们总是在7月和8月度假，这样的想法才会深深地扎下了根，以为除了中西部，美国其他地区一年到头都非常热。在夏天，无论你到美国何处，都是活受罪，气温总是在90华氏度左右。如果你关上窗户，你就进了烤炉，但是如果你开着窗户，所有的东西将被刮得七零八落——漫画书、地图，衣服上松动的扣子领子什么的。你要是穿短裤——就像我们通常所做的那样，那你腿上裸露的肌肤会变成座位的一部分，就像奶酪融化在吐司上，一旦起身，撕裂的声音和痛楚的尖叫会跟两者的分离同时发生。如果你被太阳晒得神志不清，粗心地把自己的胳膊倚在门的金属面上，而那正是一直被太阳照着的地方，挨着的皮肤会逐渐地往一块皱缩，直到消失，就像塑料袋放在火焰上的情形一样。这总是会让你瞠目结舌，说不出话来。那确确实实是让人咋舌的一大奇景，你可以目睹自己身体的一部分就那么消失不见了，而且不可思议的是，你感觉不到痛。你不知道是选择向妈妈哭号，好像受了很重的伤一样，还是选择怀着科学考察兴趣再那么做一次。最后，通常是你什么都没做，只是无精打采地坐着，热得什么都不想干。

因此，发现自己竟然置身于阴冷的天气中，这地方这么寒冷、风狂雨骤，让我大为惊讶。随着公路逐渐往上攀升到祖尼山脉，冷冰冰的雨珠越来越密集。在远离盖洛普的地方，雨变成了雪。那雪又潮湿，下得又紧，鹅毛一般从天空飘落，才不过是下午，天色已暗得像夜晚一样。

在盖洛普过去20英里的地方，我进入了亚利桑那州，越是往前走，越是明显闯入了一场已持续多时的暴风雪。沿路的雪深达脚踝，再往前就能埋住膝盖。想想也真奇特，仅仅几个小时之前我还穿着短袖，沐浴着阳光，在圣菲徜徉呢。而现在，电台里到处都是公路封闭和天气恶劣的消息——山区下雪，其他地方则是骤雨。"这是几十年来最糟糕的春季暴雪。"气象员带着掩饰得很拙劣的幸灾乐祸说。洛杉矶道奇队已经连续三天因为下雨而停赛了——这是自布鲁克林迁来西海岸之后30年间的第一次。没有什么地方可以让我掉头逃开这场暴雨雪。于是我只好心灰意冷地继续往西驶向100英里外的弗拉格斯塔夫城（Flagstaff）。

"弗拉格斯塔夫城地面上的雪已深达14英寸——预计雪势还会加大。"气象员说，声音听起来很是兴高采烈。

第二十三章

　　任何经验都无法成为观看科罗拉多大峡谷的心理铺垫。无论你多少次阅读描写它的文字和观看表现它的图画，见到它本身仍能让你失魂落魄。在这样的景观面前，你的头脑毫无用处，只能停止任何思想。在很长的一段时间，你变成了真空人，不能言语，无法呼吸，只有深深的难以描述的敬畏之感——地球上竟然还有这样的事物：如此浩瀚，如此壮观，如此万籁俱寂。

　　在它面前，连孩子也会安静下来。我小时候是个特别爱说话的招人厌的顽童，但是大峡谷却把我镇住了。我还记得当时刚过拐角我就呆住了，满口急促不清的、涌到嘴边的话突然咽了回去，再也无法说出来。那时候我七岁，据说，那是我第二次停止说话——除了睡眠和看电视短暂的休息之外。另一次让我失语的事件，就是看到了我爷爷去世后躺在一口打开的棺材里的景象。那景象太出人意外——没人告诉我他会被展示——让我魂飞魄散。他安静地躺在那儿，抹着粉，穿着西装。我尤其记得他戴着眼镜（他们以为这副眼镜在那个他正奔赴的世界里还能派上什么用场？），眼镜还被弄得七歪八扭的，可能是我奶奶哭泣着在最后的拥抱中把它们弄弯了，别的人又都神经质地不敢把它们矫正过来。我突然意识到，漫漫一生我再也见不到他看着《我爱露西》哈哈大笑了，再也看不到他修理自己的车子了，再也看不到他含着满嘴食物讲话了（这是我们大家都知道的他的绝活），对我来说，这冲击太巨大了，太可怕了。

　　但这无法与科罗拉多大峡谷相比。因为，很明显，我不想再次经历爷爷的葬礼，而科罗拉多大峡谷却是我能够重温的儿时旧梦，为此我已经企盼了很多天。因为公路无法通行，我就在离弗拉格斯塔夫城五十英里远的亚里桑那州的温斯洛留宿。夜里，大雪逐渐变成了零零落落的雪片，到早上雪就停了，只是天空仍然浓云密布，阴得能滴下水来。我就沿着白雪覆盖的道路向科罗拉大峡谷驶去，真不敢相信此时已经是4月的最后一周了。路上雾气弥漫，除了偶尔相向驶来的汽车射出一抹白光，前边和左右两侧都再也看不到任何事物。当我到达科罗拉多国家公园入口，掏5美元买了门票，雪又下大了，白色的雪片又厚又大，以至于雪片下面都遮出了片片阴影。

　　横贯公园的路有长达30英里都是沿大峡谷的南部边缘修建的。途中我在路边停车场驻留了两三次，每次都走到路边充满期待地望向那片静悄悄的黑暗，我非常明白大峡谷就在那儿，就在鼻子边上，却就是看不到。到处大雾弥漫——雾在树丛中穿梭，在路旁飘荡，在人行道上升腾。它那么厚实，用脚都能把它踢出个洞。我只好郁闷地驶向大峡谷村，那儿有一个游人中心，一家乡村风味的旅馆，还有几幢行政大楼。露天停车场停着很多旅行大巴和周末旅行汽车，人们要么在入口周围徘徊，要么在半融化的雪里探着路从一幢房子走向另一幢。我走进旅馆咖啡间，要了杯价格昂贵的咖啡，感觉又湿冷又没劲。我多么渴望看到大峡谷啊，现在只能坐在窗户旁，凄凉地看着白雪一点点儿堆积。

之后，我开始举步维艰地走向游人中心，这段距离大约有200码，途中有一个落满白雪的指示牌，说半英里之外有处瞭望点。我立即往那儿走去，主要是想呼吸一下新鲜空气。路很滑，我费了很长时间才走了过去，但是，走到中途雪就停了，空气也变得洁净清新。最后我来到了一座岩石观景台，这里就是大峡谷最边缘。没有防护栏，我很小心地拖着脚慢慢走过去，但眼前只是一片灰白的浓雾，其他一无所见。一对中年夫妇也走过来，我们就在那里聊了几句，互相抱怨恶劣的天气。突然，不可思议的奇迹出现了，浓雾从眼前静静散开，悄悄地，就像戏院里幕布被拉开一样。然后，我们突然就看到自己正站在峡谷边上，陡峭得令人头晕的至少深达1000英尺的悬崖就在脚下。"上帝啊！"我们惊叫着急忙往回闪身，你能听到峡谷边到处都有人在喊："上帝啊！"就像一长列人在依次传递一个消息一样。接下来很长一段时间里，除了雪花飞舞发出的簌簌声外，万籁俱寂。因为，眼前就是地球上那最让人敬畏、最让人瞠目结舌的景观。

科罗拉多大峡谷的规模大得难以理喻，它10英里宽，1英里深，长度则达到180英里。如果把整个帝国大厦放进去，距离崖顶还有几千英尺。真的，你就是把整个曼哈顿放进去，从崖顶也够不着它，公交车看起来就像蚂蚁，人小得根本看不到，也听不到任何声响。攫住你的——也是攫住所有人的——是寂静，大峡谷把一切声音都吞没了。无边无际的空旷感压倒了一切。那里，一切都静止了。我们脚下深不可测的大峡谷底部，流淌着那条造就了大峡谷的河——科罗拉多河。河宽300英尺，从大峡谷边缘俯视，它显得很窄很不起眼，看起来就像一根旧鞋带一样。与大峡谷这巨洞一比，一切都相形见绌。

之后，正像散开时那样迅速、那样悄无声息，大雾又再次合拢了，科罗拉多大峡谷又隐没了。我看到它不过就是二三十秒钟，但至少我已经看到它了。半是满意地，我转过身回返来时路，现在可以驱车离去了。途中迎面碰到一对年轻夫妇，他们问我是否有幸见到了峡谷，我向他们讲述了大雾如何散开了几秒钟等等，他们看起来简直要崩溃了。他们说是从加拿大安大略省来的，现在正在度蜜月。他们一生中最渴望的事就是看到大峡谷。蜜月的最后一周，他们每天三次穿上蜜月靴，裹上蜜月装，手拉手走向大峡谷的边缘，但他们能看到的最远的一切就是那纹丝不动的雾墙。

"不过，"我想说，尝试着让他们往好处想，"我打赌你们做了不少床上运动。"事实上我没说这样的话，我也说不出口。我只能顺着他们，感叹天气可真是太遗憾了，并预祝他们好运。走回汽车时我一路都在想这对可怜的蜜月夫妇，就像我爸爸过去经常跟我说的那样："你看，儿子，世界上总会有人比你更倒霉。"

我总是会想："那又怎样？"

接着我开车上了89号公路向北驰向犹他州。电台里充斥着落基山和塞拉内华达地区面临更恶劣天气和因滑坡、大雪而封闭道路的消息，然而，在这儿——亚利桑那北部——却根本没下雪，一点儿都没下。大峡谷10英里之外的地方，就一点儿雪都没了，再远一点儿，那里的天气就像春天似的。太阳出来了，世界暖洋洋的。我把车窗摇下了一点儿。

就这么开着车一直往前开啊开啊，在西部你不得不这样不停地开啊开啊开啊开的，从一个孤零零的小镇开向另一个，就像海王式巡逻机一样悄悄穿行在大地上。在一段漫长而空虚的时间里，你唯一的人生目标就是到达干峡谷或者仙人掌城或者其他什么地方。你就坐在那儿，看大路无边无际地向前延伸，看里程表以跨世纪的速度跳动，你脑海中萦绕的唯一期望就是到干峡谷，期盼那里会奇迹般地冒出家麦当劳快餐店或至少出现一家咖啡店。当你终于到了那儿，却只会看到一家只有两个油泵的加油站和一个货摊，摆货摊的只是一位出售那伐鹤小饰物的印第安老太婆。你会意识到你将不得不又开始那空虚、希望又失望的历程，只不过目标是另一些更加荒僻、连名字都无精打采的小村子——"昏迷""郁闷""干墙""中暑"之类。

距离之远超乎想象。房子与房子之间通常相隔40英里，城镇与城镇之间就要隔100英里以上了。什么样的代价才能使你住在一个连买双鞋都要驱车走上75英里的地方——甚至，这双鞋看起来还像从殡仪馆拿来的！

当然，答案就是没有多少人愿意住在这样一个地方，除了那些根本没有什么选择的印第安人。我现在正驱车穿越美国最大的印第安保留地——那伐鹤人保留地，从北到南绵延150英里，从东到西则达200英里——沿路寥寥无几的几辆汽车都是印第安人驾驶的。毫无例外，那些汽车都是老式的底特律大汽车，车况都很糟糕，配件要么失踪了，要么就是松垮垮地啪啪作响，至少有一个车门咬合不好，还有某种看起来很重要的零件挂在车厢底下，冒着火星或浓烟在公路上嗒嗒作响。看来这些汽车的速度无论如何也不会超过每小时40英里，但因为它们在公路上左右乱晃，要超过它们还真是很难。

偶尔它们会向右猛蹿一下，弄得路边沙地尘土飞扬，我会赶紧飞快地超过去，看到的总是同样的景象：车里挤满了印第安男人和孩子，开车的则是个醉得不可救药的醉汉，带着一副春梦正酣的表情坐在那儿——正是男人们神志不清但仍然玩儿得极乐时的表情。

在亚利桑那的裴济——也就是葛兰峡谷大坝的所在地，就进入了犹他州，景色立时大为改观。群山变得姹紫嫣红，荒漠也增色不少。再往前走几英里，鼠尾草逐渐变得茂密，山的颜色越发郁郁葱葱，山形也更有棱角。好奇怪，这些地方看起来竟都有些熟悉。查查旅行指南书，原来这里就是好莱坞西部电影经常出现的地方。100多个电影和电视剧公司都把卡纳布——我马上就要去的下一个小镇，作为他们外景拍摄的总部。

这让我颇感兴奋，于是就去了卡纳布。到达之后我停下车走进了一家咖啡馆，想看看能否找到更多趣闻轶事。后面传来一个声音说等一分钟她就来，我就先看了看墙上的菜单。那真是我平生所见的最奇特的菜单，上面列的食物可说是闻所未闻：马铃薯圆段（小份、中份和家庭大份），奶酪棒89美分，夹心比萨1.39美元，奥瑞欧鸡蛋牛奶冰激凌1.25美元，特价菜是"80盎司圆段，面包卷和卷心菜色拉，7.49美元"。我决定要杯咖啡。过了一会儿，女店主边用毛巾擦手边走出来。她告诉我，好几部电影和电视剧都是在卡纳布周边拍的：《代阿布洛大决斗》《虎豹小霸王》《我的朋友弗利卡》《神枪手》以及几部克林特·伊斯特伍德电影。我问她有没有什么好莱坞明星跑进来吃过马铃薯段或者奶酪棒。她若有所思地摇了摇头说没有。不知怎么的，对这个我倒一点儿都不觉意外。

我在雪松市过了一夜，第二天早晨驱车前往布莱斯峡谷国家公园，而那里却笼罩在大雾和大雪之中，我只好怀着阴郁的心情赶往锡安山国家公园，还不错，那里的天气倒是像夏天。这可真够奇怪的，因为这两个公园才不过相隔40英里而已，却由于天气的缘故倒好像分别在不同的大陆似的。就算我能长生不死一直活下去，也没办法了解西部的气候。

锡安山美得不可思议。如果说在大峡谷你只能站在顶部向下俯视，那么在锡安山你就得立在底部往上仰视了。那里是一个狭长而碧绿的峡谷，谷底密布着三角叶杨树，葱翠碧绿的峡谷四周环绕着古铜色的岩石墙——最后形成黑色的险峻的山谷，让你不由得萌生探幽览胜、寻找湮没的黄金城的热望。岩石中间随处可见细小但绵延很长的瀑布，它们从1000英尺或更高的高空向谷底倾泻，或汇聚成水潭，或翻腾着涌进汹涌的维尔京河。在遥遥的峡谷尽头，高大的岩石墙向中间挤塞，中间只留下几码的缝隙。在潮湿的背阴面，岩石缝隙中长出了植物，整个岩壁看起来就像一座空中花园。如画一样美，很是奇特。

侍立在两边的陡峭的石墙看起来随时都会掉落一堆乱石——这种情况也确实发生过。行至中途，突见河床中堆积了很多石块，有些像屋子一样大。一个指示牌上注明：1981年的7月16日，超过1.5万吨岩石从1000英尺的高处坠落此处，倒是没提是否有人被压扁。我敢说肯定有。现在是4月，一路上还有很多人，7月来这儿的人肯定上百。至少会有两三个被砸到吧。一旦石头从上面砸下来，人根本没地儿跑。

我就怀着这种忧郁的想法呆站在那里，突然听到旁边传来一阵讨厌的模糊不清的转动噪音，原来是一个男人拿着摄像机正对着岩石狂拍。摄像机是最原始的那种，所以他身上哐里哐啷挂着一大堆电池和其他零部件。机器本身真是体积巨大，那看上去简直就像带着吸尘器来度假似的。不管怎么说，他这都是活该。我购物的第一原则就是绝不买孩子拿不动的东西。这家伙看起来累得要死，但既然已经花了一笔数目大得不可思议的钱买了这么一台机器，他现在就决心要拍下眼前掠过的一切，即便要面对累成疝气病的危险（果真如此的话，他肯定会让他老婆拍下整个手术过程的）。

我真不理解那些总是冲上去买新玩意儿的人，他们明明知道一年之后制造商就会推出价格只有原产品一半的轻型新款，那时他们就会像白痴一样。就像那些花200镑买第一代口袋计算器的人，几个月之后它们就被扔到了加油站，还有买第一批彩电的人们。

我们的邻居希特尔鲍姆先生，在1958年——也就是一个月仅仅只有两个彩色节目的时候——买了一台彩电。我们总是在彩色节目上演时透过他家的窗户往里偷看，情形总是那样——橙色脸孔的人和不停变换颜色的衣服。希特尔鲍姆先生动不动就突然冒出来拨弄那许多小旋钮，他老婆则从屋子另一边大声叫喊着给他鼓劲。

有那么一会儿工夫，电视颜色非常好——尽管并不准确，但不至于太让人心烦——接着，只要希特尔鲍姆先生刚把屁股放到沙发上，图像就变得乱七八糟，我们就会看到绿色的马和红色的云，他就又回到控制板跟前去了，毫无希望。但是，既然花了这么一大笔钱买了这么个物件，希特尔鲍姆先生就永不打算抛弃它。于是，在接下来的15年间只要你从他的起居室的窗户前经过，你就会看到他边喃喃自语边拨弄那些旋钮。

下午晚些时候，我驱车驰向圣乔治，这是个距州际公路不远的小城。在绿洲旅馆找了个房间，在迪克咖啡店吃了饭。然后开始四处闲逛。圣乔治让人感觉很有些古老的风味，尽管事实上除狂欢电影院（"每张座席票价两美元"）和迪西药房之外的大部分建筑都是新的。药房关着门，但是我不由得驻足了一刻，因为看到里面有一个冷饮柜，一个真正的大理石台面的冷饮柜，有转椅和包纸吸管——你得把吸管的一端撕开，然后一吹吸管，剩下的包装纸就优雅地弹到了化妆间里。

太令人失望了。这绝对是美国最后仅有的一台真正的药房冷饮机了，可是这地方却关着门。如果可能，我将倾其所有，只要能走进去要杯绿茶或者一杯巧克力苏打，把几张包装纸吹得四下飘散，然后跟邻座比赛看谁在转凳上转的圈多。我个人的最佳成绩是四整圈。我知道这听起来没什么，但是做起来可比听上去难得多。鲍比·温特梅尔有一次转了五圈，然后就吐了。相信我好了，这项运动确实相当痛苦。

拐角处有一座砖砌的摩门教大教堂——或者被他们称作礼拜

堂、神殿或其他什么的。标明的建造日期是1871年，看起来大得足以装下整个小城——事实上也差不多，因为在犹他州几乎所有人都是摩门教徒。这听起来很恐怖，然而当你领悟到这意味着犹他州是这个行星上唯一你不用担心有什么年轻人走上前来想把你感化成摩门教徒的地方，就没什么可怕的了，因为他们已经把你假定为他们中的一员了。只要你一直把头发剃得相当短，并且当事情出了岔子不当众说"噢，他妈的！"，那么你可以隐藏很多年而不被发现。你会感觉这有点儿像《外星异魔》中的凯文·麦卡锡，不管怎么样吧，确实有点儿奇特的解脱感。

越过摩门教堂，大部分就是住宅区了。雨后的一切都显得嫩绿清新。小城有一股春天的、丁香花的和刚割过的草的味道。夜晚不知不觉地来临，一天里的休息时间到了。人们吃完了晚饭，在院子里和车库里微醉地走来走去，什么都不干，待会儿就更不准备做什么了。

街道是我见过的城镇中最宽的，甚至邻近的居民区也是。摩门教徒确实很爱宽广的街道。我不知道为什么。宽敞的街道和一大堆妻子正是摩门教的基石。当布赖汉姆·扬为盐湖城奠基时，他首先做的事情就包括宣称街道要达到100英尺宽，而他一定也对圣乔治的居民说过类似的话。扬对这里很熟——他在这儿有过冬别墅——因此，如果有人对街道稍有马虎，扬一定会立刻加以惩戒。

第二十四章

给你出个谜语：内华达和厕所区别何在？答案是：你宁可去冲厕所。

在各州中，内华达拥有最高的犯罪率，最高的强奸犯罪率，最高的高速公路车祸死亡率，其暴力犯罪率屈居第二（仅仅落后于纽约），它是淋病的第二高发区（第一把交椅被阿拉斯加占据），流浪汉群体最庞大——这个州差不多80%的居民都不是本地出生。它拥有比美国其他各州更庞大的妓女队伍。它拥有贪污腐败的悠久历史，犯罪组织盘根错节、勾结紧密。韦恩·牛顿则是最当红的明星。明白了这些，你就能理解我从犹他州进入该州州界时为什么会忐忑不安了。

但是到拉斯维加斯后，我就把不安抛到了九霄云外。我眼花缭乱了，不眼花缭乱也不可能。天色已近傍晚，太阳低垂着，气温还停留在80多华氏度，大道上却已经挤满了快乐的休假人群，这些人衣着干净体面，鼓囊囊的口袋里塞满了钱，在大如航空集散站的各赌场前徘徊流连。看起来都兴高采烈并带点儿诡异的勃勃生气。我原来以为这里不过就是些妓女和坐加长凯迪拉克的花花公子——就是那种脚蹬白皮鞋，把外套披在肩上的人，但触目所及却都是些如你我一样的普通人，都是穿一堆尼龙和"维可牢"尼龙制品的人。

我在大道上较廉价的一端找了家宾馆，要了间房，把自己从头到脚洗了一通，然后扑上一身爽身粉，穿上我最干净的T恤，带着有点儿刺痛的洁净皮肤和孩子一般的兴奋径直出门去。连着好几天开车在荒漠上疾行之后，你特别需要来点儿什么刺激，拉斯维加斯也确实能提供这种刺激。现在，在烘箱一样干燥的夜晚空气中，赌场的灯光大放光明——百万盏灯共同喷发出光怪陆离的彩墙和光影，涌动着激动兴奋、面红耳赤、饥渴难耐以及渴望大展身手等种种躁动，这一切都争相引诱着我，引诱着我口袋里的硬币。我从没见过这样的景象。那简直是视觉的狂欢，是一种三维空间的幻象，是电力工程师的高潮春梦。那正和我期盼的一模一样，只是都夸张了十倍。

宾馆和赌场的名字都奇怪地相似：恺撒宫、沙丘、沙子、沙漠旅店。最让我意外的——最让大多数人意外的——就是有很多空地。在一片磐石一样密集的喧闹中，间或散落着一些静悄悄的沙漠，面积大都有3/4平方英里，像一个个幽暗寂静的小口袋，正等着被开发。当你走过一家或两家赌场，看到那么多钱就那么倒进去，就像从大车上倾泻砂石一样，你很难相信世界上还会有余钱填进更多的赌场。然而，赌场却一直建造个没完没了，人类的贪婪永无止境，我的也一样。

我进了恺撒宫。这座赌场离街道很远，但竟有一条活动人行道把我运到了那里，这让我着实印象深刻。里面的氛围有种强烈的虚幻感。室内装饰成罗马宫殿之类的东西。罗马角斗士和政治家的雕像作为四处的点缀，卖香烟的女孩和负责找零的女士都穿着粗制滥造的古罗马式的公民外袍，哪怕是又老又胖——事实上大部分都又老又胖，一走动大腿上的肉就会晃来晃去。看起来就像是观赏一坨移动的O形果冻似的。我在人墙中挤来挤去，这么多人都专注于扔钱——无休无止地、一门心思地把钱塞进吃角子老虎或者观看钢球在轮盘赌的轮子上咔嗒咔嗒地跳来跳去或者玩着没有开始也没有结束就像时间一样无休无止的纸牌游戏。只有一种单调而焦躁的节奏，没有愉悦或者快乐之感。我没见到有什么人相互说话，除非是叫杯饮料或者兑换点儿现金。嘈杂声紧张激烈——充斥着吃角子老虎的把手转动声，轮盘赌的轮子的旋转声，机器吐出硬币时的咔嗒咔嗒的喧闹声。

　　一个找零的O形果冻小姐经过，我向她兑了10美元的面值两角五分的硬币。把硬币往一台吃角子老虎机里投了一个（我以前从没玩儿过这个，我是艾奥瓦人嘛），然后拉了一下把手，看滚轮转动，再一个个停止。短暂的停顿后，机器把六枚两角五分的硬币吐到出币槽。我被勾住了，又把更多硬币喂进去。有时会输几个，那就投进去更多；有时机器会吐还几枚，那就把这些再投进去。大约五分钟后，我的硬币没了。于是我招来另一个大屁股的贞洁处女，又换了10美元。这一次我立刻赢了12美元的硬币，吐币声煞是热闹。我颇感自得地环顾左右，却发现根本没人注意。接着我又赢了5美元。嘿，这还不错，我想。我把所有的硬币放进一个写着"恺撒宫"的小塑料桶里，看起来相当可观，都对着我闪闪发光。但是，大约20

分钟以后，塑料桶就变得空空如也。我走过去又兑了10美元，然后又开始把它们喂进机器。有时赢有时输。我开始意识到有一个固定的模式在里边：我每投进去四枚硬币，就会平均得回三枚，有时是一起的，有时是零星的。我的右胳膊开始有点儿发疼。这实在让人发烦，把把手拉了一次又一次，看着轮子转了一圈又回转，回转，回转，转、回转，转、回转，回转，回转。最后一枚硬币赢回价值3美元的硬币，我反倒有点儿失望，因为我想去吃晚饭了，可是现在却又抓了两手的硬币。于是我尽职尽责地把这些硬币喂给了机器，却又赢了更多。这可真够烦人的。最后，大约30分钟之后，我终于摆脱了最后一枚硬币，终于可以走开找一家饭馆了。

正走着，一台机器弄出的喧嚣声吸引了我的注意力，原来是一个女人刚刚赢了600美元。在连续90秒的时间里，机器源源不断地向外吐钱，形成一条银色的瀑布。机器停止之后，那女人瞪视着钱堆却毫无喜悦之色，开始把它们重新喂回机器。真替她难受。要想摆脱这笔钱，她可得花上一整夜了。

我穿过一个又一个房间，想找到出口，但这地方明摆着就是让你晕头转向来着。没有窗户，没有出口标志，只有无穷无尽的房间，房间里是同样暗淡的灯，同样的地毯，那种地毯就好像是某个主管在电话中咆哮着定制的："给我弄两万码最丑的地毯来！"那简直就像是编织在一起的一堆呕吐物。我好像漫游了几个世纪之久，却不知道是离出口近了还是距离更远了。沿途经过一家小购物中心、几家饭馆、一家自助餐厅、一家酒馆（阴暗而寂静的酒馆里影影幢幢有几个人影），还经过一家有现场表演的酒吧，演奏者才能低劣得可怕（要是你能行，再给我弄几个差劲得要死的艺人！），在一个巨大的房间里，四面墙上都装着巨大的电视屏幕，正直播着某些体育比赛——棒球联赛、NBA篮球赛、拳击赛、马赛，整墙的运动员正无声地为这房间里唯一的观众玩命，而他还睡着了。

　　我不知道到底有多少游戏房，但是毫无疑问有好多。通常我很难辨认是看到了一个新房间还是从另一个角度又看到了刚才见过的那同一个房间。每个房间都一模一样——一长列人呆滞地、机械地把钱一点儿一点儿输掉，就好像被施了催眠术似的。没有一个人明白，一切都是设计好了害他们的。真是了不起的圈套。有些赌场每年能赚到1亿美元的利润——很多大企业能赚到的也就是这个数目——但赌场除了打开房门之外什么都没干。开一家赌场几乎不需要任何技能、任何智慧，也无关乎阶层。我在《新闻周报》上读到一则新闻，说那个在市中心经营一家叫作马鞍赌场的家伙竟是一个文盲。你能相信吗？想在拉斯维加斯小有所成所需智慧究竟如何，你大概能想得到了。我突然对这个地方感到憎恶，而且恨自己也被这一切所欺骗，就因为那喧闹、那五光十色，我竟然那么快、那么没有头脑地输掉了30美元。用这么一笔钱，我可以买到一顶帽檐印有一坨塑料大便的棒球帽和一个马桶形状的烟灰缸，上写"把你的屁股放到这儿——内华达拉斯维加斯纪念品"，这让我非常郁闷。

　　我走进恺撒宫自助餐馆，希望食物能够让我的想法有所改善。自助餐要价8美元，但是你想吃多少就吃多少，因此每样食物我都要了一大堆，下定决心要为自己的损失做些补偿。于是，大盘子里就混合了各种食物、肉卤、烧烤汁和沙拉酱，成了一大堆黏糊糊的无味怪物。可我把它们都倒进了肚子里，之后还要了一大盘黏糊糊的巧克力作甜点。然后我觉得非常难受。感觉像吃进去一个绝缘滚筒似的。托着膨胀的腹部，我向一个出口冲去，可再也没有什么活动人行道把我送回街道了（拉斯维加斯可没有失败者和放弃者的地盘）。我只好步履蹒跚地挤过灯光泛滥的快车道，好不容易才回到了大街上。新鲜的空气让我稍微舒服一点儿，但也只是舒服一点儿。我就那么慢慢地吃力地在大道上熙熙攘攘的人群中挤来挤去，那副模样可真像是对机器人的拙劣模仿。我又拐进几家赌场，希望能重新激起贪欲，以便暂时忘掉鼓囊囊的大肚子。然而，它们却都与恺撒宫毫无两样——同样的嘈杂、同样输得囊空如洗的蠢人，以及同样丑陋的地毯。这只能让我头疼。过了片刻我就统统放弃了。于是我闷头返回旅馆，一进房门就重重地倒在床上，一动不动呆滞地盯着电视。当人吃得太撑、没有遥控器、大脚趾又够不着旋钮时，就只能这么待着了。

那就只能看本地新闻了。先是对拉斯维加斯一天的凶杀案的简要报道，并伴有各种凶杀情景的纪实短片。影片不外乎是一所房子，前门洞开，几个警员四下里走来走去，周围一群小孩站在旁边，兴高采烈地对着镜头摇手，对他们的妈妈说"嗨"。报道之间总有男女主持人插科打诨一番，之后语调轻快地报道："顽石城的一个母亲和她的三个小孩今天被一个疯狂的伐木工人砍死。接下来是一则影片报道。"然后是好几十分钟的广告，大部分是滑肠产品之类，紧接着就是地区凶杀、房子失火、飞机失事、顽石公路上多辆汽车相撞和本地其他血腥事件的报道，并附带纪实影片：撞得乱七八糟的汽车、烧成灰烬的房屋、盖在毯子下的尸体啊等等，一群小孩站在旁边兴高采烈地对着镜头摇手，对他们的妈妈说"嗨"。也可能只是我的想象，但是我几乎可以发誓说每个报道里出现的都是那同一群孩子。可能，美国的暴力已经滋生了一类新群体——连环目击者。

最后是一则关于一个等待开释的囚犯的特别报道，该犯十年前强奸了一位年轻女人，事后还变态地把那女人的胳膊齐肘锯掉。这都是真的。即便对于情感已经僵化的内华达人来说，这事也令人发指，以至于一批人要去等他出狱。此人将于第二天上午六点钟获释。新闻还报道了所有相关的细节，以期观众也能赶去加入等候的人群。至于警察局，记者带着明显的兴奋说，警察局拒绝保证此人的安全。新闻最后以记者站在监狱门前对着摄像机讲话作结，她后面则是一群孩子跳上跳下，对他们的妈妈摆手说"嗨"。难以忍受。于是我艰难地起身把电视节目换成《艾德先生》。至少，看《艾德先生》你还知道自己在哪里。

早上，我驱车上了第15号州际公路驶离拉斯维加斯，这条长路直接穿越沙漠。这是拉斯维加斯和洛杉矶之间的一条主干道，全长272英里。沿着这条路开车就好像在炉子上烧红的铁架上行驶一样。大约过了一个小时就进入了加利福尼亚，进入了一个地面泛着白光还长着些乱七八糟的木榴油树的名为"魔鬼游戏场"的地方。阳光亮得耀眼。远处的苏打山在眼前颤动，前方远远驶来的汽车反光如此耀眼，看起来就像一团团火球；前方道路上空总有海市蜃楼的片段只影，我走近它们就消失，然后又在稍远处重新现身。沿途的路边，有时就在沙漠上，常常冒出几辆中途抛锚的汽车。其中有些看起来待在那儿已经很长时间了。这是个多么可怕的抛锚地啊！夏季，这里是全球最热的地方之一。右边一片枯黄焦干的艾沃瓦兹山脉的后面，就是死谷。据记载，1913年死谷的最高温度曾经达到134华氏度，创下了美国纪录（世界纪录是1922年在利比亚测得的温度，仅比这一纪录高了2华氏度）。可这还是阴凉处的温度。把温度计放在阳光下的地面上，温度就会超过200华氏度。虽然现在还只是4月，温度却已接近90华氏度，这样的温度已经让人很不舒服了。很难想象再升高一倍会怎么样。然而，仍然有人生活在那儿，生活在那些如贝克和巴斯托一样可怕的小镇上，那里的温度通常连续100天都在90华氏度以上，连续10年不下一滴雨。怀着对绿水青山的渴求，我继续向前行进。

加利福尼亚有一个好处，就是很易于发现悬殊的对照。这个州有最奇特的地理景观。在死谷，你处于全美国的最低点（低于海平面282英尺），但俯视它的又是美国最高点（不算阿拉斯加）的惠特尼山，高达14494英尺。如果你愿意，行驶在死谷里时你可以在汽车顶上煎鸡蛋，然后再往前走30英里进山，让它在雪堆里迅速上冻。

我原本打算经由死谷之路穿越塞拉内华达（不时停下来用鸡蛋做做实验），但是天气预报说由于近期恶劣天气影响，所有山路仍然封闭，因此我只能绕个又长又无益的大圈子，改走58号旧高速穿越莫哈韦沙漠了。这样我就得路经爱德华空军基地，这个基地沿高速公路蜿蜒而行，大约有40英里，围着一条长得好像没有尽头的链形防护栏。航天飞机着陆点就在这里，查克·伊格也是在这里打破声障的，所以，这里当真是个炙手可热之处。但是从高速公路上我却什么也没看到，没有飞机，没有机厂，只有1英里接1英里连绵不断的高高的栅栏。

过了莫哈韦小镇，沙漠消失了，地面上开始冒出扁平的小山丘和柑橘林。我从洛杉矶高架渠经过，该水渠从北到南长达55英里，用来把加利福尼亚北部的水调入洛杉矶。即便在这儿，城市的烟雾仍然在群山之间蔓延。能见距离仅1英里，1英里远处就是墙一样厚重的灰褐色的烟雾。雾霾旁边的太阳，成了一个光线微弱的圆盘。一切好像都洇上了颜色。连群山也像得了黄疸病似的。山丘都很圆润，上面覆盖着乱石和低矮的树丛。有什么东西使它们看起来有点儿奇异的亲切感——我意识到那是什么了。这就是那些山，那些20世纪50年代电视里上演的《独行侠》《蒙面侠佐罗》《罗伊·罗杰斯》《锡斯科小子》里演员们骑马奔腾其上的山。此前我从没注意到西部电影和西部电视是两个相当不同的区域。电影人很明显是经常深入到真正的西部——电影里会出现西部的小尖山和悬崖峭壁和红色的河谷——而电视公司，为了图便宜，只往好莱坞北部的山里驱车走那么几英里，就在柑橘林边上开始拍摄了。

这儿显然就是那些乱石，是汤特——独行侠最忠实的伙伴——经常攀爬的地方。独行侠每周都要派汤特在一些乱石上爬来爬去，目的是侦查坏蛋们的营地，而汤特每周都毫无例外地会被俘虏。独行侠每周都不得不骑马冲进去营救汤特，但是他总是那样义无反顾，因为他跟汤特是最好的朋友。在他们互相凝视的目光中你能看到这一点。

这都是过去的事了。如今的孩子会坐着欣赏某个人把自己的器官喷溅得到处都是，而不会有一丝悸动。我知道对于你们这些年轻人来说，这让我显得既老又怪，但是我想这可真是遗憾的事，再不会有我小时候那样有益健康的娱乐节目了。那时候，英雄都戴着面具，披着斗篷，带着鞭子，而且非常喜欢其他人。你曾经停下手头的工作认真严肃地想过我们小时候被灌输的那些榜样有多么怪异吗？比如说超人，这是个在大庭广众之下换衣服的家伙；比如说大卫·克劳科特，这家伙征服了边境，勇敢地和白杨树搏斗，却从没注意到脑袋上顶着一只死松鼠。怪不得这个年纪的一些人长大之后脑袋被搞得七荤八素，以致成了瘾君子呢。我最爱的英雄是佐罗，谁敢找碴儿，他就立刻抽出剑来抖三个剑花在攻击者的衬衫上划拉个Z字。你不是也渴望能这么干吗？

"小子，我特别交代牛排要生的。"

劈，劈，劈！

"抱歉，但我相信我比你先来。"

劈，劈，劈！

"你什么意思，没我的尺码？"

劈，劈，劈！

我和我的朋友罗伯特·斯旺森连着好几个星期用他妈妈的切菜刀做练习，竭尽全力地想掌握这项有用的技能，但最终除了一些千疮百孔的衬衫和我们肚皮上横七竖八的伤口之外一无所得。于是因为疼痛和难以成功，过了段时间我们就放弃了。这是个让我直到现在仍懊悔不迭的决定。

由于离洛杉矶很近，我考虑要不要驱车直入，但因为大雾和交通状况，尤其是想到洛杉矶也许会有什么人突然出现在眼前当真在我胸口划拉个Z，我就却步了。我认为疯子当然也应该有自己的城市，但是我一辈子也不明白一个心智健全的人为什么想去那儿。而且，洛杉矶已经落伍了，没什么让人惊奇的玩意儿。我的计划是驱车向北穿越加利福尼亚内陆，穿越肥沃的圣华金河谷。没人去过那儿，原因很简单，正像我马上就要发现的那样——因为它确实不值得去。

第二十五章

起床时我有点儿兴奋。多么清新明快的早晨啊。一两个小时之后我就要到红杉国家公园，到那里穿越一棵树。这种话说起来平淡无奇，但着实让我兴奋不已。我五岁的时候，弗兰克叔叔和芬阿姨从温菲尔德到加利福尼亚度假——当然了，这是在弗兰克（这个老浑蛋竟然是个同性恋）跟他的理发师私奔到基韦斯特以前的事了。这事让温菲尔德人大吃一惊，更为不爽的是意识到从此以后只能开车到愉悦山去理发了。就在这时他们给我们寄了张明信片，上面有一棵红杉树，那棵树粗得吓人，竟然有条路从它底部穿过。明信片上还有一对漂亮的年轻夫妇，他们开着一辆绿色的斯达贝克敞篷车在树中间飞驰，看起来好像正体验着某种接近情欲高潮的快感。这让我印象深刻。我去问爸爸，下个假期我们能不能去加利福尼亚，也开车穿过一棵树，他看着明信片说："好吧……也许有一天吧。"当时我就知道，想要看到那棵有路洞穿的树的机会，就和让阴毛很快长出来的可能性一样渺茫。

每年我爸爸都会召开家庭大会（你能相信吗？）讨论我们到哪

里度假的问题，每次我都力争去加利福尼亚看那棵有路穿过的树，我的哥哥姐姐们就会冷酷地对之嗤之以鼻，说那纯粹是一个愚蠢得不可救药的傻帽儿主意。哥哥总想去落基山，姐姐则想去佛罗里达，妈妈总是说只要我们全家人都在一起随便去哪儿都行。然后，爸爸就扒拉出一些小册子，上面写着诸如《阿肯色——湖泊胜地》《阿肯色——美不胜收之乡》和《阿肯色旅游须知（由卢瑟·T.斯米雷州长作序）》之类的标题，于是，突然间去阿肯色的可能性变得最大，下一年我们最可能去的地方就是阿肯色了——不管我们在这个问题上想法如何。

我11岁时，我们去了加利福尼亚，去了这个拥有我梦中之树的非常之州，但是我们只去了如迪士尼乐园和好莱坞林荫道以及比弗利山这几个地方（爸爸吝啬得舍不得买那种标有电影明星住址的地图，于是我们只能边找边猜）。早饭时我问过几次能否驱车往北去看那棵有路穿过的树，但是每个人都那么提不起劲儿——太远了，没准无聊极了，可能会花一大笔钱——我心灰意冷，不再问了。事实上我也再没提过，可这个念头留在了心底，成为我童年时代五大不能实现的梦想之一（另外四大无法明言的梦想则分别是：能让时间停止，拥有能发出X光的眼睛，催眠哥哥做我的奴隶，看到萨莉·安·萨默菲尔德一丝不挂的裸体）。

毫不奇怪，这些梦想没一个变成现实（也许这样更好。萨莉·安·萨默菲尔德现在成了个大胖子。两年前她在我们中学同学聚会中露了一面，看起来庞大得就像一个停船场）。但是现在我终于可以实现其中之一了。于是，激动不已的我把衣箱扔进后备厢，驱车上了63号高速，向着红杉国家公园一路疾驰。

前一晚我留宿在圣华金河谷中央的图莱里小镇，该镇是世界上最富裕最肥沃的农业区。人们在圣华金河谷种植了200多种农作物。那天的早间新闻说图莱里小镇去年的农业收入达到16亿美元——这相当于奥斯丁·罗沃的证券交易额——而这个数目在这个州还仅处于第二位。公路再过去一点的弗里夏县更加富有。尽管如此，景色看起来却真不怎么样。山谷平坦得就像网球场。绵延几英里的范围之内，全是一片枯燥的焦黄色，而且到处都是灰尘，地平线上空永远笼罩着一层雾霾，就像一块脏兮兮的窗户。这可能是因为这时正处于一年中的特殊时期，正处于那开始让加利福尼亚中部窒息的干旱期，但不管怎样，看起来都既不繁荣也不硕果累累。点缀在平原上的城镇也同样乏味。它们的外观与其他任何地方的城镇毫无二致，既不富裕也不摩登，看起来让人感觉了无生趣。要不是长在前院里那些柑橘树上的大如葡萄的果实，我还以为自己是待在印第安纳或者伊利诺伊斯或者其他什么地方呢。我们一家到加利福尼亚的旅行就好像是发生在下一个十年的事似的。那时的加利福尼亚看起来既新鲜又摩登。在艾奥瓦还属于新鲜玩意儿的事物——购物中心、便捷的路边银行、麦当劳餐厅、小型高尔夫球场、玩滑板车的年轻人——在加利福尼亚已经司空见惯了。而现在它们看起来都已垂垂老矣，其他地方却已迎头赶上。1988年的加利福尼亚没有任何艾奥瓦没有的东西，除了有烟雾、沙滩，长在前院里的柑橘之外，还有你能开车穿越的树。

我在维萨莉上了198号高速，顺着它穿越了沁人心脾的柠檬林，穿越了卡维湖迷人的海滨，然后在塞拉内华达山脉的山脚攀爬。过了三河，我便进入了公园，一个森林看守从小木屋里向我收取了5美元的门票钱，拿给我一本介绍景点的小册子。我迅速翻阅了一下，看能否找到一幅有路穿越大树的图片，但册子上没有任何图片，只有一些文字和一张地图，地图上面尽是些吸引人的名字：雪崩峡谷、薄雾瀑布、告别隘口、洋葱山谷、巨人森林等。我决定去巨人森林。

红杉国家公园和国王峡谷国家公园接壤，事实上它们已经连成了一个公园。如同西部所有的国家公园一样，它们的面积相当可观——从头到尾长达70英里，横跨30英里。由于向上的山路很是蜿蜒曲折，所以汽车行进缓慢，但一路上的景色相当优美。

我在高耸的山路上驱车行驶了两个小时，穿过乱石林立的群山。大片的雪仍然没有融化。最后我来到了那郁郁苍苍、神秘莫测的树形巨大的红杉林（就是小册子上所说的巨型红杉树）。毋庸置疑，这些树当然很高，而且根部相当粗壮，不过粗得还不足以开出一条路。可能再往里走会见到更粗的树吧。红杉树的树形很丑。每棵树就那么往上长啊长啊，简直是高入云霄，但树枝却寥寥无几，而且都又短又粗，整体看起来非常蠢笨，就像是三岁顽童画出来的一样。巨人森林的中间地带，挺立着那棵谢尔曼将军树——地球上最大的生物。谢尔曼将军树肯定正是我一直寻找的那棵树。

"噢，亲爱的雪佛兰，看我给你找到了个什么乐子！"我欢呼着，爱怜地拍拍方向盘。最后快到谢尔曼将军树时，我发现一个小小的停车场，林间还有一条小径通向它。很明显，现在不再可能穿越这棵树了。这个令人失望的事实，再次提醒我生活中事与愿违的事情很多，但是没关系，我想，我可以走着穿越它，快乐还可以延长些呢。我真要来回多走几次，逍遥自在地徜徉一番。如果周围游人不是太多的话，我还可以用一种吉恩·凯利在《雨中曲》中那种跨越一个个水坑、弄得水花四溅的轻快的舞步，围着它好好跳上一场。

　　于是我"砰"地关上车门，沿着那条小径走向大树，它就在那里，周围圈着一道小篱笆以免人们离它太近。它确实很大——又高又粗——但是并没有那么高，也没有那么粗，而且根部也没有穿洞。也许你能设法挖出一条小路，但是——这点最重要——从来没人这么做过。树旁有一个巨大的木牌子，写着些富有教育意义的信息："谢尔曼将军巨人树不仅是世界上最大的树，也是最大的生物。它的树龄至少有2500岁，所以也是最老的生物之一。"即便如此，它仍然是出人意外的乏味透顶，不是吗？这是因为它毕竟没有那么高，那么粗。它之所以能在众多红杉中脱颖而出，在于它上下粗细差别不大，差不多都是那么粗。因此，它比其他树的体积都大。如果你想看看最让人印象深刻的红杉树——那种根部有路穿过的红杉——你就得去接近俄勒冈边界的红木国家公园。顺便提一下，我们在树根部设了一圈栅栏，以便保持你的距离感和加剧你的失望感。仿佛这还不够似的，一群喧闹的德国小子从你身后的路上走过来了。生活可不真是他妈的让人厌恶？"

　　你会了解，上述叙述多少经过了我的二次解读，但要点就是这些了。德国人来了，和青皮小子们一样，又讨厌又没脑子，从我这里把树偷走了。他们坐在栅栏上，拍照片拍个没完没了。于是，只要那个拿照相机的家伙准备按快门，我就立即在相机前晃悠，以此得到了点儿小小的乐趣。但即便是捉弄德国人，这种活动也很难得到持久的乐趣，所以，过了一两分钟我就走了，就让他们在那里喋喋不休地谈论该死的流行音乐、毒品和其他年轻小子热衷的东西去吧。

坐在车里查阅地图时，我沮丧地发现红木国家公园差不多离这里有500英里。简直难以置信。我现在是在洛杉矶北部300英里处，驱车再走500英里之后，竟然还在加利福尼亚。从头到尾竟然有850英里长——差不多是伦敦到米兰的距离了。要到红木国家公园的话，我得花一天半时间，回到原地还得再花上一天半。我可没这时间。我快快不乐地发动汽车，决定去70英里外的优胜美地国家公园（Yasemite National Park）。

后来证明，这是个多令人扫兴的地方啊！很抱歉在这里悲叹，真是很抱歉，可是优胜美地真是个空前绝后的令人失望的地方。它美得不可思议，美得让人目瞪口呆。一眼看到埃尔开普敦山谷里高耸的山峦和白色的瀑布从成百上千英尺的高处倾泻在谷底绿色的草地上，你会以为自己已经死去进了天国。然而，驱车驶进优胜美地村庄之后，你就会意识到，如果这里就是天国，那就意味着你得跟一大群穿百慕大短裤的胖子共享永生了。

优胜美地真是乱七八糟。美国的国家公园管理机构——让我们推心置腹吧——在经营国家公园上的所作所为简直像半个蠢驴。这真让人意外，因为美国对大多数休闲娱乐都管理得比其他国家好上一百万倍，但是国家公园可不是这样。游人中心通常乏善可陈，出售的东西既昂贵又乏味，你也得不到任何关于野生动植物、地质方面的知识，了解不到任何地方的历史轶事，尽管你为其舟马劳顿了数百英里。人们一般都认为国家公园应该保存大块的蛮荒野地，生长着大量的野生动植物，但事实上，在很多国家公园，野生动物数量都已经大大减少。黄石公园曾经生活着狼、高原狮、白尾鹿等，现在已经统统消失，海獭、巨角野羊的数量也逐渐接近零。这些动物在黄石公园之外活得顽强、茁壮，但是只要是公园设施延伸的地方，它们可以说是已经踪迹无存。

我不知道为什么会这样，但国家公园管理机构很久以前就显示出了它的疲软无力。你相信吗？1960年，公园管理机构曾经邀请沃尔特·迪士尼公司在红杉国家公园建造项目。侥幸的是，该计划破产了。但是其他类似的设想却成功了，最著名者就是一座水库的建造。那是1923年，保守派与商人们经过漫长的斗争之后，优胜美地东北部的赫琪赫琪山谷（被认为比优胜美地山谷更壮观更漂亮）最终被建造成一座水库，用来为距离西部150英里的旧金山提供饮用水。于是，我们这个行星上半打最让人瞠目结舌的美景之一，60年来就泡在了因商业原因而泛滥的大水中。真不敢想象要是在那儿发现石油会怎样，天哪，上帝保佑我们！

现在，在优胜美地单是找路就成了最大问题。我从没见过路标设置这么差的地方，就好像他们千方百计要把公园藏起来让你找不到似的。在大多数公园，你首先要做的就是到游人中心区，在那里看看地图，卸下行李，然后再决定去看哪些景点。但是，在优胜美地你几乎找不到游人中心。我在优胜美地村庄周围转了25分钟之后才找到一个停车场，然后又耗费了20分钟向错误的方向走了一大段距离才发现了游人中心。只不过这时候我已经对周围环境无比熟悉，用不着游人中心了。

到处都是让人沮丧、令人绝望的人满为患——快餐馆、邮局、商店，全都如此。这还是在4月，无法想象8月这里该挤成什么样子。我从来没有见过还有什么地方像这里一样，能够把优美至极与糟糕透顶这两种特点杂糅在一起。最后，我走了很长一段路，还算度过了一段比较美好的时光，欣赏了瀑布，观赏了周围的美景，确实很美。真不相信这样的地方就不能打理得好一点儿。

在夕阳的余晖中，我驱车沿着蜿蜒的山路驶向索诺拉。天黑之后我到达了这个小城，但发现很难找到住的地方。才刚周四，大部分地方却都客满了。我最后找到的旅馆价格极其昂贵，电视接收信号也很差，里面的人物就好像在哈哈镜前活动似的，身体先出现在屏幕里，脑袋过了一会儿才跟上，像被一根橡皮筋连着一样。就这么个房间要了我42美元。床呢，就像一个铺着床单的赌桌。马桶座上也没有写有"卫生保护"的纸封套，剥夺了我每天用剪刀剪去封套说"现在我决定打开马桶"的仪式。对于经过一段独自驾车旅行的人来说，这些事情都变得很重要。我心情恶劣地驱车进城，找了家便宜的饭馆吃晚饭。女服务员让我等了很久才走过来让我点菜。这女人长得一副尖酸刻薄相，而且有一种恼人的习惯，那就是重复我对她说的每一句话。

"我想要份炸鸡排。"我说。

"你想要份炸鸡排？"

"是的，还要配薯条。"

"你要配薯条？"

"是的，然后再要份沙拉加千岛酱。"

"你要份沙拉加千岛酱？"

"是的。再要杯可口可乐。"

"你要杯可口可乐？"

"抱歉，小姐，但我今天很闹心，如果你再重复我说的话，我可要把这瓶番茄酱都洒到你衣服上了。"

"你要把这瓶番茄酱都洒到我衣服上？"

我并没有真的拿番茄酱威胁她——没准儿她有个大块头的男友，那个家伙冷不丁就会冒出来当胸给我几拳；而且，曾有一个熟识的女服务员告诉我，如果客人对她粗暴，她就到厨房去在他点的饭菜里吐口水，所以从那以后我从不粗声粗气地对待女服务员或者让厨房把夹生食物拿走返工（你知道，那样连厨师也会在里面吐口水的）。但是我心情太恶劣了，就把口香糖径直放进了烟灰缸（没有像妈妈经常教导的那样先用纸把它包起来再放）。不仅如此，我还用大拇指往下压了压，确保倒烟灰时也倒不出来口香糖，得用叉子才能把它撬下来，而且——上帝宽恕——这让我颇感亢奋。

早晨，我沿着49号高速离开索诺拉向北而行，不知道这天又会碰到什么事。我本想朝东穿越塞拉内华达，但许多路口仍然处于封闭状态，只好最终选择了49号路。这一选择，倒让我享受了一段在山坡起伏的土地上穿越才能体会到的蜿蜒的旅程。树林和草场俯视着公路，偶尔还会看到一所旧农庄，只不过没有任何标志能显示这片土地曾经的用途。我经过的城镇——塔特尔城、米洛斯、天使营地——都是加利福尼亚黄金潮泛滥之地。1848年，一个名为詹姆斯·马歇尔的男人在萨特海湾发现了一块金子——那地方就在这条公路北边，人们立刻为之疯狂。几乎是一夜工夫，4万名淘金者潮水一般涌进加利福尼亚，在10年多一点儿的时间里，也就是从1847到1860年间，加利福尼亚的人口从1.5万人激增到将近40万人。有些城市保存得还像当初兴盛时一样——这样看来索诺拉还不是太糟糕——但是大部分已经很难看到历史上那伟大的黄金潮时期的景象了。我想这很大程度上是因为当时大多数人都住在帐篷里，黄金挖尽了，他们也就跑路了。如今，大部分小城通常能提供的就是一系列加油站、旅馆和汉堡店了，与美国其他地方毫无二致。

在杰克逊，我发现88号高速已经开放了横穿山脉的路口——这是在穿越整个塞拉山脉的差不多300英里的路途中第一个开放的隘口——于是我驱车开了过去。我本来还以为要走另一条只有一个隘口的路的，那个隘口叫作杜纳隘口。1846年，一群拓荒者被大风雪困在那儿连续好几个星期，靠吃彼此的肉最后活了下来，这成了轰动一时的大事件。那群人的头儿就叫杜纳。我不知道他最终到哪里去了，但是我打赌那之后他去任何饭馆都会点几根肋排。无论如何，他的名字最终落在了地图上。杜纳隘口是第一条横贯大陆的铁路（南太平洋路）和第一条横贯大陆的公路（旧40号公路，也就是林肯公路，从纽约到旧金山绵延3000英里）的必经之地。和南边那条66号公路一样，40号线路后来也被冷漠地重新开掘成了单调乏味的州际高速。因此，发现这么一条开放着的偏僻的穿山公路使我非常愉快。

它的确让人愉快。我穿越了如画的松树林，偶尔长久地凝望空寂无人的山谷，然后向北爬上莫克鲁姆峰（9332英尺），沿着大致通往塔湖和卡森城的方向一直往前。道路陡峭险峻，车行缓慢，下午的大半时光都花费在了通往内华达边界的百英里上下的路途上。在伍德福特附近，我开进了托伊比国家公园——或至少曾经是托伊比国家公园。连续几英里几英里的地方，除了焦黑的土地、烧坏的山坡和烧死的树桩就没有别的了。偶尔会经过一所没有毁坏的房子，周围是一圈挖开的防火线。在一大片茫茫无边的焦黑的树桩之间，耸立着一座有秋千架和洗礼池的房子，这番景象相当奇特。大约一年之前，住在这样一个群山环绕、林木葱翠、阵阵松香沁人心脾的地方，主人肯定认为自己是这个行星上最幸运的人吧，而现在他们则好像住在了月球表面。森林很快就会再植，主人们在余生就能看着森林每年一英寸一英寸地重新长起来。

　　我没见过这样一英里接一英里向前蔓延的浩劫，也记不起来曾经在杂志、电视、收音机里什么地方听到或看到有关这场灾难的报道。这就是美国事件。美国太大了，以至于能够吸收所有的灾难，它的博大湮没了灾难、消解了灾难。旅途中我曾一次又一次地看到一些别的地方肯定视之为滔天大祸的新闻报道——南部地区有一打人被洪水淹死，得克萨斯有10个人被商店倒塌的屋顶砸死，东部地区有22人在暴雪中遇难——每一桩灾难都只是简略报道，而且还成了痔疮膏和乡村奶酪的广告之间的过渡，被毫不费力地平淡无奇化了，再恐怖的新闻也失去了震撼力。这部分是因为美国地方电视新闻主播常愚蠢地以轻松活泼应对一切，但主要还是因为美国太大了。佛罗里达发生的灾难被认为发生在加利福尼亚，同样，意大利的灾难被认为是不列颠的——只是短暂而病态地转换一下注意，但已经远得引不起任何个人的悲哀了。

在塔湖南边大约10英里处，我进入了内华达。拉斯维加斯如此让我厌恶，以至于我不想再在任何堕落之处驻足。后来有人告诉我，塔湖其实是个很好的地方，跟拉斯维加斯没有任何类同之处。但这都是后话，现在我可没办法知道事实究竟如何。不过，我可以告诉你，卡森城克正是那种你希望绕过去的小城。它是州首府，但全城也就是些比萨屋、加油站和外表寒碜的赌场。

出城上了55号州际公路，越过弗吉尼亚市向银泉城行驶。这里大概就是《探矿冒险队》里地图燃起火苗的地方了，记得吗？我已经好多年没看过那个节目了，但是我还能想起来老爸、豪斯、小琼和一个看起来倔里倔气的什么人——我忘记他的名字了，都住在西部一个灌木丛生的硕果累累的什么地方。但是现在，这儿却只有水泥色的平原和光秃秃的山峦，几乎杳无人迹。从天空到地面，一切都是灰蒙蒙的。后两天的行程中所看到的情形几乎也是如此。

想要找到另一个比内华达更偏僻更无趣的州还挺难。内华达人口仅有80万，而面积却足抵不列颠和爱尔兰之和。而且一半的人口还是因为拉斯维加斯赌场和便于离婚的雷诺城[1]之故，因此该州其余部分大都空空如也。全境仅有70个城镇（做个比较吧，面积比它小的不列颠群岛有4万个城镇），有些镇子还偏远得无法形容，比如有

---

1 有"世界离婚之都"之名。

1200个居民的约瑞克吧，这个镇子位于内华达州的中央，算是一个繁华之地，从约瑞克往任何方向走，距离最近的城镇都有100英里。整个约瑞克事实上只有三个部分，总人口也在2500人以下——这就是生活在好几千平方英里土地上的人数了。

上了一条在法隆和地图上名叫哈姆洼地的地方之间的一条偏僻公路，在可怕的空旷中行驶了一会儿之后，就在哈姆洼地，我轻快地开上了80号州际公路。这好像是懦弱的行为，但是我的车已经连续好几天都发出一种奇怪的噪声了——一种微弱的类似"喀朗喀朗，哦，上帝帮我，喀朗，我要死了，哦，上帝，哦，上帝，喀朗"的声音——车主维修手册里的障碍处理中也没提到这种情况。一想到车要抛锚，然后我要在某个上帝才知道怎么回事的垃圾坑里困上好几天，眼巴巴地等待每周一班从雷诺城来的灰狗大巴运来某种消除喀朗的装置，如此前景真让我无法面对。可是，最近的替代公路是50号高速，却要绕道150英里到犹他州。我想走一条偏北的路线，越过蒙大拿和怀俄明——即"大天空"州。因此，上了州际公路之后我不由得松了口气，尽管空旷之感更加显著——通常前后方都是相隔很远处才会有其他车辆的踪迹——想想看，它可是横贯这片土地的主干道啊。真的，只要有足够大的燃料箱和足够大的膀胱，你可以从纽约一气呵成直达旧金山。

在温妮莫卡我停下车，想要加点儿汽油，喝杯咖啡，再打个电话给我妈，让她知道我还没被什么人给杀掉，衬衣穿得也顶呱呱的（这是我妈妈多年关心之要务）。在这点上我请她放心，她也让我放心，她还没有轻率地把她的钱遗赠给什么国际妇女救援组织或者其他类似的什么东西（我只是想确定一下！），接下来我们都能轻松地继续各过各的了。

电话间里贴着一幅海报，大字标题《你见过她吗》的下面是一张年轻女孩的照片。这是个很有魅力的女孩，看起来既年轻又快乐。海报上说她19岁，开车从波士顿到旧金山回家过圣诞节，在路上失踪。她在温妮莫卡给父母打过电话，告诉他们她第二天下午就能到家，这是她的最后音讯。几乎可以肯定她现在已经死了，死在空旷的荒漠中的什么地方。在美国，杀个人轻而易举得令人胆寒。你可以杀掉一个陌生人，把她的尸体抛弃在永远不会被发现的远离受害人失踪地达2000英里的什么地方。在美国，估计随时都有12到15个连续杀人犯在四周游荡，随便抓个倒霉鬼下手，然后继续游荡，几乎没有任何线索和动机可供追查。几年前在得梅因，周日下午的时候，一些十几岁的男孩在市中心一间办公室里帮一个男孩的父亲打扫卫生，一个陌生人进来，把他们带到后面的房间，毫无理由地在他们的后脑上一人给了一枪。那家伙被逮住了，然而，他其实也可以轻易地溜到另一个州，然后再做出同样的事情。在美国，每年有5000桩凶杀案悬而未决，这数目令人难以置信。

我在内华达的威尔士（Wells）度过了一晚，我从没见过这么悲惨、肮脏、褴褛的小城。大部分街道都没有铺砌，街道两侧是一些看起来歪七扭八的活动房屋。城里每个人都好像在收集旧车，每个院子里都有锈迹斑斑、车窗不翼而飞的破车子。城里的一切看起来都好像马上就要被废弃了似的。如威尔士这样的环境，其经济来源大概只能在80号公路这条交通线上打主意了。几个卡车停靠点和旅馆散落在周围，大多数都已关门停业，那些还在开门营业的显而易见也正处于垂死挣扎中。大部分旅馆牌子上的字都残缺不全，要么丢了，要么烧掉了，因此牌子上就出现了这样的字眼"孤独之生（星）旋（旅）馆——有方（房）间"。晚饭前我在商业区四处转了转。该商业区包括大部分关门歇业的商店，还有少数看起来还有营业迹象的地方，如一家药房、一个加油站、一个公交车站、一家"大陆旅馆"——抱歉，是"大陆旋馆"，以及一家叫作内华达的电影屋，再走近一看，原来也已关门歇菜。狗到处乱窜，它们在门前路上嗅来嗅去，朝每样东西上撒尿。天气也很冷。太阳渐渐没入远方杰克逊山的群峰之后，空气中弥漫着一种确凿的寒意。我竖起衣领，拉开沉重疲惫的脚步，向离闹市区半英里的州际公路与93号国道的交叉口走去，那里会集了生意最兴隆的卡车停靠处，在黄昏粉红色的薄暮中构成了一块光明的绿洲。

我走进一家看起来最好的歇脚处——一家大型餐馆，它包括一间礼品店、一间餐厅、一间赌场和一间酒吧。赌场很小，只是一间有几台赌博机的屋子，这些赌博机大部分也只是玩儿镍币，礼品店大概只有壁橱大小。餐厅里人头攒动，密密塞满了烟气与谈笑。钢吉他的音乐声从自动留声机中向四周飘浮。除了几个妇女，我是屋子里唯一没有戴牛仔帽的男人。

我在一个小摊位落座，然后要了份炸鸡。女服务员相当和蔼可亲，但是她整只手和胳膊上长了很多开裂的小脓包，嘴里只有三颗牙齿，围裙看起来好像她整个下午都在杀猪似的。跟你说实话，这让我对晚饭有点儿倒胃口，接着她带来了我要的食物，而那个让我彻底倒了胃口。

那绝对是我在美国任何时刻任何条件下都不曾领略的最糟糕的食物，哪怕是医院、加油站、机场咖啡间、灰狗巴士车站以及伍尔沃斯便餐柜台等处提供的食物也无法与之相提并论，这顿饭甚至比在注册处和得梅因的论坛报大楼处由机器派发的像是什么人在上面呕吐过的发面点心更糟糕！太可怕了，可这屋里的人却一个个都在狼吞虎咽，那模样就像活不到明天似的。我试着尝了尝——带着硬毛的炸鸡、叶脉发黑的莴苣、外表和吸引力都像白发病鼻涕虫的薯条——我立刻放弃了，只好沮丧地把盘子推到一边，真希望自己还没戒烟，这样还能抽烟缓缓。看见我剩下了那么多，女服务员问我是否想要把它打包带走喂狗。

"不，谢你了。"我勉强地笑着说，"我可不信还能找到什么狗肯把它吃下去。"

仔细想来，比起在这家餐厅，还有更丧气的进餐经历，那是在得梅因卡拉南初中的午餐室。卡兰南的午餐室情景就像出自监狱电影似的，你得在一队长长的静悄悄的队列里慢慢地往前移动，一团团不成形状的女人，把一团团不成形状的食物撂到你盘子里——那些女人就好像是刚从精神病院里出来放风似的，没准还是因为在公众场合下毒而被送进去的呢。那些食物不只是外表不吸引人，而是根本就无法辨别。更让人不快的是副校长斯诺伊德先生，他总是蹑手蹑脚地在你身后走动，只要你弄出点儿尖叫，或听到你对走过的人说："喂，这是他妈的什么东西？"就立刻揪住你的脖子，把你拖到他的办公室去。在卡兰南吃饭，就像是把胃翻过来一样。

回到旅馆，我感到饥肠辘辘，毫无满足感。看了会儿电视，翻了几页书，然后就进入了半睡半醒状态。这种睡眠大多只在这种情形下发生——当你的全部身体几乎都安静下来休息，只有你的胃仍在叫唤："我的他妈的晚饭在哪儿？嘿，比尔，你听没听见我说话？我——的——他——妈——的——夜间食料在哪儿？"

第二十六章

这里，有一个与任何事情都不相干的真实的故事。1958年，我奶奶得了结肠癌，然后到我们家等死。这时我妈妈雇了一个清洁女工，名字叫古德曼太太，虽然脑筋先天不足，却天生一副天主教徒的好心肠。我奶奶来了之后，古德曼太太变得一反常态地闷闷不乐。之后的某一天下午下班时，古德曼太太就跟我妈妈说她得辞工了，因为她不想从我奶奶那里感染上癌症。我妈妈平心静气地向她保证说她不会"感染上癌症"，并且为了补偿她因为痴痴呆呆的奶奶而做的额外工作，给她涨了点儿工资。于是，古德曼太太满脸不情愿地留了下来。大约三个月之后，她"感染"上了癌症，并以惊人的速度很快死掉了。

是的，正如你设想的那样，由于是我们家害死了这可怜的女人，我总想小小地纪念她一番，我想这儿比其他地方也毫不逊色，尤其从内华达的威尔士到爱达荷的双瀑这段路上，我正没有什么趣闻讲述呢。

因此，永别了，古德曼太太，很高兴认识你，而且我们都非常非常遗憾。

双瀑够漂亮的了——我毫不怀疑古德曼太太会喜欢这里，然而，你想死人还会在意任何风景的变化吗？——爱达荷的南部景观可比内华达拿出手的都更嫩绿更肥沃。爱达荷以马铃薯驰名，尽管实际上面积只有它1/3的缅因州产量更高。它的真正财富是矿产和木材，特别是落基山脉海拔较高的地区，那些地方北临加拿大，也就是我现在所处位置往北500英里的地方。我开始朝太阳谷（锯齿山脉著名的旅游胜地）出发，相邻的城市是凯彻姆（Ketchum），欧内斯特·海明威在那里度过余生，最终又在那里打出了自己的脑浆。这总是让我（提醒你一下，这可不关我什么事）觉得是一种特别轻率而自私的自杀方式。我的意思是说，如果你死时没有弄脏家具，弄得所有人都狂吐的话，家人对你的死可能会更伤心欲绝些。

不管怎么说吧，虽然太阳谷更让人心情愉快，凯彻姆的观光客却更多。19世纪30年代，太平洋铁路联合组织立意把它建造成一处滑雪胜地，以诱使人们在冬季来这里旅行。这里环境相当优美，周围锯齿状的山峦把这里环绕成一个盆地，这里还有一些该地区最好的滑雪运动场。如克林特·伊斯特伍德和巴巴拉·史翠珊之类，他们在该地都有房子。我顺着不动产交易所的窗户往里看了一下，没看见任何售价低于25万美元的东西。

太阳谷的城区——只是个小小的购物中心——看起来像个巴伐利亚村庄。我发现那里有种奇特的魅力。和美国这类事物通常的情形一样，它比真正的巴伐利亚村庄更胜一筹。这有两个原因：一、这里建造得更好更风景如画；二、太阳谷居民从来没有接受过阿道夫·希特勒做自己的领袖，也没把自己的邻居送去毒杀。假如我是个爱滑雪的富翁，就光是因为上述理由就会毫不犹豫地来这里，而舍弃像加米施·帕滕基兴[1]之类的地方。可我既没钱又不会滑雪，所以除了在商店周围逛逛就没什么可做的了。这些商店大都出售时髦的滑雪装和昂贵的礼品——比如说售价为200美元的大型白镴糜，售价150美元的铅球镇纸——店主都是些势利眼，看着你的表情就好像一有机会你就会在角落里顺手牵羊似的。可以想见，这让我顿感酸楚，决定不买任何东西。"你的损失，不是我的。"我轻蔑地咕哝着离开了。

爱达荷也是个大州——从上到下长达550英里，底部宽300英里——光是去毗邻怀俄明边界的爱达荷瀑布（Idaho Falls），就花了这天剩下的全部时间。中途经过阿克小城（Arco），在1951年12月20日，该城成为世界上第一个用核能发电照明的城市，电力来自世界上第一座和平时期的核反应堆，该反应堆位于该城西南部10英里外的爱达荷国家工程实验室。这名字通常会引起误解，因为这个所谓的实验室，竟包括方圆几百平方英里灌木丛生的地面，它实际上还是美国最大的核垃圾场。阿克和爱达荷瀑布之间的公路，有40英里就贴着它的边缘，只不过沿途都设有高高的防护栏，一些军用检查点散置其间。远处有几幢高大的建筑物，没准就有穿白色太空服的工人，在那些像出自詹姆斯·邦德电影里一样的房间里四处走动。

当时我还没意识到，但是美国政府最近承认，已经发现有钚元素从那里的一个存储装置里外泄，并向下渗进了一座巨大的地下水

1　德国疗养地和冬季运动中心。

库，而该水库为爱达荷南部几万居民提供生活用水。钚元素是已知的最高致命性物质——一勺就能消灭一个城市。一旦造出点儿钚，你必须妥善保存25万年，但是美国政府却只保存了不到36年。对于我来说，这就是一条不能允许政府摆弄钚的令人信服的论据。

这还只是许多外泄事件中的一个。在华盛顿，一个类似的装置也外泄了，在任何人都没有想到在容器里放一个量尺时就流掉了50万加仑的高反射性物质，想想这是什么事。任何东西你也不能一下子就失去50万加仑啊！我不知道这个问题的答案，但是我肯定自己决不想在五年之后到帕卡特罗或者爱达荷瀑布城做房屋中介商，在地面开始发出白光、女人生下苍蝇人时还卖什么房子！

然而，爱达荷瀑布城至今还是个宜人的小城。闹市区很迷人，显然也很繁荣，林木茂盛，长凳摆放有序。一条大横幅悬挂在一街道上方，上写"爱达荷瀑布城对毒品说不"。我想，这确实会使年轻人远离毒品。美国小城总是被毒品占据，所以我怀疑如果对爱达荷瀑布城的年轻人进行一番深入调查，你不见得只能找到几本肮脏的杂志、一包避孕套和半瓶啤酒吧。

在"快乐的中国餐馆"，我用了一顿美味的晚餐。餐厅里除了我之外只有一桌客人，包括一对中年夫妇、他们十几岁的女儿和一位来自瑞典的交换学生，后者简直艳光四射——金色的头发、蔚蓝的眼睛、晒成棕褐色的皮肤、温柔的嗓音，美得夺人心魄。我不可救药地盯着她看。我以前从没在爱达荷的中国餐馆见过这样的美女。过了一会儿，一个男人走了进来，毫无疑问是这家人的熟人，于是在他们桌前停下来聊天。男人被介绍给了瑞典女孩，问女孩在这里停留的情况，她是否游览过本地的旅游胜地——溶洞啊，温泉啊什么的。（她去过了。踏门（他们）都恨（很）好。）接着他就问到了那个大问题。他说："那么，格瑞塔，你更喜欢哪里，是美国还是瑞典？"

女孩的脸"腾"地红了。很显然，她在这里住得还不够久，还没想过这个问题。一下子，她看起来更像个孩子而不是女人。她一面窘迫地摆了下手，一面说："噢，我香（想）是瑞典。"一层阴云笼罩在桌子上空。每个人看起来都有点儿不自在。"噢。"男人干巴巴地说，声调里满是失望，接下来话题就转到马铃薯价格上了。

美国中部的人总爱问这个问题。如果你在美国长大，那么你从小就被灌输了这种信念——不，这种理解——美国是地球上最富裕最强大的国家，因为上帝最喜欢我们。美国有最完美的政府组织形式、最有趣的运动项目、最美味和份额最足的食物、最大的车、最便宜的汽油、最丰富的自然资源、最多产的农业、破坏力最强的核武器，拥有地球上最友好、最高尚和最爱国的人民，任何国家都不可能比得上。因此，无法理解竟会有人更想住在其他地方。异国人这样说让人困惑，本国人这样说简直就是妖言惑众了，我自己过去也这样认为。中学时，我跟一个荷兰男孩共用一个衣帽柜，我还记得有一天他怒气冲冲地问我，为什么每个人，绝对是每个人，都希望他喜欢美国甚于荷兰。"荷兰是我的家乡。"他说，"为什么人们不能理解那里才是我更愿意住的地方？"

我考虑了一下。"是的。"我说，"但是往深里说，安坦，难道你不是真的更喜欢这里吗？"真够滑稽的，最后，他决定说是的。

最近我听说他成了佛罗里达一位成功的房地产商，开着跑车，戴着大太阳镜，张口就是："嘿，发生什么事了？"比起穿木鞋、双肩担着牛奶桶、每两三代人就被德国人侵略的状况，这无疑是可观的进步。

第二天，我开始朝怀俄明挺进，沿途的景观就好像是对少儿图书上的西部神话的生动注解似的——白雪皑皑的山峰、茂密的松林、齐整的农田、弯弯曲曲的小河以及名字秀丽的山谷天鹅谷。这可得为那些开发西部边疆的男男女女说句公道话，他们确实很善于给一个地方命名。仅仅在地图一角，我就看到了苏打泉、屠杀石、蒸汽船山脉、风河、燃烧峡、灾难瀑布——这些特别的名字蕴含着冒险和兴奋，尽管那里事实上就只有一个远距离加油站和方便冷饮店。

美国早期拓荒者，大都不善于起地名，要么选择一些没有想象力的、资源再利用的名字——纽约、新汉普郡、新泽西、新英格兰；要么就是些谄媚的、拍马屁的名字——弗吉尼亚、佐治亚、马里兰和詹姆斯敦等，可怜兮兮地试图确保得到老家某些君主或者扑粉贵族们的欢心。要不然就索性接受印第安人告知的名字，也不知道"斯桂西阿因萨科特"究竟意为"有湖水闪烁的土地"还是"朱比特停下来撒尿的地方"。

西班牙人更差劲，因为他们把宗教性的名字授予一切地方，弄得西南部的每个地方不叫圣这个就叫圣塔那个。穿越西南部的旅程就颇像一次800英里的朝圣。整个大陆最糟糕的名字就是新墨西哥的圣格雷·德·克雷斯托山脉，意思是"基督之血山脉"。你听过这么愚蠢的名字吗？有这样的地理特征吗？只有在这里，在真实的西部，在这块住着海狸猎手和高山人的土地上，一大堆传奇和色彩才融进了取名事业里。我马上就要进入它们中一个最美的、传奇色彩被严重低估的地方：杰克逊洞。

杰克逊洞根本就不是洞，只是一道如画的山谷，从北到南贯穿了大特坦山，这可能是落基山脉最雄伟的一段了。顶部洁白、底部灰蓝，看起来很像一种外国风味的甜点，比如蓝莓刨冰什么的。杰克逊洞南端是杰克逊小城，就是我现在停下来吃午饭的地方。这是个奇怪的地方，是个诡异的混合体，既有粗鄙的优胜美地山姆商场，也有像班尼顿、拉尔夫·劳伦之类的高档商店。后者的存在，有赖于冬天来这里滑雪、夏天来观光牧场闲逛的许多细皮嫩肉的少爷小姐。小城每个角落都带着点儿野性西部的色彩——鹿角宾馆、银币沙龙、搭便车邮局。杰克逊银行（我在那里兑换了一张旅行支票）里，竟然有一个野牛头标本挂在墙上。然而，这一切却显得那么自然。在西部各州中，怀俄明州最粗野彪悍，那里仍然是一块充斥着牛仔、骏马和大片荒野的土地，在这里，男人必须要做身为男人该做的事，而就表面来看，这主要就是指开着小货车到处游荡，而且反应有点儿迟钝。我从没见过这么多人都穿着牛仔装，而且几乎每个人都有枪。仅仅几周前，这个州在晒延的立法机关颁布一条法令，要求所有议员在进入州议会厅时必须先在前台寄存手枪。怀俄明就是这样的一个州。

我继续朝大特坦国家公园行驶。这又是一个引人注意的名字——"特坦"在法语里意思是"奶头"。这是个有趣的现象——可以说，是个地形上的珍品——我的初中地理老师莫卡斯小姐，在八年级时不再教我们了，真可惜。他们干吗总是剥夺你在学校里最逗乐的趣事？假如初中时我就知道托马斯·杰斐逊还留了个黑奴以便解决自己的性紧张，或者知道尤利西斯·S.葛兰特是个不可救药的扣裤裆都会跌跤的酒鬼，我敢向你保证，我就会对功课兴趣大些。

不管怎么样吧，第一批穿越怀俄明西北部的法国拓荒者第一眼看到这些山就叫道："天哪！嘿，杰克斯，好好看看这些山。它们看起来多像我老婆的奶头！"法国人倾向于把一切都降低到性粗话的层次，这不就是典型吗？谢天谢地，我得说，幸亏他们没发现大峡谷。值得一提的是，特坦山们看起来像奶头的程度，就如同像煎锅或者像一对远足靴的程度一样。简言之，它们根本就不像奶头，大概只有那些长久离家、极端孤独的男人才可能会那么想吧。在我看来，它们是有点儿像奶头。

大特坦国家公园和黄石国家公园连在一起，形成一大片从南到北长达100多英里的茫茫荒野，把它们连在一起的是191号公路，今年才刚再度开放，特坦游人中心却仍然门窗紧闭。茫茫四周几乎再没有任何人或车，于是，在长达40英里的路上，我独自一人心旷神怡地驱车行进在蛇河河畔的草地上，背景则是高耸而错落有致的特坦群山，成群的麋鹿偶尔会一掠而过，为这片莽莽的静谧天地增添了一抹动感。随着汽车逐渐攀爬进入黄石公园，云团也逐渐变得厚重阴暗，一场大雪看起来已是越来越近。我正在走的这条路每年关闭六个月，你可以想见这里的冬天是什么样子。即使是现在，沿路两侧有的地方还有深达五六英尺的雪。

黄石公园是世界上最古老的国家公园（建于1872年），而且面积巨大，大概相当于康涅狄格州。驱车走了一个多小时，除了木屋里一个向我收取10美元进门费的公园看守之外，我再没看到一个人影。对一个大学毕业生来说，待在一个管他什么地方的木屋里每两三个小时就从游人手里接过10美元，肯定是一份很刺激的工作。最后，我拐上一条通往格兰特村庄的岔路，在白雪覆盖的丛林中走了1英里。村庄还挺大，有游人中心、宾馆、商店、邮局和野营地，但是都关着门，每个窗户都封着门板。雪堆高得几乎快到某些房子的屋顶了。现在我已经连着70英里没有见到一个营业的地方了，不由得暗自庆幸在杰克逊加满了油。

格兰特村和邻近的西拇指村都位于黄石湖湖畔，那里还紧贴着一条公路。蒸汽从湖中的气孔里冒出来，也从路旁的泥浆里汩汩地往上冒泡。我正站在公园里一处叫作火山口的地方，这里曾经矗立着一座雄伟的高山，但是60万年前，这座高山在一次巨大的火山喷发中被夷为平地，有240立方英里的岩屑碎石被火山巨大的力量送进了大气层。间歇喷泉、气孔和泥浆坑之类黄石公园赖以声名远扬的东西，正是那次灾变四处飞溅的纪念物。

过了西拇指村，公路便一分为二。其中一条通往老忠实喷泉——一处最著名的间歇喷泉，路上方却横挂着一条锁链，上面悬挂着一个红色的标牌，上面写着"道路封闭"。老忠实在这条路的南边70英里处，走另一条道却得走80英里。于是，我改道前往海顿山谷，沿途有许多停车点，你可以随时俯瞰一番黄石河的大片沃野，这里就是北美灰熊咆哮和野牛出没的地方。

一进公园，你就会受到一番严厉的指示：千万不要靠近那些动物，他们轻而易举就能把你弄死或者弄残。但后来我看到一则报道说，公园里死在同类之手的人可比被动物弄死的多。即便如此，灰熊对野营人来说仍然是真正的威胁，每年都有一到两个人被扛走。假如你在公园里搭帐篷，就会得到如下指导：吃完东西或者做完饭后一定要换衣服，然后把衣服和所有食物放到袋子里，然后挂到离帐篷至少100码远的、离地10英尺的树枝上。如下故事举不胜举——野营人在睡觉时吃了块巧克力，五分钟之后，一头灰熊就把脑袋伸进帐篷问："嘿，你们这些家伙这儿有巧克力吧？"公园文学说，甚至有证据表明性交和月经都能引来灰熊，这在我看来好像有点儿粗俗。

我用爸爸的双筒望远镜四下里瞭望，但是没看到灰熊，可能是因为它们都还在冬眠，也可能是因为公园里也没剩几只了。尽管黄石公园大路已谢绝游人以挽留灰熊，大部分灰熊还是被夏季的旅游狂潮给驱散了。然而，成群的野牛还随处可见。这是一种相当特别的动物，细小的腿上支撑着硕大的脑袋和肩膀。当成群的野牛曾经几百万只地出没在平原上时，那绝对值得一看。

我驱车驰往喷泉盆地，这是世界上最反复无常最不安定的地方。东面几英里处的一块土地，每年以几乎1英寸的速度往上攀升，暗示着另一次大爆发正在酝酿成形。喷泉盆地呈现出最奇特最让人不安的景象，月球形状的表面上布满气孔，有咝咝作响的喷泉，还有窄长的深不可测的海蓝色的深潭。地面上悬空搭建着木质的人行道，你只能沿着这条道四处参观。告示上说，如果你从人行道上掉下来，就会陷进只有一层硬壳的地面之下，然后被下面的沸水活活烫死。到处弥漫着浓烈的硫黄臭味。

我走向蒸汽船喷泉——世界上最大的喷泉。指示牌上说它能把水喷到400米的高空，只不过间隔很久才会喷发一次。最近的一次大喷发发生在三年半前，也就是1984年9月26日。正当我在那里看的时候，它喷发了——我突然理解了什么叫作"魂飞天外"，眼前的蒸汽池就像是巨大的突突跳动的括约肌一样啪啪作响（我自己的括约肌，我可以告诉你，也开始应和着抽动），紧接着，就像一头鲸长啸一声浮出水面换气一样，巨大的白色水柱"突"的一下直射向空中。虽然高度只有二三十英尺，但第四次喷射持续了几十秒。水柱刚落下又开始酝酿、喷射，这样一直重复了四次，直到凉爽的空气中弥漫着厚厚的蒸汽，才最后沉寂下来。直到一切结束，我才得以用手把嘴巴合拢，返回汽车，明白自己看到了生平最难忘的景象之一。

没必要再走40英里去看老忠实了。于是我开上了咆哮山陡峭的公路，经过尼姆弗湖、灰熊湖和食羊崖（噢，我可真爱这些名字）去往猛犸热泉（Mammoth Hot Springs），那是公园指挥部所在。有一个游人中心正在开放，我就进去四处参观了一下，撒了泡尿，喝了杯水，然后继续前进。从公园最北端的小镇加蒂纳出来，就进入了另一个州——蒙大拿。从公园到利维斯通（Living ston）大致有60英里车程，沿途的景观没有黄石公园野性，但是却更为美丽。部分是因为太阳露出脸来，为下午时光蓦然注入一股温泉般的暖意。长长的影子遍及了整个山谷，没有积雪，公路沿线的枯黄的草地才刚刚冒出新绿。此时已快到5月1日了，而冬天才刚刚开始撤退。

我在利维斯通的德尔玛旅馆弄了个房间，吃过晚饭后，沿着小城边上的公路走了走。太阳渐渐在附近的山后沉落，夜晚迅即变得冷气逼人。从北边300英里之外的空旷的加拿大吹来了一阵阴冷的风，钻进你的后背，折磨你的头发。它把电话线刮得嗖嗖作响，颇像什么人从齿缝吹口哨，高大的野草也随之东倒西歪。什么地方的门在"嗞嗞嘎嘎嘭嘭、嗞嗞嘎嘎嘭嘭"响个没完。大路在我眼前一直照直平伸着、平伸着，直到在几公里的远处收缩成一个点消失。时不时有车发出像飞机起飞似的可怕轰鸣，从我身后沿路飞驰而来。它越来越近，有那么一刻我甚至怀疑它会照直撞上我——那声音听起来如此之近——然后它就风驰电掣般从我身旁一闪而过，而我只能看着汽车尾灯逐渐隐没在渐渐聚拢的黑暗里。

一列火车在平行的一条铁路上奔驰而来，开始只是一簇遥远的灯光和短促的汽笛声，然后就看到它从我身边隆隆驶过，慢慢地、庄严地行进在夜晚穿过利维斯通的旅程中。火车很庞大——美国火车是欧洲火车的两倍——至少有1英里长。我数了数，一共有60节车厢，之后就看不见了。车厢上都是诸如柏灵顿北部、岩石岛、圣菲之类的名字。这倒让我很是好奇，不知道为什么铁路公司老是使用那些从来不曾繁荣兴旺过的地名。一个世纪之前不知有多少人孤注一掷要在诸如阿吉森和特帕克这样的地方买块地产，以为某一天这些地方也会成为像芝加哥和旧金山那样的大城市。火车尽头一个车厢门开着，可以看到里面有三个昏暗的人影——流浪汉。竟然还有这样的人存在着，这已经够让人惊奇的了，更何况他们还能搭上火车。在暮色中看起来，这样的生活可真够浪漫的了。我可真想一阵猛跑爬上火车跟他们一起消失在夜色中啊。再没有任何东西比夜晚从你身旁疾驰而过的火车更能让你失却理智的了。然而，我只是回转身来，艰难地沿来路又返回了小镇，心里有种诡异的满足感。

第二十七章

　　第二天，我颇有些犹豫不定：是转回怀俄明州，顺着90号州际公路继续向东到科迪小镇好呢，还是就待在蒙大拿参观卡斯特国家古战场遗址更合适？科迪得名于"野牛"比尔·科迪，如果小镇人用了他的名字，他就同意该处作为他的埋骨之所。条约上可能还有两条规定：一、他们必须等到他死后才能把他埋掉；二、他们必须竭尽全力让小镇到处挤满游人。看到有油水可捞，小镇人立刻高兴地答应了条件，从那时起他们果真借科迪之名发了财。如今，小镇可以为游人提供半打牛仔纪念馆和其他消闲解闷的玩意儿，当然，还有很多让你买一些无用的小玩意儿并带回家的机会。

　　科迪人乐于让你认为"野牛"比尔是本地人。事实上，我非常自豪地告诉你吧，他是艾奥瓦人，1846年出生于小镇勒克莱尔。科迪人干出了一件本世纪最孤注一掷的投机行为——他们买下了野牛比尔的出生地，并在他们的小镇上重建起来，但他们暗示比尔是当地人，那纯粹是红口白牙说假话。问题在于，他们自己就有一个天资很高才华横溢的本地人——杰克逊·波洛克，一个出生于科迪的艺术家。但小镇人对这个却没做任何文章，我想，这是因为一旦开始射杀野牛，波洛克就十足不合时宜了。

这是其中一个选择。另一个，正如我所说的，我可以驱车横穿蒙大拿去小比格霍恩，那里是卡斯特将军一败涂地的地方。坦白说，这两个地方都不那么让人兴奋——我更喜欢诸如坐在俯视大海的阳台上啜饮一大杯酒这样的事情——但是在怀俄明和蒙大拿你没有多少可供选择的机会。最后，我选择去卡斯特最后的据点。这让我也相当意外，因为原则上我并不喜欢战场。一旦尸体从战场上清除、战场被清扫干净之后，我就确实找不出其中的吸引力了。我爸爸过去是最爱战场的。他会拿着指南书和地图大步流星、满怀热忱地试图追溯两方的对阵态势，以及马屁精山战役的战况或者其他的什么东西。

我曾经有过一次两难抉择：要么跟着我妈妈去展览馆看各总统妻子的服装，要么跟我爸爸待在一起。我轻率地选择了后者。整个漫长的下午我都亦步亦趋地跟在他屁股后边，知道他已经失去了理智。"这儿肯定是古伯将军意外射中自己胳肢窝的地方，鲍林加利中校不得不因此解除了他的职务。"他说着，我们艰难地把自己拖到陡峭的山顶。"因此，也就是说皮洛克的军队肯定是在那儿——在那片树林子里重新集结起来的。"——他会冲着三个山头之外的一片树林大踏步而去，手中的文件在风中猎猎作响，而我只能听天由命："他现在又要去哪儿？"过后，更让我痛悔的是，我发现观赏第一夫人服饰展览馆只花了二十分钟，而那个下午剩下的一大半时间，妈妈、哥哥和姐姐他们就待在霍华德·约翰逊饭店中吃热软糖圣代!

因此，卡斯特战场国家纪念馆反倒成了一个意外的愉快收获。其实这个纪念馆没什么好说的，那场战役本身也没什么大不了的。游人中心包括一个小小的但很有吸引力的展览馆，展示印第安人和士兵们的遗物，还有一个那次战役的地形模型，一些小灯泡被用来展示战斗的过程。先是一串蓝灯向着山下大胆地移动，接着又迅即蹿回山上，一大堆数量多得多的红灯紧追而上。蓝灯在山顶上集结成一簇，在那里剧烈地闪烁了一会儿，随着红灯云集而来，蓝灯就一盏接一盏地全部熄灭了。在模拟演示中，整个事件在短短几分钟内就完全结束了；真实的情况也没有花费更长时间。卡斯特是个白痴，是个杀人狂，他是罪有应得。他本来是想把在小比格霍恩河边扎营的夏延族和苏族的男女老少一个不剩统统杀掉来着，只是，他的运气太差，他们的数量之多、武器之强远远超过了他的估计。卡斯特和他的队伍逃向高地——游人中心现在的所在地——但找不到任何藏身之地，于是迅速地就被追上了。我走出去爬上一个短短的斜坡，来到卡斯特的最后据点，四处观望了一下。

这是个光秃秃的没有树的山丘，劲风不知疲倦地一直猛刮着。从山顶上可以极目眺望五六十英里的远方，茫茫天地间看不到一棵树，只有一片黄色草地连绵不绝地一直向前延伸，一直延伸到白色的地平线。这地方如此偏僻，如此孤寂，以至于我还没感觉到风的触摸就看到了它的到来。远处山上的野草会先开始波浪起伏，顷刻，一阵狂风就向我席卷而来，又迅速离去。

现在，卡斯特据点四周都被黑色的铁栅栏包围了起来。里面，在大约50码的地面上，散放着一些白色的石块，用来标志每个士兵倒毙的所在。我身后，山丘另一侧的下方50码左右的地方，有两块白石头立在一起，看来是两个士兵想夺路而逃但却被砍倒在地。没人知道印第安人在哪里倒下或者有多少人倒下，因为他们把自己一方的尸体和受伤者都带走了。事实上，没人确切知道1876年6月的那一天那儿究竟发生了什么，因为印第安人众说纷纭，而白人一方没有一个活口留下来讲述这个故事。可以确定的是，卡斯特犯了个天大的错误，把自己和260名士兵送上了死路。

那么多石头正像士兵们当初的情形一样，散落在一个孤立的多风的悬崖上，那景象令人惊讶地、几乎是让人心烦意乱地深深撼动着观者的心。看见它们，你不可能不联想到对于那些落在这里的士兵来说面临的死亡是多么奇特和恐怖，也让我在走下小山返回汽车的路上又一次陷入沉思。就这样，沉思的我又踏上了没有尽头的美国公路。

我打算穿过一片多苔的褐色山峦前往怀俄明的野牛城（Buffalo）。整个蒙大拿州是一片无边无际的空旷浩瀚。它甚至比内华达更巨大更空旷，很大程度上是因为没有通常所说的人口中心。州首府海伦娜人口只有2400人。整个州的人口也不到80万人——土地面积却达1.45万平方英里。然而它那没有尽头的空旷平原和高耸的云天却带给人一种让人难以忘怀的美。蒙大拿号称"大天空"州，此言非虚。我以前总认为天空是静止的，岿然不动的，在这儿才知道这顶多道出其特质的1/10而已。在这么浩瀚的白色苍穹下，雪佛兰变得渺小不堪，一切都成了侏儒。

高速公路穿越了一个很大的"乌鸦印第安人保留地"，但无论在路上还是路旁都没有印第安人的踪迹。越过劳治格拉斯（Lodge Grass）和怀俄拉（Wyola），我又经过怀俄明。土地仍然是那个样子，只不过这里多了一些牧场的牌子，地图上又一次密布了有趣的名字：斑点马、隐士、疯女人峡、霹雳盆地。

　　我驶进野牛城。1892年，这里是著名的约翰逊郡战役的发生地，这一事件直接引发了电影《天堂之门》的拍摄，只不过，"战役"这个名词对于这个真实事件太夸大其词而已。事情的经过是这样的：本地牧场主们在"怀俄明家畜饲养者联合会"的名义下，招募了一批暴徒到约翰郡殴打一些分得土地的移民，这些移民近来已经相当合法地陆续移民到这个地方。当暴徒们杀掉一人后，移民们揭竿而起，把暴徒赶到镇外的一个农场，在那里开始发起围攻，直到骑兵队到来，那些灰头土脸的暴徒才得以安全出城。也就是说：整个战役中只有一个人被杀，几乎一枪未放。总的来说，这就是真实的西部。只不过就是些农夫，如此而已。

　　我到达野牛城的时间是下午四点钟多一点儿。小镇里有一个展览馆，用来纪念约翰逊郡战役。我本来想看看来着，谁知道它只在6月到9月之间开放。于是我只好在商业区四处逛逛，想着要不要在这里过夜，但这个小镇是这么破烂肮脏，使得我决定继续前往70英里之外的吉里特。可是，吉里特甚至更糟。开车在它四周转了转，我还是不能面对在这儿度过周六夜晚的前景，于是再次决定继续向前开。

　　就这样我停在了沿公路往南30英里远的日舞镇。日舞镇就是

"日舞小子"[1]得名之处，看起来这也是它最值得一提的东西了。"日舞小子"的出生地并不是日舞镇，他只是在这儿的监狱里待了一阵子。镇子很小，毫无魅力，整个小镇只有两条公路——一条进，一条出。我在主街上的熊屋旅馆订了个房间，条件还算不错。床是软的，电视接的是HBO——电影网络电缆，马桶座上贴着"卫生防护"的标志。斜对面有一家看起来还能让人接受的饭店。显然我不可能在这里享受到人生最好的周六夜，但情况也可能变得更糟。果然，坏运气很快就降临了。

我冲完澡，在换衣服的当儿，随手打开了电视，看到了吉米·斯旺格特牧师——一个电视福音传教士，此人最近卷入了一桩调戏妓女的丑闻。这老流氓！这自然对他的声誉是一个相当严峻的考验，于是他就对着电波——就我所知基本上是连续不停地——请求宽恕。他现在又在用那种方式祈求金钱和饶恕了。他的眼泪滔滔不绝地从眼睛里滚滚涌出，一串串在他的脸颊上闪闪发光。他说他是个可耻的罪人。"这倒是不需要争论，吉米。"我边说边关掉了电视。

我走出门来到主街上。照这个地区的人们通常所说，现在是17点10分。这是个温暖的夜晚，一股烤牛排的香味从街对面的饭馆里飘出来，在静谧的空气中飘浮着，停驻在我的鼻孔里。我已经整整一天没有吃饭了，一阵轻微的牛腰肉的香味让我立刻意识到自己是多么饥饿。抚平潮湿的头发，在走下人行道之前明知没什么希望还是往路两边四下看了看——路两头每个方向上都至少100英里不见一

---

1 美国不法分子，被认为是"野帮"中最准和最快的枪手。

个移动的东西——还是走过去吧。推开门我就吃了一惊，里边挤了一堆神龛社社员。

可能你对这种人不太熟悉，神龛社社员，是一种中年男人的社会组织，他们有着特定的气质和思想——热衷于搞恶作剧，捏路过的女服务员的屁股。他们经常醉醺醺地把装了水的气球从旅馆窗户里扔出去。他们对于高智力的信念，就是把手捏成杯状放在胳肢窝下面弄出放屁一样的声音。你可以轻而易举地辨认出他们的身份，因为他们总是戴着红色的土耳其帽，袜子还不是成对的。表面上，神龛社社员聚集起来是要为慈善团体募捐——他们对自己的老婆就是这么说的。然而，这里有一个有趣的事实可以帮助你更好地理解他们的主张。据《哈珀杂志》[1]所载，1984年，神龛社社员募捐到的总额是1750万美元，而他们捐赠给慈善团体的只有18.2万美元。简言之，神龛社社员所做的一切就是聚集起来做蠢事。这样你大概就能想象到我心里的不安了。想想看，我得坐在50个秃头男人中间吃晚饭，这些人动不动就把成块的黄油满屋子掷来掷去，还会点燃彼此的菜单取乐。

女服务员走来。她嘴里嚼着泡泡糖，神色看起来可绝不亲切可人。"要帮忙吗？"她说。

"我要张单人桌。"

她把口香糖在嘴里咔嗒翻了一下——可真够让人恶心的："我们关门了。"

1　*Harper's Magazine*，美国老牌杂志，涵盖文学、政治、文化、艺术诸多方面。

我又吃一惊："我明明看见这里还开着门嘛。"

"是私人聚会。这里整个晚上都被他们包下了。"

我叹了口气："我是个过路人。你能不能告诉我哪里还能弄到东西吃？"

她咧嘴笑了，看来非常高兴能向我提供些坏消息。"我们是日舞镇唯一的餐馆。"她说。邻桌几个微笑着的神龛社员，带着那种头脑简单的兴高采烈一直注视着我脸上袒露的沮丧。"你可以顺着这条街到加油站试试看。"这位女士补充说。

"加油站供应食物？"我有点儿惊奇。

"不，但是他们卖薯条和糖棒。"

"我不相信会有这样的事。"我嘟哝着。

"要不然你可以出城上24号高速走1英里，就能看到一家路边冷饮店。"

这真不错。好得没法儿说。这女人告诉我周六夜晚在怀俄明的日舞镇，我的晚饭只能是薯条和冰激凌。

"另一个镇子怎么样？"我问。

"你可以去梭镖鱼镇，沿14号公路走31英里，越过南达克科州就到了。但是在那里你也找不到更多吃饭的地方。"她又咧嘴而笑，又把泡泡糖咔嗒了一下，就好像住在这么个大粪一样的地方很自豪似的。

"好的，非常感谢你的帮助。"我带着明显的虚伪道谢，接着就离开了。

先生们、女士们，这你就能看出中西部和西部的差别了。中西部人善良友好，如果在中西部，让我这样饿着肚子离开，女服务员会感觉不爽。她会给我在房间后面找一个位子，或者至少给我弄几块牛肉三明治和一大片苹果馅饼带回旅馆。神龛社社员呢，尽管他们可能是近于弱智，也会高兴地在他们的桌子边给我腾点儿地方，没准还会给我一些黄油块让我掷着玩儿呢。中西部人心地善良，对过路人亲切友好。但是，在日舞镇这里，人情味变得就像神龛社社员的脑子一样少得可怜。

沿着公路，我步履沉重地走向女服务员所说的那家快餐店。我走了好久，走过了最后的房子，走上一条空旷的高速公路，这条路看起来一直延伸向数英里外的远方，但是看不到任何关于冷饮店的招牌，于是我转回身蹒跚地返回小镇。我本来想开车，但是又不想费这番麻烦了。他们甚至连"冰"这个词都拼不对，这足以让我望而却步了。你还能对连一个单音节词都拼不好的公司付诸多少信任呢？因此，我选择了加油站，买了大约6美元的薯条和糖棒，一回到房间我就把它们都撂到了床上。躺在那儿，看着电视上HBO转播的好莱坞暴力电影的零碎片断，我把糖棒一个个塞进嘴里，就像把木头塞进锯床一样。然后又是一个迷迷糊糊难以酣睡的夜晚，一个人就那么躺在黑暗中，胃里饱胀却不满足，盯着天花板，听着对面神龛社社员的吵闹，以及胃里不停息的哀声哭诉。

夜晚就这样过去了。

大清早我就醒了。惴惴地透过窗帘的缝隙往外看，这是个细雨蒙蒙的周日凌晨，周围一个人影都没有。这可是个用燃烧弹炸掉那家饭馆的绝佳时刻。我在心里暗暗记着下次来怀俄明一定要带点儿炸药和三明治。打开电视，我又溜回床上，把被子一直拉到眼珠子以下。吉米·斯旺格特仍然在祈求宽恕。上帝啊，那家伙可真够能哭的，简直是个人体瀑布。我看了一会儿，之后还是起身换了频道。琦玉频道不过是更多的传教士，通常身边还坐着他们矮胖的老婆。看到她们，你就能理解他们干吗老要出去寻花问柳了。节目中通常也会播点儿福音传教士女婿们的特写，他们大都毕业于帕特布恩修士学校，会唱一些名字诸如《你能在耶稣那里找到一个朋友》和《请送给我们很多钱》的歌。没有任何经历比独自躺在怀俄明一个黑暗的旅馆房间里周日大清早看电视更让人泄气的了。

我能记得周日早上没电视节目的日子——看我多老了。你打开WOI，能得到的就是一个测试题，你就得坐在那儿一直看着它，因为没别的可干。过了一阵子他们会拿走测试题，然后表演天国国王，至少比起测试题来，这个节目还算又有趣又提劲。如今美国电视上根本就没有测试题，这真是个遗憾，因为如果能在测试题和电视福音传教士之间选择的话，我会毫不犹豫地选择测试题。他们具有一种诡异的镇静作用，而且当然了，他们不会向你要钱，也不会让你倾听他们的女婿唱歌。

我离开旅馆时才刚过8点。冒着蒙蒙细雨，我驱车25英里去魔鬼塔。魔鬼塔就是斯蒂芬·斯皮尔伯格在电影《第三类接触》中借用过的地方，就是影片中外星人的着陆地。这个地方是那么超群出众、独一无二，你简直无法想象如果没这个地方，斯皮尔伯格到哪里再去找个类似的替代品。你还没到那里，大老远就看到它了，但随着你跟它的距离越来越近，它的规模也越来越让人望而生畏。那是一块高达850英尺的顶部平坦的锥形岩石，突兀地巍然耸立在一块毫不起眼的广阔平原上。从科学的角度来说，它是一次火山爆发的意外收获——从地球深处喷射出了一大团热岩浆，这团岩浆迅速地冷却凝固下来，于是就成了魔鬼塔现在这副引人注目的形状。据说它在月光下还会闪闪发光，即使是在今天这么一个湿淋淋的、云雾萦绕山顶的周日早晨，它仍然给人一种难以言喻的超自然之感，就好像千万年之前它被置于该地就是为了外星人最终的使用而存在的。外星人果真来到这里的话，但愿他们别想着出去吃饭。

在一个邻近的路边停车处停下车子，我跨出车门，透过蒙蒙细雨眯着眼睛看着路边。路边的一个木牌子上写着：魔鬼塔在印第安人心目中是圣迹，1906年成为美国第一个指定的国家纪念馆。我呆呆地凝视着它，很久很久才醒过神来，这种忘却一切的麻木状态半是因为受制于它的神奇壮丽，半是源于一种对咖啡的呆滞的渴望。然后我才意识到我已经淋得湿透了，于是赶紧上车继续前行。因为昨天晚上没吃晚饭，所以我决定要用那种全体美国人最盛大的大快朵颐之举——出去吃周日早餐——来好好犒劳一下自己。

每个美国人都出去吃周日早餐。这种消遣方式如此受欢迎以至于你通常都得为得到一个位置而排队，但这种等待总是物有所值的。事实上，这种口腹之欲不能立刻得到满足的经历在美国还真是不太常见，以至于排队等候实际上倒强化了满足后的快感。你当然不会希望总是这样，但每一次等上个20分钟，就像他们所说的，还真是个乐儿。你必须等待的原因之一就是女服务员听取每一个菜单都需要花费大概30分钟。首先你得告诉她你是要单面煎蛋还是要双面煎蛋，是要炒蛋、水煮蛋、半熟蛋，还是要煎蛋饼，如果要煎蛋饼，是要素蛋饼，还是要包奶酪的、包蔬菜的、香辣夹心的、巧克力坚果软糖夹心的；接下来你得告诉她你要白面包，还是要黑面包，是要全麦的，还是要酸面团的，或者是要裸麦粗面包；然后你得决定是要黄油糊，还是要黄油块，或者低胆固醇人工黄油；接下来就是一番复杂的谈判，你会询问能不能用玉米片替换肉桂面包卷、用小香肠替换小馅饼。于是女服务员，一个只有16岁且不太机灵的小女孩，不得不跑去找老板问这些是不是可以换，然后跑回来告诉你，不能用玉米片换肉桂面包卷，但可以用爱达荷煎饼换薄煎饼，或者用一份英式松饼加熏猪肉换小麦面包，但是你得再点一份碎布丁和一大杯橙汁。你不能接受这个，于是你决定干脆吃华夫饼干好了。于是，女服务员就得用一块疙里疙瘩的小橡皮擦去写下的一切，于是一切又得重新开始。房间里排在一块写着"请等候座位"的牌子前的队伍越来越长，但是人们毫不在意，因为食物的味道闻起来这么好，而且不管怎样，这种等待，正像我刚才说的，是个乐儿。

我继续沿24号高速向前，在急切的期待中穿越了一片低矮的山丘。接下来的20英里路上有三个小镇，我确信它们中任何一个都会有路边餐馆。现在快到南达科他州边界了，我正逐渐离开牧场区进入更传统的农业区。每几英里没有一个路边餐馆农夫们是活不下去的，因此，我毫不怀疑绕过下一个弯就能发现一家这样的饭馆。一个接一个地，我经过了这些小镇——哈里特、阿尔瓦、阿拉丁——但是什么都没有，只有沉睡的房子。没有一个人醒来。这是什么样的地方啊？即便是星期天，农夫们也是黎明即起的啊。过了比尤拉（Beulah）后，我又穿过了面积较大的贝尔夫斯社区（Belle Fourche），然后是圣奥吉，然后是斯特吉斯，但是仍然什么都没有。我甚至连杯咖啡都没弄到。

最后我来到了死亡树林（Deadwood），这个镇子，如果没有其他意外事件发生的话，确实与它名字的前两个字名副其实。19世纪80年代有几年，就是在黑山发现黄金之后，死亡树林是西部最活跃最著名的城镇之一。它是"灾难珍妮"[1]的家乡，野小子比尔·希科克[2]在本地一家沙龙里玩儿牌时被枪杀。如今该镇靠从旅游者手里弄到大笔钱来谋生，作为回报，向旅游者提供一些没用的小玩意儿让他们带回家去摆放在壁炉架上。沿着主街的一溜店铺几乎都是纪念品商店，即便在这么一个周日早晨，有几家仍然在开门营业。这儿甚至还有几家咖啡店，只是都没开门。

我走进一个号称是"金块交易所"的商店，四处看了看。这是一间大屋子，除了纪念品，什么都不卖——有平底靴、带珠子的印第安包、箭头、愚人金金块、印第安布娃娃。我是唯一的主顾。找不到什么东西可买，我就从这里出来走进隔了几个门的另一家——"世界勘探者礼品店"，一模一样的商品，同样的价格，同样我还是唯一的主顾。这两家商店没有一家有人上来跟我打声招呼，问问我需要什么。要是在中西部，人们就不会这样。我又出来走进了恼人的霏霏淫雨中，绕着小镇转了一圈，看能不能找到一个地方吃

1　美国边境拓荒的传奇女性。
2　美国西部拓荒者、侦察兵、神枪手、赌徒，已成为传奇人物。

饭，但是一无所得。无奈，我又钻回汽车，沿着公路继续往前，驶向40英里以外的拉什莫尔山。

拉什莫尔山就在吉斯通小镇之外，该镇的观光色彩比死亡树林还浓，但至少这里还有一些餐馆开着门。我走进其中一家，立刻被引领入座，简直就像是被一下子扔过去的。女服务员拿给我一张菜单就走了。菜单上大约有40种早餐。服务员带着铅笔返回来时我才只看到第17号（"裹毯子的猪"），但是我已经饿得前胸贴后背了，于是就决定——多少有点儿随机地，要第3号早餐。"但是，我能用小香肠替换碎布丁吗？"我加了一句。她用铅笔敲了敲菜单上的提示，上面写着"概不替换"。真讨厌，那可是最有趣的部分。怪不得这地方几乎半空。我试图提出抗议，但是我好像看到她正在口腔深处酝酿一大摊口水，于是作罢。我只是微笑着说："好的，没关系，谢谢你！"声调很开朗。"请不要在我的食物里吐口水！"我很想在她离开时加上这么一句，但是我感觉那可能只会起反作用。

后来，我沿着镇外一条陡峭的山路驱车前往几英里外的拉什莫尔山。很久以来我就想看看拉什莫尔山，尤其是在电影《西北偏北》中看到卡里·格兰特爬到托马斯·杰斐逊鼻子上的场景之后就更想身临其境一番了（这部电影总让我萌生一种从一架低飞的飞机里扫射玉米地里的什么人的强烈冲动）。发现拉什莫尔山是免费的，我很高兴。那儿有一个巨大的停车场地，只不过里面几乎没什么车。我停下车，步入游人中心。它的一面墙都是玻璃，所以待在里面就能一览无余地眺望高踞在相邻山坡上的纪念馆。那里是一片云雾缭绕，我不信自己的运气这么背，就好像透过蒸汽浴看东西似的，我好像看见了华盛顿，但不敢肯定。等了很久，却没什么动静。之后，正当我要放弃、要离开的时候，浓雾仁慈地散开了，他们赫然出现在眼前——华盛顿、杰斐逊、林肯和特迪·罗斯福，他们呆滞的目光停驻在黑山上。

纪念馆看起来比我想象中要小一些。每个人都这么说。这只是因为，站在很低的地方且隔了大约1/4英里的距离看它，它确实显得比实际小。事实上，拉什莫尔山很巨大。华盛顿的脸就有60英尺长，眼睛有11英尺宽。根据墙上的指示，要是他们有身体的话，罗斯福将会高达465英尺。

隔壁房间在不间断地放映着一段纪录片，介绍拉什莫尔山的历史，提供了一大堆让人印象深刻的内容，包括搬运的岩石总数，还有一段展示工程进行情况的无声影片。里边有工人微笑着把甘油炸药放到岩石上，随之就是一次大爆炸，然后灰尘散去，曾经的岩石变成了亚伯拉罕·林肯。非常了不起。整个工程是一项伟大的创举，美国的光荣，当然也是这个世界最伟大的纪念物之一。

这项工程肇始于1927年，1941年竣工。就在竣工前夕，该工程的幕后策划者格桑·伯格勒姆去世了，还有什么比这更倒霉的吗？他为这整个工程呕心沥血了那么多年，正当要开启香槟、端出带牙签的小香肠时，他却倒下来与世长辞。在0~10的倒霉表上，要我说这得列为第11位。

穿过拉皮德市，我继续驱车向东，经过南达科他。我本来想停下来参观一下巴德兰兹国家公园（Badlands National Park），但浓雾和细雨弄得眼前一片模糊，再去那里也没什么意义了。而且，根据收音机里发布的天气预报，我前脚走，可怕的风暴后脚就跟了来。黑山高处仍会降雪。科罗拉多、怀俄明和蒙大拿的很多公路都已经因为降雪而封闭，包括杰克逊和黄石公园之间的高速。假如我晚一天到黄石，我现在就困在了那里；要是我不再走呢，我又得好几天动弹不得地被困在南达科他。那在倒霉表上可排得上第12位了。

离拉皮德市50英里的华尔小城，是西部最著名的药房——华尔药房的老家。你之所以知道它离你越来越近，是因为在全长50英里的路上，每100码左右就会竖起一块巨大的广告牌，上面写着：牛排和蛋糕——华尔药房，47英里；热牛肉三明治——华尔药房，36英里；55美分的咖啡——华尔药房，25英里；等等。这种广告简直等同于中国古代的水刑，滴滴答答没完没了。这些广告不停地扰乱你的判断力，以致你只能别无选择地驶离州际公路来该药房亲身观摩一番。

这可真是个可怕的地方，简直是世界上最大的旅游陷阱之一，但是我可真是爱死它了，以至于对它连一个反对的字眼也难以出口。1931年，一个叫作特德·休斯泰德的家伙买下了华尔药房。在大萧条的谷底时期，在南达科他这么一个人口仅有300人的小镇上买下一个药房，这肯定是你能想象到的最愚蠢的商业决定。但是，休斯泰德懂得，在诸如南达科他这样的地方开车，人们一定无聊得发疯，这时候什么样的东西不能让他们驻足看一看呢？于是他弄了很多别致的玩意儿，如一个实物大小的恐龙、一辆1908年的哈浦汽车、一个野牛标本，还立起一个巨大的柱子，柱子上有很多箭头，指明从华尔药房到世界各地的距离和方向，如巴黎、香港和廷巴克图之类。更重要的是，他在苏族瀑布和黑山之间的高速公路沿线竖起了成百上千个广告牌，所有的店铺里都挤满了最具异国情调的、形形色色的、花色品种俱全的旅游纪念品，其数量之多、品种之繁，前所未见。如今华尔药房占据了城镇的大部分地面，周围都是巨大的停车场，那停车场简直大得可以停泊巨无霸喷气机。夏天时这里每天的游客可以达到两万人，尽管如此，我来时这里还比较平静，我得以把车停在主街正前方。

发现华尔药房并不是如我想象的那样仅仅是个巨大的药房，这让我太失望了。它实在更像是一个微型购物中心，里面有大约40家出售各种商品的小店铺——明信片、胶卷、西部服装、珠宝、牛仔靴、食物、绘画和没完没了的纪念品。我买了一个非常好的拉什莫尔形状的煤油灯。灯芯和围绕着它的玻璃坛子就直接从华盛顿的脑袋上探出来，是日本货，因此四位总统的眼睛都明显成了东方式的眼梢上斜的丹凤眼。类似的礼品和纪念品还有很多，只不过都不那么漂亮或勾人。可惜呀，这里没有那种帽檐上沾着一坨塑料大便的棒球帽。华尔药房是家族企业，因此这样的东西就被清除了。这很遗憾，因为这可能是我旅行中碰到的最后一家纪念品商店了。这将是另一个不能实现的梦。

第二十八章

在整个南达科他，我一直往前开呀开。上帝，多么扁平空旷的州啊。你简直无法相信这片无边无际的枯草满地的土地让人感觉多么辽阔和孤寂，就好像跨进了世界上第一间"驾驶知觉麻痹室"似的。汽车仍在发出不祥的克啷克啷的嘈杂声，有可能在这里抛锚的想法一瞬间让我心烦意乱。我正置身于世界上这样的一块地方，在这里，无论往哪个方向走，都要走上几百英里之远才能找到文明的足迹，或碰上另一个也不喜欢手风琴音乐的人。出于打发时间的可怜尝试，我把行车指南放在驾驶盘上仔细翻阅，任由汽车在车道上有点儿狂暴地出出进进，然后计算出北部平原上的四州——北达科他、南达科他、蒙大拿和怀俄明的总人口和面积。他们总共占据了38.5万平方英里的土地——差不多是法国、德国、瑞士和全部低地国之和——但是人口只有260万。巴黎一个城市的人口都比这个数目多了大约4倍，很有意思吧？这儿还有一个有趣的事呢：怀俄明的人口密度是每平方公里有1.9人，南达科他是每平方公里2个人多一点儿；在英国，每平方公里就有236.2人；在美国，任何时刻飞在空中的人

（13.6万人）都比这四个州最大的城市人口之和多。最后，这儿有一个真正有趣的事实，据《今日健康》的一项调查显示，在美国，有60%的沙拉酒吧客人被人看到"有接触、溅落食物或者其他不卫生行为"。我当然清楚这跟北部平原州的人口没有任何关系，但是我认为小小的离题、打岔只是一点儿小小的代价，用来支付你得到的改变一生的信息的代价。它确实改变了我的人生。

晚上我在一个名叫默多的小镇落脚，在俯视着90号州际公路的6号旅馆找了个房间，然后到公路对面的一个大型卡车停车点吃晚饭。饭馆门口总是有高速公路巡逻车停放着。你从它身边经过时能听到无线电里传来的沉闷的粗声大叫："注意，注意！ZTC！一架波音747在高速公路上的核能发电厂坠毁。有人正头发上冒着火苗四处乱跑。听到了吗？"饭馆里，两个高速公路巡逻员对这一切毫不在意，边坐在柜台旁就着冰激凌吃苹果馅饼，边跟女服务员打情骂俏。隔上很久——可能一天中有两次——两个巡逻员从柜台前起身出去，开车去高速公路上遛上一会儿，随机地抓住两个试图超过限速以每小时7英里的速度穿州过县的司机，给他们发发罚单之类。然后他们就光荣凯旋，再回来吃点儿馅饼。高速公路巡逻员就是这么回事。

早上我继续在南达科他州一往直前，就好像在一张无始无终的砂纸上开车似的。云层低而阴暗。收音机里播报说一场龙卷风即将在该地区登陆。这种消息总能把外国游客们吓得惊慌失措——中西部的旅馆女服务员走进房间老会发现日本贸易代表团的某些成员在床下簌簌直抖，因为他们听到了龙卷风警报声——但是当地人对这样的警报丝毫不以为意，因为在龙卷风地带生活了这么多年之后，它已经成了生活的一部分。而且，被龙卷风撞上的概率大概是百万分之一。

我知道的唯一与龙卷风近距离相会的人是我爷爷。他和我奶奶（顺便提一下，这可是个百分之百真实的故事）一天晚上正在熟睡时，忽然被一阵像是一千架链锯发出的嘶叫惊醒了。整个房子都在颤抖，墙上的画掉了下来，起居室里壁炉架上的一个闹钟也一头栽下来。爷爷慢吞吞地走到窗户旁往外看，但什么都看不见，只是伸手不见五指的黑暗，于是他就爬回床上，跟我奶奶说可能要下场暴风雨，然后就又睡着了。他根本没有意识到，自然界中最狂暴的力量——龙卷风，就从他鼻子前边过去了。毫不夸张地说，他甚至能伸出手来摸到它——尽管如果他那么做的话，很可能会被吸走然后抛到另一个县。

早上，他和奶奶起床了，迎来了一个澄静晴朗的好日子。先是看到横七竖八地倒了一地的树，他们着实吃了一惊。走出门又发现——这下子把他们惊得只剩下小声咕哝了，一条宽宽的毁灭性的沟壑横贯了眼前的一片大地，正好从他们的房子边缘绕过去。他们的车库已经不翼而飞，但是那辆老雪佛兰却仍伫立在水泥地上，且连一丝刮痕都没有。他们再没有见到过车库的一鳞半爪。只是后来的某一天，一个农夫送还了他们的信箱，他在2英里以外的一块地里发现了它。信箱上只有一个微小的凹痕。这就是龙卷风干的事。你听到的所有的那些关于龙卷风怎么让几根稻草穿过电话杆、怎么把牛裹挟而去又毫发未伤地寄存在4英里外的一块田地里的故事，都百分之百真实。在艾奥瓦西南部，有一头牛经历了两次这样的事情。周围几英里外的人都跑去观摩。这就足以告诉你很多龙卷风所行的奇迹了。这个故事也让你稍许了解艾奥瓦西南部的人是怎样找乐子的。

下午两三点钟，就在刚过苏族瀑布的地方，我终于离开了南达科他，进入了明尼苏达州。这是我旅程中的第38个州，也是我要游览的最后一个州，尽管实际上根本就不算，因为我只是顺着它的南部边缘一掠而过而已。右边，只有几英里的地方，就是艾奥瓦。返回中西部，看到它那起伏的田野，肥沃的黑色泥土，这感觉真是太棒了。几星期都行进在空旷的西部，突然映入眼帘的树木葱茏的景象几乎让人头晕目眩。就在刚过明尼苏达州的沃辛顿的地方，我回到了艾奥瓦。就像心领神会似的，太阳从云层中探出头来。金色的阳光洒满了田野，一切立刻变得温暖如春。每个农场看起来都既整齐又硕果累累。每个小镇都显得又干净又亲切。我着了魔一样痴痴地往前开着，难以摆脱这片土地造成的冲击。也没有更多的东西，就是些起伏的田野罢了，但是每一种颜色都变得又鲜亮又栩栩如生：湛蓝的天空，洁白的云朵，鲜红的谷仓，巧克力色的泥土。我感觉以前好像从来没见过这样的景色。我从来没想过艾奥瓦会这么美丽动人。

我准备去风暴湖。有人曾经告诉过我风暴湖是个不错的小镇，因此我决定开车去看看。天哪，它可真是妙不可言。小镇绕蓝色的湖水而建，这正是它得名的原因，它还是一个容纳8000人的大学城。也可能一年中这个时候，正弥漫着温柔的春天的气息，萦绕着清新的和风，我不知道，但是看起来真是十全十美。小小的市中心坚实可靠，四面都是老式的砖瓦建筑和家族式商店。市中心之外是一系列宽广的阴凉的街道，两边林立着维多利亚式的建筑，一座公园绕湖而建。镇上有很多教堂。整个小镇都完美无瑕。街道对面，一个男孩骑着脚踏车正把报纸投到各个前院走廊上，我几乎可以发誓我看到远处有两个人穿着1940年的西装大步流星地走过了街道。就在某一扇开着的窗户前，迪娜·德宾在放声歌唱。

突然，我不想就此结束旅程。我不能忍受现在就回到车里，一两个小时之后就攀过了最后的山头，拐过了最后的一道弯，完成了我的"看美国"之行，也许是永远的。我把钱包拿出来察看，我还有将近75美元。我忽然灵机一动，想要开车去明尼阿波利斯看一场明尼苏达双子城队棒球赛。这似乎是个绝妙的好主意。如果我开得稍微快点儿，三个小时后我就能到那儿——完全赶得上看一场夜间比赛。我赶紧从街角自动售货机那里买了份《今日美国》，拿着它进了一家咖啡店。屁股一落座就急切地打开看体育版，看看双子城队是否在明尼苏达。他们不在。他们在1000英里之外的巴尔的摩。我绝望了。我不能相信在美国待了这么长时间，居然直到现在，这旅行的最后一天，我才想起来要去看球赛。多么难以置信的愚蠢的疏漏啊！

我爸爸总带我们看球赛。每年夏天，我和爸爸、哥哥就会坐进车子前往芝加哥或者密尔沃基或者圣路易待上三四天，下午看电影，晚上看球赛。那简直是天堂。我们总是在开赛前几个小时就进入球场。因为爸爸是一位有点儿地位的体育评论员——不，去他妈的谦虚，我爸爸是这个国家最优秀也最为人公认的体育评论员之一——他总是能在比赛之前走进记者室，走上场地，而且，凭着他的不朽的声望，他总是能带上我们。当他在打击练习区里采访诸如威利·梅兹和斯坦·穆金尔这样的人时，我们可以站在他旁边。我知道，如果你是个英国人，这对你来说就不算什么，但是相信我，这确确实实是特权。我们得坐在球员休息区里（那里总是弥漫着烟味和尿骚味，不知道那些家伙在那里搞什么），我们得走进衣帽间看那些球员们换比赛服。我看到过厄尼·班克斯一丝不挂的样子。没有多少人能看到那个，甚至是在芝加哥。

感觉最好的时候就是绕场地走时，知道那些看台上的小子都在嫉妒地盯着我们。我戴着小联盟棒球帽，帽檐上打着细致的褶皱，眼睛上还挂着一副时髦的塑料太阳镜，我想自己可真是酷啊。确实如此。我还记得有一次在芝加哥的科米斯基公园，一群小子从球员休息室后边隔着几码叫我。他们都是大城市里的小子，看起来都像来自死巷帮。我不知道那次旅行中我哥哥在哪儿，但他没在那儿。那些小子紧着跟我套磁："嘿，朋友，你怎么能坐在那儿？"或者："嘿，朋友，帮我个忙吧，帮我要个内里尔·福克斯的签名，好不好？"但是我对他们这一套可是全然不为所动，因为，我——太酷了。

这样，正像我说的，发现双子城队待在1000英里以外的东海岸着实让我很绝望，反正是看不成球赛了。我的目光懒散地停留在前一天比赛的花边文字得分上，猛然意识到我连一个名字都不认识。这让我突然恍然大悟：我离开美国时，这些队员还都是些初中生呢。一个球员都不认识，我怎么能跑去看球赛？球赛的精华就在于知道正在进行什么，知道在任何时刻谁最可能做什么。我以为自己能糊弄住谁呢？如今我可是个外国人啊。

女服务员走过来，在我面前放了一个纸垫和一套餐具。"嘿！"她说，那声音与其说是招呼不如说是叫喊，"今天怎么样啊？"听起来好像她真关心似的。我希望她是的。好家伙，中西部人好极了。她戴蝴蝶眼镜，留着蜂窝头。

"我很好，谢谢。"我说，"你怎么样啊？"

该女士瞟了我一眼，有点儿怀疑还有点儿亲切。"我说，你不是这附近的人吧，啊？"她说。

我不知道如何答对。"不是，恐怕我不是。"我回答，有点儿愁闷，"但是你知道，有时我还真想是。"

好吧。这大致就是我的旅行了。48个州中，除了10个南边的州，我游览了其余的38个州，驱车13978英里。我看到了许多想看的，也看到了许多不想看的。我对很多事感到庆幸。我没有遭枪击或者打劫，汽车也没有抛锚，我也没被耶和华见证人派的教徒拉去入伙，我还剩下68美元和一条干净的内裤，不可能有比这个更好的旅行了。

我开进了得梅因，在午后的阳光下，它看起来又宽广又漂亮。州议会大厦的金色屋顶闪闪发光。每一码土地都被树遮蔽得阴暗凉爽。人们在户外或是剪草或是骑车。我现在明白了，为什么那些从州际公路下来找汉堡包和汽油的人会永远留下来。正是这儿的某些东西让它看起来又友好，又高尚，又美妙。我想我能在这儿住下来，于是拨转车头往家驶去。这很奇怪，但这是我很久以来第一次油然而生安详之感。

激发个人成长

多年以来，千千万万有经验的读者，都会定期查看熊猫君家的最新书目，挑选满足自己成长需求的新书。

读客图书以"激发个人成长"为使命，在以下三个方面为您精选优质图书：

1. 精神成长

熊猫君家精彩绝伦的小说文库和人文类图书，帮助你成为永远充满梦想、勇气和爱的人！

2. 知识结构成长

熊猫君家的历史类、社科类图书，帮助你了解从宇宙诞生、文明演变直至今日世界之形成的方方面面。

3. 工作技能成长

熊猫君家的经管类、家教类图书，指引你更好地工作、更有效率地生活，减少人生中的烦恼。

每一本读客图书都轻松好读，精彩绝伦，充满无穷阅读乐趣！

认准读客熊猫

读客所有图书，在书脊、腰封、封底和前后勒口都有"**读客熊猫**"标志。

两步帮你快速找到读客图书

1. 找读客熊猫

2. 找黑白格子

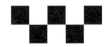

马上扫二维码，关注"**熊猫君**"

和千万读者一起成长吧！

图书在版编目（CIP）数据

全民寂寞的美国：其实是一本美国平凡小镇生活观察笔记 /（美）比尔·布莱森 (Bill Bryson) 著 ; 温华，张艳蕊译. -- 南京 : 江苏凤凰文艺出版社, 2018.10

书名原文: The Lost Continent:Travels in Small Town America

ISBN 978-7-5594-2270-5

Ⅰ.①全… Ⅱ.①比… ②温… ③张… Ⅲ.①随笔—作品集—美国—现代 Ⅳ.① I712.65

中国版本图书馆CIP数据核字（2018）第123188号

书　　名	全民寂寞的美国：其实是一本美国平凡小镇生活观察笔记	
著　　者	[美]比尔·布莱森	
译　　者	温　华　张艳蕊	
责任编辑	丁小卉　姚　丽	
特邀编辑	乔佳晨　黄迪音　周量航　沈　骏	
责任监制	刘　巍　江伟明	
策　　划	读客文化	
版　　权	读客文化	
封面设计	读客文化　021-33608311	
出版发行	江苏凤凰文艺出版社	
出版社地址	南京市中央路165号，邮编：210009	
出版社网址	http://www.jswenyi.com	
印　　刷	河北鹏润印刷有限公司	
开　　本	890mm x 1270mm　1/32	
印　　张	10.75	
字　　数	221千	
版　　次	2018年10月第1版　2018年12月第2次印刷	
标准书号	ISBN 978-7-5594-2270-5	
定　　价	49.90元	

如有印刷、装订质量问题，请致电010-87681002（免费更换，邮寄到付）

版权所有，侵权必究